KB072765

그라니트
용들의 땅
GRANITE

그라니트 : 용들의 땅 1

이경영 판타지 장편 소설

초판 1쇄 찍은 날 § 2016년 9월 27일
초판 1쇄 펴낸 날 § 2016년 10월 4일

지은이 § 이경영
펴낸이 § 서경석

편집책임 § 조현우

펴낸곳 § 도서출판 청어람
등록번호 § 제387-1999-000006호
등록일자 § 1999. 5. 31
어람번호 § 제1-2533호

주소 § 경기도 부천시 원미구 부일로 483번길 40 서경B/D 3F (우) 14640
전화 § 032-656-4452 팩스 § 032-656-4453
http://www.chungeoram.com
E-mail §chungeorambook@daum.net

© 이경영, 2015

ISBN 979-11-04-90983-2 04810
ISBN 979-11-04-90405-9 (세트)

※ 파본은 구입하신 서점에서 교환하여 드립니다.
※ 저자와 협의하여 인지를 붙이지 않습니다.
※ 이 책은 도서출판 청어람과 저작자의 계약에 의해 출판된 것이므로,
　무단 전재 및 유포·공유를 금합니다.

그라니트

용들의 땅

GRANITE

이경영 판타지 장편 소설

도서출판

GRANITE
그라니트

용들의 땅

CONTENTS

56
뭐든 해온 남자

격분하여 이성을 잃을 뻔한 치프의 귀에 우주 여객선의 대기권 진입 소음이 들렸다.

그들이 있는 장소는 공항에서 그리 멀리 떨어지지 않은 곳이었다.

그 소리가 치프의 정신을 깨웠다.

'내가 아니라 정말 사만다를 노리는 거라면 어쩔 수 없지.'

뭔가 결심을 한 치프는 분노를 떨쳐냈다.

실버로드는 순식간에 침착해지는 치프의 상감색 눈동자를 보고 얼굴에서 미소를 지웠다.

'뭐지? 나에게 사용할 대응 수단이 있는 건가? 주변 20㎞ 이내에 알타이르 계집들의 기척은 없는데?'

실버로드는 현재 자신에게 대인 병기로 타격을 줄 수 있는 존재가 데스디아와 헤이파, 탈리케이아뿐임을 계산에 넣고 있었다. 그래서 이곳에 올 때도 셋의 존재 여부를 철저하게 파악했으나 그들은 어디에도 없었다.

실버로드는 치프가 내놓을 수단이 무엇인지 몰라 불안했지만, 한편으로는 기대가 되기도 했다.

"너, 이름이 실버로드지?"

치프가 물었다.

"알면서도 내 이름을 확인하는 이유는?"

"나한테 제대로 찍혀서 멀쩡하게 죽은 놈이 하나도 없거든. 이제 넌 찍힌 거야."

치프의 말에 실버로드가 비웃음을 흘렸다.

"상황을 이해 못하는군, A—1730. 넌 지금 협박을 당하고 있어."

"그래? 협박을 할 여유가 있다면 간단한 대화 정도는 할 수 있겠군. 이봐, 넌 인간이란 존재를 어떻게 생각하지?"

"인간?"

"날개 달린 자들을 제외한 모든 행성인 말이야."

"하등동물임이 분명하지 않나?"

실버로드가 쓴웃음을 지었다.

"그래, 하등동물. 그 말엔 동의해. 맨몸으로 우주를 이동한다든가, 대기권에 돌입한다든가, 생체 능력을 이용하여 운영 체계와 하드웨어 특성에 관계없이 해킹을 하는 건 너희들의 우월한 능력이지. 정말 끝내주는 생물이야."

치프는 권총에 안전장치를 걸고는 멀리 위치한 소파 쪽으로 던졌다. 숨기고 있던 군용 단검과 수류탄, 전기 충격기, 환각제

주입 장치가 숨겨진 오픈핑거 글러브도 바닥에 떨어뜨렸다.

실버로드는 무기를 거두는 그의 모습에서 불길함을 느꼈다.

"하등동물이 자신보다 우월한 존재나 위험한 자연현상들을 앞두고 뭘 하는지 알고 있나?"

치프가 물었다.

"글쎄? 발버둥?"

"준비라는 걸 하지."

치프는 마지막으로 선글라스를 책상에 놓았다.

실버로드의 몸이 움찔했다. 단말기를 쥔 그의 손이 책상 위를 미끄러져 치프의 선글라스 앞에 멈췄다.

벽을 뚫고 날아든 화살에 손목이 끊어져 날아간 실버로드는 화살이 날아온 장소를 향해 돌아섰다.

구멍을 통하여 아주 먼 장소에 서 있는 누군가의 모습이 실버로드의 눈에 흐릿하게 들어왔다.

새로운 화살을 시위에 거는 알타이르 여성이다.

"저 계집이? 어떻게?"

실버로드는 힘을 방출하여 데스디아와 자신 사이에 놓인 벽을 날려 버렸다.

한 블록 정도 떨어진 고층 건물 옥상에 데스디아와 헤이파, 탈리케이아가 뭔가 부담스러울 정도로 가까이 선 채 활을 당기고 있었다.

하지만 실버로드는 그녀들의 모습을 뚜렷이 볼 수가 없었다.

그는 그 현상을 이해하기 위해 자신의 탁한 은발을 쥐어뜯듯 붙잡았다.

"알타이르 계집들의 은신 능력이 저 정도였나? 아냐, 그럴 리가? 왜 저 계집들을 완전히 감지할 수가 없는 거지?"

"네 말을 듣는 사람이 나밖에 없는데 참 자세히도 고민하는군. 왜 그런지 한번 맞혀봐."

대답하듯 말한 치프는 자신 앞으로 떨어져 날아온 실버로드의 손에서 단말기를 뽑았다.

이어서 바닥에 떨어진 자신의 단검으로 단말기의 뒤판을 강제로 뜯고는 단검 손잡이 아래쪽을 망치 삼아 기판을 조각냈다.

치프는 목에 건 통신기의 감도를 확인하며 시간을 보내려 했다.

하지만 시위를 당긴 채 대기 중인 알타이르 워치프들의 생각은 많이 달랐다.

―우리가 무쇠팔은 아니라서 말일세. 5초 뒤엔 손이 떨려서 자네를 맞춰 버릴 것 같군.

"알았어요, 여사님."

치프는 고개를 설레설레 저었다.

실버로드는 보호막을 더욱 두껍게 펼쳤으나 헤이파를 시작으로 데스디아와 탈리케이아가 차례로 날린 화살들은 그의 가슴과 머리, 그리고 한쪽 다리를 깔끔하게 날려버렸다.

치프는 바닥에 쓰러진 실버로드에게 다가갔다. 그의 오른쪽 귀가 목에서 이어져 올라온 살점에 가까스로 붙어 있다.

"귀가 붙어 있으니 잘 들리겠군. 네놈의 입에서 왜 사만다의 이름이 나왔는지 모르겠지만 한 번만 더 그 이름을 입에 담으면 너희 종족이 정력에 좋다고 소문을 내버릴 거야.”

실버로드의 몸이 빛으로 변해 사라졌다.

이어서 치프의 뒤편으로부터 커다란 날갯짓 소리가 들렸다.

하늘에서 내려온 은색의 드래곤 실버로드가 눈빛을 이글거리며 치프를 노려봤다.

“네놈이 어떻게 움직일지 궁금했는데 예상을 완전히 벗어났군. A—1730이여, 내가 준비한 모든 것이 불과 사흘 만에 소진됐어.”

“해왕성 식민지의 군벌은 우리한테 이틀 만에 털렸으니까 너무 슬퍼하지 마.”

치프는 실버로드에게 눈도 돌리지 않고 자신이 던진 권총과 각종 장비를 주섬주섬 주워 들었다.

“…네놈이 만들어온 지옥과 내가 만들어온 지옥은 그 수준이 다른 게 분명해. 이번만큼은 패배를 인정한다, A—1730이여. 새로운 부하들을 꾸려서 네놈에게 다시 도전하마.”

각오를 다지는 실버로드의 머리에 화살이 푹 박혔다.

헤이파가 그만 주절거리라는 뜻으로 날린 것이다.

헤이파의 공격에 당황한 데스디아와 탈리케아가 연이어 화살을 쐈다. 정령의 힘이 실린 두 발의 화살이 실버로드에게 닥쳐왔다.

실버로드의 날개 위에 달린 초대형 외골격 두 장이 일순간 그의 앞으로 이동해 겹쳐졌다.

그것은 반달리온의 몸을 뚫을 때 사용되던 고강도 외골격이었다.

방패의 역할을 한 외골격들은 화살과 충돌하면서 금이 갔다. 화살의 주목표이던 실버로드의 머리는 무사했다.

"후후."

실버로드가 빙긋 웃었다. 그의 머리에 꽂힌 헤이파의 화살은 재생되는 조직의 압력에 의해 밀려 튕겨나갔다.

"뭔가 새로이 준비하려면 꽤 긴 시간이 필요하겠지. 그 시간이 지루하지 않도록 배려해 주마, A—1730이여."

실버로드의 머리 비늘이 곤두서더니 눈에 보일 만큼 강력한 파장을 하늘로 쐈다.

"재구축 치료를 받은 모든 존재는 나의 영원한 인질이다."

실버로드가 날개를 펄럭이며 솟구쳤다.

"네놈의 방식으로 네놈을 없애주마, A—1730. 감격스러울 만큼 답답할 거야."

중얼거리는 실버로드를 향해 화살이 계속 날아왔다. 두 장의 외골격 중 한 장이 격파됐으나 실버로드에겐 여유가 있었다.

"준비가 되면 다시 보자, A—1730."

실버로드는 고속으로 날아올라 사라졌다.

불쾌감을 느낀 치프는 곧장 자신의 단말기를 들어 무선전화 기능을 켰다.

기지국과 단말기가 연결되자마자 치프의 단말기가 흔들렸다.

'켐리라고?'

그는 곧장 전화를 받았다.

"켐리? 무슨 일이지?"

—사장님! 그게, 그게……!

단말기에서 들려온 켐리의 목소리는 심각했다.

"침착해. 일을 당한 게 누구지? 포린? 포티?"

치프가 그 둘의 이름만을 부른 이유는 회사에 있는 사람 중에서 신체 재구축 치료를 받은 사람이 그 아이들뿐이었기 때문이다.

—포, 포린이요! 방금 왼손이 터져서 사라졌어요! 응급처치로 포린의 팔을 꽉 쥐어봤는데 피가 멈추지 않아요! 줄줄 흐른다고요! 아, 제 몸에 포린의 피가······!

"셀리를 불러. 당장."

치프는 허리를 주무르는 등 여유를 부리면서 낮은 음성으로 말했다.

—사장님, 당장 출혈을 막아야 한다니까요!

"피가 규칙적으로 분출되는 게 아니라 줄줄 흐르는 상황이라면 네 응급처치가 성공한 거야. 이제 셀레스티아를 불러. 그자리에서 이름만 외쳐도 나타날 테니 걱정하지 마. 나중에 전화하지."

전화를 끊어버린 치프는 목에 건 통신기를 눌렀다.

"알파 리더가 전 대원에게. 상황 종료. 안드레이와 죠니는 내가 있는 곳으로 올라와."

—우리는?

통신 채널에 헤이파의 목소리가 들렸다.

"아, 여사님은 그쪽에서 경계를 지속해 주세요."

—우리가 들어선 안 될 이야기를 할 생각인가 보군.

"남자 셋이서 야한 얘기 좀 하려고요. 무전전화 기능은 절대로 활성화시키지 마세요."

치프가 대답했다.

─알겠네. 지시를 기다리지.

통신기에서 손을 뗀 치프는 마침 올라온 안드레이와 죠니를 손짓으로 불렀다.

안드레이는 치프가 부순 단말기를 증거품 수집용 비닐 백에 고스란히 담았고 죠니는 주변을 경계했다.

헤이파는 활을 내리고 그들을 바라봤다. 데스디아와 탈리케이아도 마찬가지였다.

"여사님, 무슨 일인가요?"

셋의 뒤쪽에 바짝 붙어 앉아 있는 포프가 나지막하게 물었다.

고도의 청력으로 치프와 켐리의 통화 내용을 모두 들은 헤이파는 표정을 찡그렸다.

"수컷 셋이 야한 얘기를 한다지 않느냐?"

"아… 예."

포프는 치프가 이 상황에서 그럴 리 없을 거라 생각하며 고개를 저었다.

데스디아와 탈리케이아 역시 통화 내용을 들었고, 그녀들은 아까 헤이파가 칭한 '우리'의 범위에 포프도 껴 있다는 것을 알고 있었다.

포프의 역할은 그 셋의 은신을 돕는 것이다.

포프가 자신뿐만 아니라 다른 이들까지 감출 수 있다는 사실은 어제저녁에 모두에게 밝혀졌다.

저녁 식사를 위해 식당에 간 데스디아는 마침 거기서 만난 죠니와 안드레이에게 몇 가지를 따졌다. 훈련용 건물에 진입하려 할 때마다 UNSMC 대원들의 기척이 사라지는 이유가 궁금했기 때문이다.

둘은 시치미를 뗐으나 치프가 먼저 나서서 포프의 능력에 대해 실토했다. 치프가 제법 빨리 그 사실을 밝힌 이유는 실버로드를 잡기 위해서였다.

셋은 그제야 치프가 훈련용 인질로서 굳이 포프를 택한 이유를 알게 됐고, 그녀들은 합심하여 치프를 가볍게 구타했다.

치프가 마련한 비장의 카드는 오늘 확실히 증명됐다.

하지만 실버로드가 마련한 카드의 첫 번째 희생자가 포린이라는 사실 때문에 그녀들은 지금 침묵을 지킬 수밖에 없었다.

셋이 눈치 있게 행동해 줄 거라 생각한 치프는 죠니와 안드레이에게 그 사실을 말했다.

"그럼 UN사령부에서 군인들에게만큼은 신체 재구축 치료를 엄금한 이유가 그것이었습니까?"

죠니가 치프에게 물었다.

"그런 것 같아."

대답한 치프는 안드레이의 어깨에 손을 얹었다.

"제 몸이 이렇게 된 이유가 그것이었군요."

안드레이가 아쉬운 표정을 지었다.

"포린은 괜찮겠습니까? 만약 팔이 그 상태 그대로라면……."

죠니가 걱정하여 묻자 치프는 자신의 뒷머리를 만졌다.

"셸리가 실패하면 큰일이야. 빅시티에 온 사람들의 상당수가 싼값에 재구축 치료를 받는 조건으로 이 행성에 와서 일을 하

고 있다고. 실버로드가 작정하면 그 사람들 모두가 인질이 되거
나 피투성이가 될 거야."

"왕녀 전하께서 성공해도 다른 행성까지 협박 범위에 들어간
다면 큰일입니다."

"그렇지. 그래도 아예 방법이 없는 건 아니니 그나마 나을
거야."

셋이 고민하는 가운데, 치프의 단말기가 진동했다.

치프는 권총을 뽑듯 빠르게 전화를 받았다.

"얘기해, 셸리."

—포린은 무사해, 치프! 팔도 내가 재생시켜 줬고! 안심해도 돼!

셀레스티아의 밝은 목소리에 세 남자가 일제히 안도의 한숨
을 쉬었다.

포프와 함께 있던 세 명의 워치프 역시 마찬가지였다.

"여사님?"

상황을 모르는 포프가 눈을 동그랗게 뜨자 데스디아가 활을
놓고 두 손을 뻗어 그녀를 껴안았다.

하지만 그녀들이 포린에 대한 말을 끝까지 하지 않았기에 포
프는 당혹감을 감추지 못했다.

회사로 돌아가는 수송기 안에서 치프는 건너편에 앉은 포프
를 가만히 바라보다가 이윽고 입을 열었다.

"우리 이제 비행기 같은 거 절대 같이 타지 말자, 포프. 너와
나의 관계는 그런 거였어."

"예?"

포프는 계속되는 어른들의 이상행동에 당황할 뿐이다.

"그런 거였다니요, 사장님?"

그녀가 물었다.

치프는 다른 사람들의 눈치를 보지 않고 바로 대답해 주었다.

"뭐긴, 안 좋은 일이 또 터졌다는 거지."

"어떤 일인가요?"

"응. 포린이 신체 재구축 치료를 받았잖아?"

"아… 예."

포프는 치프의 입에서 포린의 이름이 나오자 반사적으로 몸을 꿈틀했다.

치프는 옆에 앉은 대원에게 건하운드 제어장치를 받아 들었다.

그는 예전에 라이트스톤에게 들은 이야기를 바탕으로 지금의 상황을 설명하기로 했다.

"신체 재구축 치료라는 건 말이지, 몸에 담겨 있는 각종 정보를 바탕으로 해서 환자의 육체를 다시 구축… 아니, 프린팅해서 치료해 주는 기술이야. 선천적 장애 역시 문제가 된 부분을 수정하여 극복하게끔 해주지. 이론상으로는 현재 존재하는 의료 기기 중에서 최고야. 죽은 사람 빼고는 다 살릴 수 있어. 부작용이 아예 없는 건 아니지만."

"그렇죠, 사장님."

포프도 모르는 이야기는 아니었다.

치프는 이어서 건하운드를 손으로 툭툭 쳤다.

"건하운드에 의해 프린팅된 포대가 할 일을 마치면 어떻게 되는지 알지?"

"사라지죠. 포대를 계속 유지시키려면 에너지가 과도하게 필요하니까요."

"맞아. 그리고 건하운드에 사용된 기술과 신체 재구축 치료의 기술은 기본적으로 동일해. 입자를 갖고 노는 거니까."

"……."

건하운드를 주인에게 돌려준 치프는 포프 쪽으로 몸을 숙였다.

"그래서 말인데, 포프. 신체 재구축 치료에 의해 다시 만들어진 몸의 일부분이 어떻게 유지될 것 같아?"

"예?"

포프는 그렇게 질문해 오는 치프의 모습이 조금 무서워서 대답하지 못했다.

"하하, 긴장하지 마. 식사를 통해 얻은 영양분으로 유지되니까."

"…포린에게 무슨 일이 있는 거죠?"

단도직입적으로 말해달라는 요구였다.

"음, 그래. 재구축 치료를 통해 복구된 포린의 손이 실버로드의 수작 때문에 다시 분해됐어."

치프가 숨김없이 얘기하자 포프는 두 손으로 자신이 앉은 의자의 좌석을 꽉 잡았다.

치프는 단말기를 꺼낸 뒤 어딘가에 전화를 걸었다.

"다행히 셀리가 포린을 치료해 줬지. 누가 스크린을 좀 내려주겠나?"

"예, 원사님."

치프는 어떤 대원이 내려준 스크린을 향해 자신의 단말기를 내밀었다.

전화가 연결되자 스크린에 셀레스티아의 얼굴이 떠올랐다. 화상통화이다.

셀레스티아를 본 대원들은 '단말기 카메라로도 아름답게 찍히는 얼굴이다'고 생각할 뿐 특별한 감정을 갖진 않았다.

—응, 치프?

"옆에 포린 있어?"

—잠깐만. 켐리, 제 단말기 좀 들어주세요. 저랑 포린이 함께 촬영되도록 맞춰주시면 돼요.

—예, 대표님.

화면에는 잡히지 않았지만 켐리의 울먹이는 소리를 들은 죠니는 혼자 씩 웃었다.

화면이 이리저리 흔들리더니 소파에 앉은 셀레스티아와 그녀에게 안긴 포린의 모습이 제대로 들어왔다.

포프는 곧바로 스크린 앞에 섰다.

"포린, 언니가 보여? 손 좀 들어봐. 당장!"

—응······.

말총머리의 여자아이 포린은 셀레스티아의 옆자리에 앉은 뒤 두 손을 들었다.

손은 모두 멀쩡했지만 재구축 치료를 받은 손은 눈에 띄게 달랐다. 손목부터 손가락 끝까지 마치 수술용 장갑을 낀 것처럼 색이 달랐다.

—미안해, 포프. 햇볕에 탄 피부까지는 재현해 주지 못했어.

셀레스티아가 포린의 손에 자신의 손을 포개며 사과했다.

포프는 그녀를 향해 허리를 굽혔다.

"감사합니다, 대표님! 정말 감사합니다!"

―아니야, 포프. 이렇게라도 너에게 도움을 줘서 기뻐. 포린도 이제 괜찮지?

―네, 왕녀 전하.

―후후, 잘됐네.

셀레스티아는 포린과 함께 화면을 향해서 손을 흔들었다.

"회사에 가서 얘기하자고, 셀리. 오늘 정말 잘해줬어."

치프가 말했다.

―응. 이따 봐.

그의 칭찬에 뿌듯함을 느낀 셀레스티아가 더욱 밝게 웃었다.

통화가 끝나고 스크린이 어두워졌다.

일어나서 단말기를 주머니에 넣은 치프는 아직도 허리를 굽히고 있는 포프의 등을 조금 세게 두드렸다.

"기분은 이해하지만 지금은 좀 어른스럽게 얘기를 들어야만 해, 포프."

포프는 자못 무서운 눈으로 바닥을 노려보고 있었다.

데스디아와 헤이파는 똑같이 팔짱을 끼고 다리를 꼰 채 그 소녀를 바라봤다.

옆에 앉은 탈리케이아는 포프를 흘끔 본 뒤 자신의 단말기에 집중했다. 그녀도 포프가 신경 쓰이긴 마찬가지였지만 오늘 있던 일들을 기록하느라 여념이 없었다. 메모는 그녀의 버릇이자 임무 중의 하나였다.

허리를 바로 편 포프는 자신의 자리로 돌아가 앉았다. 그녀는 자신의 분노를 다스리기 위해 눈을 감고 심호흡을 했다.

치프는 탑승실의 한가운데에 서서 모두를 돌아봤다.

"나와 UNSMC들은 지금까지 별의별 테러 수단을 다 경험해 봤지만 오늘과 같은 경우는 처음이야. 그래서 매우 당황스러운데… 아무튼 요점은 이거야. 실버로드가 무작위로 전파를 날렸는데 포린이 딱 걸린 게 아니라 녀석이 포린을 핀 포인트로 노렸다는 거지. 게다가 녀석이 날 협박할 때 처음 거론한 대상은 레투가였어."

수염투성이 턱에 오른손을 댄 채 가만히 생각하던 안드레이가 손을 들었다.

"원사님, 실버로드가 대상을 특정지어서 공격할 수 있다는 말씀이십니까?"

"그렇지. 재구축 치료를 받은 사람들 개개인에게 식별 코드를 새겼거나 지문, 혹은 신체 혈관을 스캔하여 얻은 정보를 식별 코드로 삼았을 거야. 정확한 건 더 조사해 봐야 알겠지만 말이야."

치프는 스크린 밑에 달린 전자 펜을 뽑아 들었다. 그러자 스크린이 도화지처럼 하얀색으로 바뀌었다.

"모든 예상이 사실이라고 했을 때……."

그는 잠깐 말을 끊고 스크린에 타원형을 그렸다.

"너무 대강 그리긴 했는데, 이건 현재 우주연합에 속한 모든 행성이 옆에 끼고 있는 필수 요소야."

"게이트 말씀이십니까?"

죠니가 물었다.

"맞아. 게이트는 행성과 행성 사이를 편하고 빠르게 여행할 수 있도록 도와주는 역할을 하지. 그뿐만이 아니라⋯⋯."

치프는 게이트랍시고 그린 타원형 밑에 건전지에나 그려질 법한 번갯불 도형을 그렸다.

"통신 중계 위성 역할을 하고 있어. 그라니트 행성에 있는 우리가 지구 쪽으로 무선전화나 영상통화 등을 시행할 때도, 각종 중계방송을 볼 때도, 온라인 미디어를 구입한 뒤 다운로드를 할 때도 반드시 게이트를 거쳐야만 해. 다른 방법은 없어. 그리고 게이트의 정보처리 속도 및 정보 소화 규모는 그 어떤 행성의 과학기술로도 흉내 내지 못할 만큼 끝내주지."

치프가 게이트 위에 물음표와 느낌표를 나란히 그렸다. 도중에 E=MC^2라는 글자를 쓰려다가 지우기도 했다.

"그 모든 물체와 현상을 시간차 없이 게이트의 건너편으로 전송시키거든. 행성 간의 거리가 수만 광년이든, 수십만 광년이든, 수백만 광년이든 상관없어. 중간에 게이트만 하나 있으면 상쾌하게 생방송을 즐길 수 있어. 불가능한 일을 간단하게 해버리는 거야."

"그래서 결론은?"

데스디아가 물었다.

치프는 전자 펜으로 스크린을 두드렸다.

"이 그라니트 행성뿐만 아니라 우주연합에 속한 행성 전체의 재구축 치료 피시술자, 즉 목표물들을 인질로 삼을 수 있는 거지. 세금을 내라는 식으로 말이야."

"실버로드 개인이 그 방대한 양의 자료를 멋대로 갖고 놀 수는 없을 텐데?"

데스디아가 따지자 치프가 어깨를 으쓱했다.

"그건 포린이 당한 시점에서 따질 필요가 없어졌지."

"음……."

"그리고 재구축 치료를 받은 사람의 숫자는 생각보다 많지 않아. 지나치게 높은 치료비, 각 행성의 환율, 종교, 전통의 문제가 있거든. 알타이르 행성만 해도 그렇잖아?"

"그렇지. 우주연합에서 재구축 치료 시설을 무상으로 지원해 주겠다고 했지만 어느 분께서 격렬하게 반대하셨거든."

"그렇지. 알타이르의 전사는 설령 팔뚝이 잘려 나가도 침을 바르면 나을 수 있다고 으름장을 놨다네. 내가 말이야."

헤이파가 이어서 말했다.

"…근거 있는 얘긴가요?"

치프가 당황하여 물었다.

"근거를 떠나서 그 치료를 받은 자에게 부작용이 생긴다는 정보를 미리 들었거든. 무엇보다 그 기계를 억지로라도 우리 고향에 설치하려는 그들의 자세가 마음에 들지 않았다네."

그녀가 고개를 돌려 치프를 봤다.

"아무튼… 치프, 이번 일에 사만다의 이름이 계속 나오는 이유가 대체 뭔가?"

"저도 그걸 알고 싶네요. 사만다가 목표였다면 테러니 뭐니 하면서 장난치지 않고 회사를 직접 공격했을 텐데 그러지 않았거든요. 그걸 알기 위해서라도 오늘부터 제가 직접 사만다의 주변을 관리할 생각이에요."

"그렇군."

"혹시 제가 사만다의 일로 지휘를 할 수 없게 되면 여사님께서 뎃디를 도와주세요."

"어쩔 수 없군. 그리해 주지."

헤이파가 튕기듯이 대답했다.

"그런데 어떻게 사만다의 주변을 관리할 생각인가?"

"뭐… 가장 기본적인 방법을 써야죠."

치프는 그렇게만 대답했다.

*　　　　*　　　　*

그날 밤, 사만다는 회사 숙소에 있었다.

저녁 식사 후 자신의 개인용 컴퓨터에 오늘 있던 모든 일을 정리하여 기록한 사만다는 근육이 꽉 잡힌 팔을 뒤로 쭉 치켜들며 몸을 풀었다.

팔꿈치 관절과 어깻죽지에서 뚝뚝 소리가 났다.

그녀는 기장이 긴 회색 체육복 바지 위에 헐거운 크기의 남성용 검은색 티셔츠를 입고 있었다. 잔뜩 긴장된 상체 근육이 그 티셔츠 위로 뚜렷하게 드러났다.

최근까지 같은 방을 쓴 데스디아는 헤이파와 탈리케이아가 온 이후 그쪽으로 자리를 옮겼기에 그녀는 현재 혼자서 방을 쓰는 중이다.

그래서인지 항상 묶고 있던 말총머리도 지금은 편히 풀어놓고 있었다.

"그런데 헤이파 여사님은 왜 방바닥에서 주무실까? 부사장님께서 부담스러워하시던데."

중얼거린 그녀는 컴퓨터의 화면을 만지작거리며 요르엘의 이동 경로를 다시 살펴봤다.

"얘가 요즘 들어서 본관 지하의 냉동수면 시설을 자주 들락거리네. 거기엔 그 딸기코 녀석과 키드만 있는데……."

하지만 관련 기록에 첨부된 CCTV 영상 속의 요르엘은 그냥 서성대기만 할 뿐 특이한 행동을 하지 않았다.

"아저씨께 보고를 드려야 하나?"

그녀가 고민하는 가운데 누군가가 그녀의 방문을 노크했다.

"사만다 카터, 안에 있습니다."

"어, 사만다. 나야."

치프의 목소리가 들리자 사만다는 의자에서 일어나 방문을 열었다.

"아저씨?"

사만다는 야전 상의를 입은 치프가 큰 가방을 멘 채 문밖에 있자 고개를 갸웃했다.

"들어가도 되지?"

"예, 들어오십시오."

사만다가 물러나자 치프는 자신의 가방을 데스디아가 쓰던 침대에 올려놓았다.

"무슨 일이십니까?"

"당분간 이 방에서 지내려고."

"…아저씨?"

치프는 가방에서 하늘색 커버를 씌운 자신의 베개와 검은색 군용 담요를 꺼냈다. 가방의 부피 대부분은 그것들이 차지하고 있었다.

그는 뒤이어 꺼낸 권총과 자동소총, 탄약 및 각종 수류탄을 빈 책상 위에 올려놓았다.

"이러니까 꼭 캠핑 온 기분인데? 오빠들 코 고는 소리 때문에 잠을 잘 수 없다고 내 텐트에 뛰어들어 왔던 거 기억나?"

"하, 하하."

머쓱한 나머지 어색하게 웃은 사만다는 방문을 닫으려 했다.

그러나 문은 닫히지 않았다.

어느새 나타난 데스디아가 방문을 단단히 붙잡고 있었기 때문이다.

"나도 캠핑을 만끽하고 싶구나, 사만다."

"…부사장님?"

사만다에게는 문밖에 서 있는 데스디아의 모습이 대단히 낯설게 느껴졌다.

항상 강인하고 잡념 없는 모습으로 사람들을 지휘하던 그녀가 아니라 옆집으로 들어가 버린 애완견을 찾기 위해 다급히 달려온 주부처럼 보였기 때문이다.

그러나 치프에게는 그런 신선한 모습을 볼 기회가 주어지지 않았다.

헤이파가 데스디아의 긴 귀 끝을 꼬집고 잡아당겼기 때문이다.

"바닥에 어미 이불을 깔아두라고 했더니 여기에서 추태를 부려? 우리 가문을 부끄럽게 만드는구나."

"어머님, 그게 아니라……!"

"너도 저 남자의 특징을 알고 있지 않느냐? 못난 것."

모친의 그 지적에 할 말을 잃은 데스디아는 순순히 복도를 걸어 그리 멀지 않은 곳에 위치한 자신들의 방으로 돌아갔다.

방문을 닫은 사만다는 장갑을 낀 채 소총을 분해하고 있는 치프를 봤다.

"여사님께서 말씀하신 아저씨의 특징이 뭘까요?"

"고자겠지."

"……."

사만다는 그런 대답을 평온한 얼굴로 내놓는 치프가 어쩐지 불쌍하면서도 한편으로는 민망했다.

"부사장님께서 아저씨와 저의 관계를 오해하시나 보군요."

"그러게. 오해할 이유가 없는데 말이지."

솔직히 사만다는 그렇게 대답하는 치프의 머리에 베개를 던지고 싶었다.

치프가 총을 점검하는 사이 사만다는 자료 정리를 계속했다.

"최근 보고서에 제 이름이 자주 올라오는군요."

그녀가 키보드를 두드리며 물었다.

"자주? 두 번 정도잖아?"

"제가 일주일 사이에 두 번이나 거론될 만큼 존재감이 크진 않죠."

"작년에 납치됐을 때는?"

"아, 그때도 그랬네요."

사만다의 표정에 쓴웃음이 돌았다.

"누군가에게 억지로 붙잡혀 있던 건 그때가 처음인 것 같군요."

"안 무서웠어?"

"탈출 수단이 없어서 답답했죠. 카누딕이라는 자의 신체 능력과 격투 실력이 저보다 월등했으니 말입니다."

총에 집중되어 있던 치프의 눈이 사만다 쪽으로 향했다.

"그놈의 격투 실력이 너보다 낫다는 걸 네가 어떻게 알았어?"

"녀석이 저에게 주는 만찬이랍시고 이상한 수프를 들고 왔을 때 저항해 봤거든요. 그런데 오히려 얻어맞았죠."

"……."

치프는 가만히 있다가 고개를 흔들어 살의를 날려 버렸다. 사만다가 얼굴도 모르는 놈에게 얻어맞았다는 이야기를 듣고 참는 것은 그에게 있어서 아주 어려운 일이었다.

"널 납치하는 일에 한해서는 아마 그놈이 최고 기록 보유자일 거야."

"그렇습니까?"

사만다는 별생각 없이 편하게 질문했다.

"응. 대부분은 안드레이의 벽을 넘지 못했거든."

치프의 대답은 사만다의 두꺼운 어깨가 흠칫거리도록 만들었다.

"내가 직접 나선 건 세 번 정도였나? 음, 맞아. 세 번."

치프는 그 '추억'을 떠올리며 씩 웃었다.

사만다가 의자를 아예 돌려 그를 향해 앉았다.

"제가 그렇게 위험했었나요?"

"너뿐만이 아니었지. 네 아빠, 엄마, 오빠들도 납치 및 암살 대상 1호였어. 톰 아저씨의 위치는 너도 알잖아? 그런데 너희 가족은 싸구려 방범 장치가 달린 2층짜리 집에서 보통 사람들처럼 지냈지. 마당의 잔디를 깎거나 개를 산책시키면서 말이야. 네가 입양되기 전에 네 아빠랑 싸운 적이 있는데 그게 그것 때문이었어."

치프가 어깨를 으쓱거렸다.

"덕분에 우리가 얼마나 고생했는지 너희들은 모를 거야. 네가 군에 입대한 이후에는 일이 좀 줄었지만 말이야."

"…그랬군요."

그러한 사실을 오늘 처음 들은 사만다는 매우 미안한 마음에 풀이 죽었다.

"흠, 너무 그러지 마. 비록 고생은 했어도 제법 보람됐거든. 평생을 군에서 지내온 아저씨들이 너한테 확실히 해줄 수 있는 선물은 달랑 그것뿐이었으니까."

어디선가 훌쩍 하는 소리가 났다.

사만다는 깜짝 놀랐고, 치프는 총의 부품과 청소 도구를 든 두 손을 아래로 내렸다.

"저기, 안드레이?"

능동위장장치로 몸을 숨기고 있던 안드레이가 방구석에서 모습을 드러냈다.

안드레이는 검은색 특수 코트 안에서 손수건을 꺼내 눈물을 닦았다.

"죄송합니다, 원사님."

"자넨 마음이 너무 약해서 탈이야."

"아닙니다. 제가 그때 제이크를 때려서라도 설득했어야……."

안드레이가 언급한 제이크는 사만다의 양부이다.

"알았으니 여기서 그러지 말고 자리로 돌아가."

"예, 원사님. 실례했습니다."

안드레이가 방문을 열고 밖으로 나간 뒤 곱게 문을 닫았다.

치프는 머리를 흔들었다.

"저 친구의 능동위장장치 기능이 업그레이드됐군. 전혀 몰랐네."

"…대표적으로 무슨 일이 있었습니까?"

"응? 아, 우리가 너희 가족과 관련해서 한 일들?"

"예, 아저씨."

"일을 가장 크게 저질렀던 놈들은 남미의 초대형 마약 카르텔이었지. 녀석들에 대한 정보는 안드레이 정도만 살짝 알고 있었는데, 약에 대한 일은 사실 우리 관할이 아니거니와 북미 서부의 재건 사업 및 안전 관리에 투입시킬 사람도 부족해서 남의 나라 마약 카르텔에 대해 신경 쓸 틈이 없었지. 각 행성 식민지의 치안 유지도 아슬아슬했잖아?"

"그렇죠."

"그런데 그쪽 두목이 겁도 없이 군용 건하운드에 들어가는 AI기술을 입수하기 위해 널 납치하려고 했어. 그 무렵의 넌 학교 축제 때 공연할 연극 연습을 하느라 바빴지."

"연극이라… 미들스쿨 때였군요."

"웅. 그래도 다행이었던 게, 때마침 나와 UNSMC는 식민지 청소 작전을 끝내고 대대적인 휴가를 즐기고 있었지."

"카르텔 쪽이 불운했군요."

"아, 정보부 판단은 달랐어. 누군가가 톰 아저씨의 가족에 대한 경비 수준을 테스트하기 위해 카르텔을 자극해서 일이 벌어진 거라고 결론을 내렸지."

소총 점검을 마친 치프는 이어서 권총을 분해했다.

"어쨌거나 난 놈들을 미리 칠 필요가 있다고 생각했는데, 아무리 카르텔 정도라고 해도 규모가 있으니 혼자서는 힘들 것 같더라고. 그래서 죠니랑 안드레이, 킹을 불렀지."

"킹 아저씨요?"

"그래. 결혼하고 전역을 한 지금은 그냥 뚱뚱한 애 아빠지만."

치프가 빙긋 웃었다.

"그리고 우리 넷이서 너희 동네 근처에 모여 있던 그 조직 부하들을 싹 쓸었어. 시체가 너무 많아서 좀 골치였는데, 학교 축제에 방해되지 않도록 신경 좀 썼어. 아마 그 시체들이 전부 발견됐으면 너희 동네에는 주 방위군이 파견됐을지도 몰라."

"…거기서 끝내진 않으셨죠?"

"당연하지. 그길로 넷이서 비행기를 타고 남미로 가서 그 카르텔의 본거지로 쳐들어갔어. 그 카르텔의 두목은 곱게 붙잡았고, 인권과는 전혀 관계없는 일들을 듬뿍 가르쳐 줬지. 하지만 녀석에게 돈을 주고 일을 의뢰한 녀석은 끝내 붙잡지 못했어. 정말 귀신처럼 흔적을 지웠더라고. 계좌, 여권, 사용한 물건, 숙소, 그리고 외모까지 말이야. 그래서 엄청 찝찝했지."

치프는 잠깐 장갑을 벗고 단말기를 조작하여 음악을 틀었다.

음악은 조용하고 느린 재즈였다. 피아노와 트럼펫 소리가 넉넉한 2인실을 부드럽게 채웠다.

사만다는 그 틈에 오늘 정리한 것들을 저장한 후 컴퓨터의 전원을 내렸다.

"규모만으로는 그 사건이 최고였고, 가장 기억에 남는 건 '허수아비'라는 별명의 살인 청부업자였어."

"살인 청부업자요?"

"식민지 군벌들의 잔당이 톰 아저씨의 가족, 그러니까 너희 가족을 다 죽이려고 녀석을 고용했거든."

치프는 눈썹을 올렸다 내렸다.

"문제의 허수아비는 우주연합에서 손꼽히는 사이보그 살인 청부업자였어. 각양각색의 몸체를 여럿 준비해 놓고 뇌만 바꿔 끼우는 방식으로 활동하는 놈이었는데, 전적도 화려하고 목에 걸린 현상금도 엄청났지. 난 정보 부족으로 녀석을 세 번이나 놓쳤어."

"아저씨께서요? 그럼 어떻게 됐죠?"

"일단 너희 가족이 다 살아 있고 네가 그 일을 오늘 처음 들었으니 해피엔딩이지. 그땐 정말 운이 좋았어."

권총의 분해, 조립 및 점검을 마친 치프는 도구들을 천천히 정리했다.

"난 공항에서부터 쭉 녀석을 쫓았지. 두 차례 교전을 했지만 놈이 교란용으로 준비한 안드로이드에게 방해를 받았어. 두 번째로 놓칠 때는 미치는 줄 알았지. 죠니는 네 아빠와 엄마를, 안드레이는 네 오빠들을, 그리고 난 널 맡기로 했는데… 혹시 기억해?"

"……."

사만다는 대답하지 못했다.

그녀는 대답을 할 수 있는 상태가 아니었다. 책상 위에 쓰러지듯 엎드린 채 깊게 잠들어 있었다.

음악을 끈 치프는 귀에서 특정 음파를 차단하는 귀마개를 뽑았다.

그의 표정은 얼음장처럼 차가웠다.

"미안, 사만다."

그는 가방에서 손가락 크기의 스프레이식 수면제를 꺼낸 뒤 침대에서 일어났다.

발소리를 죽인 치프는 사만다에게 접근하여 그녀의 코에 수면제를 뿌렸다.

"이 아저씨는 널 위해 뭐든지 해왔어. 그리고 이번에도 그럴 거야."

중얼거린 그는 깊게 잠든 사만다의 하얀 머리카락을 손으로 만진 뒤 몸을 숙여 코를 가까이 했다.

숨소리가 그의 얼굴과 사만다의 머리카락 사이에서 깊게 오고 갔다.

그로부터 약 1시간이 지나 자정이 조금 넘었다.

자신의 방에서 몰래 빠져나온 데스디아는 치프와 사만다가 있는 방으로 접근했다.

문을 살짝 연 그녀는 방 좌우에 있는 침대를 각각 살폈다. 치프는 벽 쪽을 향해 돌아선 채 곤히 자고 있고 사만다 역시 침대에 곧게 누워 있다.

1분가량 방 안을 바라본 그녀는 다시 문을 닫았다.

'…사만다의 체취엔 이상이 없군. 하긴, 그럴 남자가 아니지.'

데스디아는 살금살금 자신의 방으로 돌아갔다.

*　　　　　*　　　　　*

지구. 톰의 집.

새벽 2시에 잠에서 깬 톰은 잠옷을 겸한 운동복 차림으로 거실로 나왔다.

원래 밤잠이 없는 그는 한숨을 쉬며 와인용 냉장고를 열었다.

"요즘은 뭘 드세요? 몬텔레나?"

거실 저편에서 들린 목소리에 톰이 흠칫했다.

누군가가 거실 소파에 앉은 채 권총을 흔들고 있었다.

"우드워드."

톰이 대답했다.

"그건 소장용 아닌가요?"

"모르면 가만히 있으렴."

딱히 그럴 필요는 없었지만 일단 거실의 불을 켠 톰은 셔츠와 검은색 바지 차림의 치프를 보고 인상을 썼다.

"저번에 지갑이라도 놓고 간 거냐?"

"깊은 대화를 못했죠."

"한 것 같은데."

냉장고를 닫고 정수기에서 찬물을 받아 마신 톰은 치프의 옆을 지나 거실 창문의 블라인드를 살짝 젖혔다.

집 밖의 경비원 십여 명이 모조리 기절해 쓰러져 있다. 톰은 다른 방향에 위치한 경비원들도 전부 저렇게 됐을 것이라고 믿어 의심치 않았다.

"뭐, 널 대비한 친구들은 아니었지."

그는 치프를 칭찬하듯 어깨를 두드린 뒤 그의 맞은편에 앉았다.

"그럼 깊은 대화를 좀 해보자꾸나. 무엇을 듣고 싶지?"

"스파르탄 프로젝트. 제가 모르는 것 전부요."

치프가 정색을 하며 말하자 톰이 껄껄 웃으며 자신의 하얀 수염을 긁었다.

"후후, 그러니까 말했지 않느냐? 사만다는 네 약점이라고 말이야."

"그러니 그 약점에 대해서 자세히 말씀해 주세요."

"…흠, 그러지."

톰은 소파에 등을 바짝 댔다.

"스파르탄 프로젝트. 너희들을 만든 알파 프로젝트보다 훨씬 오래된 계획이지. 민간에는 목성에서 발산되는 강력한 방사능 때문에 목성 궤도 식민지 주민들에게 긍정적인 변이가 일어났다고 알려져 있지만… 사실 과학자들 중에 그걸 믿는 사람은 많지 않아."

"물론 잘 알죠. 폭로하려는 자들을 '오메가 스쿼드'라는 놈들이 다 제거해 왔으니까요."

"그리고 넌 그 오메가 스쿼드의 절반을 혼자 죽여 버렸지. 테러범으로 오인하고 말이야."

"후후, 오메가 스쿼드의 정체를 알았을 땐 정말 놀랐죠."

"하하, 넌 그 이후로 아무도 믿지 않게 됐지."

"하하하!"

"하하하하!"

톰과 치프가 서로를 보고 무릎을 치며 웃었다.

"하아, 스파르탄 프로젝트에 대해 전부 들으면 그때 이상으로 기분이 나빠질 텐데?"

톰이 금방 웃음을 억누르고 경고하듯 말했다.

"입으로 말씀하시는 게 불편하시면 이마에 새 구멍을 뚫어드리죠."

치프가 오른손에 든 권총을 까딱거리며 맞받아쳤다.

톰은 치프의 권총을 쳐다봤다.

"날 쏴서 네 마음이 풀릴 것 같으면 쏴라."

"제 속이 풀리네 마네로 끝날 문제였다면 여기 오지도 않았어요. 근데 이거 맞는다고 돌아가시긴 하나요?"

치프는 왼손에 찬 자신의 손목시계를 권총으로 건드렸다.

"시간이 별로 없어요, 아저씨. 어서 말씀해 주세요."

"…네가 이 정도로 다급해하는 모습은 정말 오랜만이구나."

"가족 일이잖아요?"

"가족 일?"

톰이 눈썹만 까딱거리자 치프는 울컥했다.

"그래요, 가족! 이 지구에서 살아가시는 동안 몇 만 명의 아이들을 입양하고 돌봐 오셨는지 모르겠지만 사만다는 그 집단의 막내예요! 그리고 전 아저씨께 정식으로 입양되진 않았지 법적 보호자는 항상 아저씨였어요! 가족이나 마찬가지라고요!"

"…하아, 치프."

톰은 환풍기를 켠 뒤 시거를 꺼내 불을 붙였다.

"잠깐 얘기를 돌려보자. 오메가 스쿼드와 처음 만났을 때를 기억하느냐?"

"그걸 어떻게 잊겠어요?"

"그래, 그 사건 때문에 UNSMC의 주임원사인 A—1729 '로젤라'는 모든 대원들에게 신임을 잃었지. UNSMC 대원들은 물론 그 외의 조직에서도 너를 로젤라보다 더 쳐주는 계기도 됐고 말이야."

"그게 스파르탄 프로젝트와 무슨 관계죠?"

"로젤라가 실은 널 좋아했다는 건 알고 있었니?"

"그 빌어먹을 계집애 얘기는 사양하죠."

"흠, 아무튼 당시 사건의 시작은 UN사령부의 특수보안연구소였어."

"그놈들이요?"

"그래, 그 망할 놈들이 나를 건너뛰고 곧바로 사령관에게 정보를 전했지. 목성 식민지에 주둔 중인 UNSMC가 목성 식민지의 여자애 하나를 지구로 빼돌리려 한다고 말이야. 사령부는 우리 몰래 오메가 스쿼드의 사용 승인을 내렸단다."

"나쁜 추억을 하게끔 만들어주시네요."

"그때 무슨 일이 있었는지 자세히 말해주겠느냐?"

"보고서는 제출했을 텐데요?"

"사만다는 UNSMC에서 공주님 취급을 받고 있지. 여전히 말이야. 네가 제출한 보고서에서는 그 이유가 빠져 있었어. 그냥 귀엽다는 이유로 '인간성을 되찾아준 공주님'이 된 것 같진 않은데?"

"…서로 속이는 거 없이 털어놓자 이거죠?"

"말하자면 그렇지."

치프는 가만히 있다가 와인 냉장고로 걸어갔다.

"뭐 드실래요?"

"우드워드."

"예, 아저씨 정체를 알게 된 이상 숨겨봤자 소용없으니 깔끔하게 얘기해 보죠."

톰이 원하는 와인을 꺼낸 치프는 자신이 마실 생수를 다른 냉장고에서 꺼낸 뒤 소파에 돌아왔다.

"우리 사이가… 카터 가문이 이렇게 웃기게 된 이유가 뭘까요?"

"처음부터 웃기는 집안이었으니까."

"……"

"제이크 녀석은 지금도 철이 안 들었지. 무슨 왕자님도 아니고 말이야."

"그건 동의해요."

혀를 찬 치프는 사만다와 만난 지 며칠 안 됐을 때의 일을 조금 빠른 어조로 이야기했다.

＊　　　＊　　　＊

12년, 아니, 13년 전.

UNSMC의 모든 대원들은 순양함 피츠버그와 함께 목성의 궤도 식민지 항구에서 시간을 보내고 있었다.

명목은 목성 식민지 임무 완수를 치하하는 포상휴가였지만 UNSMC 대원들 및 그들과 함께 움직이는 해군 병사들의 태도는 시간이 갈수록 거칠어졌다.

"목성에서의 일은 끝났잖아? 민간 시설 복구를 위한 지원 부대는 왜 안 오는 거지? 우리들의 체류 기간은 또 왜 이따윈데? 보급품이라도 잔뜩 주던가!"

큰 덩치의 UNSMC 대원이 씩씩거렸다.

"진정하십시오, 선임하사님."

옆에 서 있는 큰 키의 남자는 턱 밑의 수염을 만지작거렸다.

"우리가 허둥대는 모습을 보이면 다른 애들도 불안해할 겁니다."

"자넨 너무 계산적이야, 안드레이 하사. 그리고 둘만 있을 때는 말 놔도 된다고 했잖아? 우리 사이에 왜 그래?"

"…미안, 죠니."

안드레이는 죠니의 큰 어깨를 손으로 두드렸다.

"죠니, 그 아이는 어떻게 될 것 같아?"

"사만다? 원사님께서 그 애를 데리고 돌아다니시는 걸 보니 지구에 데려가자마자 입양시키실 것 같던데?"

"그게 가능할 리가 없잖아?

안드레이가 지적했다.

"그래, 나도 알아, 안드레이. 사무실에서 화초도 제대로 못 기르는 분이 여자아이를 똑바로 키울 수 있을 리가 없지. 그나마 긍정적인 부분은 사만다가 화초랑 달리 말을 할 수 있다는 점이랄까? 목말라요, 배고파요 등등."

"아동 방치로 잡혀가실 거야. 분명히."

순양함의 갑판에서 중얼거리는 둘에게 아주 큰 키의 흑인이 다가왔다.

"무슨 얘기를 그렇게 심각하게 해?"

"오, 킹."

죠니가 주먹을 쥐어 그 흑인 남자를 향해 내밀었다. 둘은 주먹끼리 톡톡톡톡 부딪쳐 반가움을 과시했다.

"그쪽 작전은 어땠어?"

"인공 태양로는 문제없고 수도 시설도 완벽하게 수리하여 개방했지. 이제 여섯 시간 뒤면 피츠버그의 정수 시설을 도시 정수 시설로부터 분리할 수 있을 거야. 아, 제길. 우리가 무슨 공병대도 아니고."

"그래도 반가운 소식이군."

안드레이가 빙긋 웃었다.

킹도 큰 입술을 활짝 벌리며 마주 웃었다.

"그래, 그렇지. 우리가 이런 것만 해결해 주는 특수부대였으면 얼마나 좋을까?"

둘의 앞에 앉은 킹은 주머니에서 초코바를 꺼내 한입 두툼히 물었다.

"너희들에게 얘기한 적 있나? 난 원래 소방관이 꿈이었다고."

"그래, 킹. 넌 어릴 때부터 소방관 노래를 부르고 다녔다. 당장에라도 전역하는 게 어때? 밖에서 파는 초코바는 더 맛있을 거라고."

죠니가 농담을 던졌다.

밝게 웃던 킹은 이내 씁쓸한 표정을 지었다.

"그게 말이지, 원사님이 눈에 밟혀서……."

"응? 그분한테 연애 감정이라도 있나?"

죠니가 묻자 킹이 앉은 채로 발을 뻗어 죠니의 군화를 툭 쳤다.

"농담하지 마. 난 여자가 더 좋다고."

씹고 있던 초코바를 목구멍에 넘긴 킹은 다른 둘처럼 난간에 몸을 기댔다.

"원사님 말이야. 아이들을 너무 많이 죽이셨잖아? 그런데 제대로 위로해 주는 사람은 아무도 없어, 제길."

"킹, 말로 위로가 될 일이 아니야. 그리고 원사님은 그 일에 대한 책임을 각오하셨어."

안드레이가 지적했다.

"그래. 그래서 그런지 사만다를 구출하시기 전까지는 무섭기까지 했지. 원사님 스스로 사이보그 수술을 받고서 혼자 다 때려눕히는 최악의 결과가 나오는 건 아닐까 걱정까지 했다고. 그런 면에서 사만다는 정말 하늘이 원사님께 내려주신 선물이지."

킹이 두 팔을 벌리며 하늘을 바라봤다.

안드레이는 팔짱을 낀 채 어깨를 으쓱했다.

"행운이 있는 아이라고 원사님께서 말씀하셨잖아?"

"응, 그러셨어."

죠니가 끄덕였다.

"그래도 사만다가 원사님을 잘 따르니 다행이야."

죠니의 말에 안드레이가 가볍게 웃었다.

"원사님은 사만다를 직접 구해낸 은인이기도 하고, 또 우리 중에서는 제일 잘생겼잖아?"

"음, 뭐, 지중해의 미끈한 바람둥이처럼 생기셨지."

"아시아계 혼혈 아니셨나?"

"눈동자만 보면 북유럽인데……. 아무튼 지나치게 금욕적이시지."

셋이 동시에 한숨을 터뜨렸다.

"그런데 말이야, 원사님의 신장과 덩치는 UNSMC 평균 이하인데 대련에서 그분을 꺾는 사람이 아무도 없는 이유는 뭘까?"

킹이 중얼거렸다.

죠니는 안드레이를 돌아봤다.

"여어, 안드레이. 원사님과 가장 긴 시간 동안 대련해 본 사람이 너지? 어땠어?"

"어떤 대련? 실전 대련을 말하는 건가, 아니면 규칙과 제한이 있는 대련을 말하는 건가?"

"내가 본 건 규칙이 있는 쪽이지."

"실전 대련은 대답하기 싫군. 규칙이 있는 쪽은 그냥 이종격투기였어. 난 원사님께서 손에 끼신 글러브에 얼굴을 마사지 당하느라 정신이 없었지. 반격을 하려고 하면 원사님께서 옆에 나타나시거나 뒤에 자리를 잡고 계셔서… 그래, 일방적이었지. 난 그냥 버텼을 뿐이야."

"난 한 방에 누웠는데 대단하네."

죠니가 자신의 두꺼운 턱을 매만졌다. 치프와 대련이 있을 때마다 턱을 맞고 기절한 그에게 있어서 '턱'이란 부위는 트라우마의 원천이었다.

"오, 호랑이도 제 말을 하면 나타난다더니."

킹이 갑판 아래로 보이는 항구 시설을 가리켰다.

군용 차량의 뒤편에 각종 인형과 어린아이가 쓸 법한 가방, 그리고 옷이 든 박스를 잔뜩 쌓아 돌아온 치프는 옆자리에 앉은 사만다와 함께 차에서 내렸다.

"수고했어. 가져온 짐은 여성 승무원 대기실에 갖다 놓으면 돼."

운전을 맡은 대원이 고개를 갸웃했다.

"원사님, 피츠버그에 여성 승무원 대기실이 있습니까?"

"항상 불이 꺼져 있는 그곳 말이야."

"아, 그럼 사만다 혼자 그곳을 쓰는 겁니까?"

그의 말을 들은 소녀, 어린 사만다가 치프의 손을 꼭 잡았다.

치프는 반대편 손으로 사만다의 하얀 단발을 만지작거렸다.

"아냐. 짐들만 거기에 두려고. 우리 목성 공주님은 나랑 다른 아저씨들과 함께 꿈나라로 갈 거야. 그렇지?"

사만다는 목소리로 대답하지 않는 대신 고개를 크게 끄덕였다.

분홍색 토끼 인형을 든 사만다와 경장갑 전투복 차림의 치프가 손을 꼭 잡은 채 우주 순양함 피츠버그를 둘러봤다.

"이제 얼마 있으면 이걸 타고 지구로 가게 될 거야, 사만다. 오늘 아빠랑 엄마한테 작별 인사하길 잘했지?"

"네, 아저씨."

사만다가 고개를 푹 숙였다.

오늘 사만다의 부친과 모친의 시신을 수습하여 국립묘지에 묻고 온 치프는 땅에 무릎을 대고 앉은 뒤 사만다를 꼭 껴안아 줬다.

"괜찮아. 이 목성에서 나쁜 짓을 할 사람은 이제 없어. 점점 더 평화로워질 거야. 네가 조금만 더 크면 언제든지 아빠와 엄마를 보러 올 수 있으니 걱정하지 마."

"음, 다른 아저씨들이 그랬어요."

"응? 뭐라고 그랬는데?"

"아저씨가 새 아빠가 되어줄 거라고요."

그 말에 치프는 멋쩍은 미소를 지었다.

"그건 약속 못하겠네. 그래도 걱정하지 마. 난 항상 네 곁에 있으려 할 거고 또 널 위해 모든 걸 할 거야. 네가 어른이 된 후에도 말이야."

"예, 아저씨."

발개진 얼굴을 인형으로 가린 사만다는 인형 뒤통수에 얼굴을 문지르듯 고개를 끄덕거렸다.

그가 사만다와 함께 이동하려는 찰나, 왼팔 보호대 안에 넣어둔 단말기가 치프에게 가벼운 전기 충격을 보냈다.

'무전기도 아니고 왜 단말기지?'

단말기에 뜬 이름을 확인한 치프는 즉시 가장 가까운 곳에서 있는 대원을 불렀다.

"조셉, 딕슨."

"예, 원사님."

벤치에 앉아서 아이스크림을 먹던 둘은 먹던 것을 즉시 쓰레기통에 넣은 후 치프 앞으로 달려갔다.

"사만다랑 함께 탈출용 장비들이 있는 곳으로 가."

"예?"

둘은 무슨 소리냐는 표정이었으나 치프의 표정에는 장난기가 없었다.

"주임원사님이 연락하셨어. 부탁하지."

"알겠습니다, 원사님."

딕슨이 어린 사만다를 목마 태운 뒤 괴성을 지르며 달려갔다. 조셉도 그를 따라 괴성을 지르며 두 팔을 마구 펄럭거렸다.

사만다의 웃음소리가 멀어지자 치프는 보호대에서 단말기를 꺼냈다.

"A—1730입니다, 주임원사님."

─전화를 참으로 늦게 받는군.

"현장이 다 그렇죠."

─CCTV로 보니 아주 여유로우시던데?

괄괄한 여성의 목소리가 치프의 단말기에서 흘러나왔다.

─이번이 마지막 경고야, 원사. 그 사만다라는 계집애를 지구로 데려오겠다는 생각은 버려. 이건 명령이야."

"저는 카터 해군청장님께 허락을 받았습니다."

─난 UN사령부의 명령을 받았는데?

"그럼 저에게도 명령이 내려오겠죠. 피츠버그는 24시간 후에 목성 식민지를 떠날 거고, 저에게 직접 명령이 내려오지 않는 한 이 스케줄은 바뀌지 않을 겁니다."

—후우······.

치프의 단말기에서 여성의 긴 한숨 소리가 살기를 머금고 흘러나왔다.

—UNSMC는 목성 식민지에서 전멸할 것이다. 이건 청소 작전이 시작됐을 때 UN사령부가 내놓은 예측이지.

"옛날이야기이기도 하죠."

—그 예측은 아직 현재진행형일세, 원사. 다시 말하지. 마지막 경고야. 생각이 바뀌면 나에게 연락해.

그것으로 통화는 끝났다.

"하아, 로젤라. 우리 이러지 말자고."

치프는 그 여성 주임원사에게 끝까지 연락하지 않았다.

57
오메가의 단편

"로젤라가 대놓고 경고했단 말이냐?"

치프의 이야기를 들으며 와인을 마시던 톰이 슬쩍 웃었다.

"예, 지금 생각해 보니 그 계집애… 아니, 주임원사님께서 정말 저에게 마음이 있던 것 같네요. 덕분에 오메가 스쿼드에 대한 대비를 할 수 있었죠. 그래봤자 소총이랑 탄약을 챙길 여유 정도였지만 말이에요."

치프는 미리 챙겼던 갈색 육포를 입에 넣고 오물거렸다.

"순양함 피츠버그의 동력 컨트롤러가 나간 건 정확히 한 시간 뒤였죠. 피츠버그의 어둠 속에서 오메가 스쿼드가 나타났고, 저는 차량 정비창에서 녀석들과 싸웠어요. 어쩔 수 없었죠. 제 대원들 그 누구도 제 호출에 응답하지 않았거든요."

그는 다시 회상에 젖었다.

　　　　*　　　　　　*　　　　　　*

　주임원사 로젤라와의 통화를 마치자마자 피츠버그의 무기고
로 간 치프는 자신의 관물함에서 자동소총과 산탄총, 그리고
각종 탄약을 충실히 챙겼다. 권총도 두 자루 정도 더 꺼냈다.

　그는 경장갑 전투복을 입고 헬멧을 꺼내는 것도 잊지 않았다.

　UNSMC의 헬멧은 오토바이 헬멧처럼 머리를 완전히 감싸는
밀폐식이다. 화생방 방어에 특화되어 있고 우주와 수중에서도
사용이 가능하며 전술 데이터를 증강현실로 출력해 주어 전투
를 돕기까지 한다.

　무기고를 담당한 해군 병사는 의자에서 일어나 열중쉬어 자
세를 잡은 채 치프를 지켜봤다.

　꺼낸 무기들을 전투복 동판과 허벅지 등에 완전히 거치한 치
프는 무기고를 나갈 겸 그 해군 병사에게 다가갔다.

　"너무 긴장하지 마, 병장."

　치프가 가볍게 웃어 보였지만 병사의 표정은 걱정으로 더욱
흐려졌다.

　"원사님, 목성에서의 임무는 끝난 게 아니었습니까?"

　"잘 모르겠네."

　"……."

　"걱정 마. 피츠버그의 선원들이 싸울 일은 없을 거야. 내가 함
교에 올라가서 지시를 내릴 테니 기다리고 있어."

　치프는 그 병사의 오른손을 잡고는 생체 인식 잠금장치에 갖

다 댔다. 그러자 무기고의 관물함이 모두 잠기고 방탄 셔터까지 내려와 관물함이 있는 곳을 덮었다.

해군 병사는 깜짝 놀랐지만 치프는 검지를 입에 대는 것으로 말을 대신했다.

치프는 그대로 피츠버그의 함교로 올라갔다.

그가 완전무장을 한 채 함교로 들어오자 함장을 비롯한 함교의 병사 전원이 흠칫했다.

"함장님, 마이크 좀 주세요."

좀 마른 편인 흑인 함장이 치프 쪽으로 의자를 돌렸다.

"저기, 집으로 돌아가는 게 아니었나?"

"이 피츠버그야말로 우리의 따뜻한 집이라 선언하신 게 4개월 전인 것 같은데요."

"그건 지구에서 출항할 때마다 하던 소리잖아!"

"죄송하지만 불청객들과 파티를 해야 할 것 같아요."

"……"

함장은 한숨을 한차례 뿜은 뒤 마이크를 치프에게 넘겼다.

"A—1730이 UNSMC 대원들과 피츠버그의 선원 전원에게 알린다. 지금부터 20분의 시간을 줄 테니 하던 일을 모두 멈추고 각자의 방으로 돌아가서 문을 걸어 잠그도록. 식수와 비상식량을 챙기는 건 적극 추천하지만 무기는 절대로 소지하지 마라. 두어 시간 정도만 참으면 모두 살아서 집으로 갈 수 있으니 지시를 엄수하도록."

치프의 말에 함교의 병사들 몇몇이 마른침을 삼켰다.

"아, 혹시 상황을 오해할 사람이 있을지 모르니 확실히 해두지. 이건 훈련이 아니다. 반복한다. 이건 훈련이 아니다. 이상."

마이크를 내린 치프는 함장의 어깨를 두드렸다.

"물과 식량을 확보하고 함교를 걸어 잠그세요, 함장님. 손님 접대는 저 혼자 합니다."

"다른 대원들은?"

"끌어들일 수 없어요."

치프는 그렇게 대답했다. 금성을 시작으로 목성 식민지까지 치프와 함께해 온 함장 '노이어 케이젠슨'에겐 치프의 그 모습이 대단히 낯설었다.

치프가 개인행동을 예고한 것은 드문 일이 아니었다. 그러나 지금처럼 뭔가를 포기한 느낌으로 말하는 것은 실로 처음이었다.

"…내가 들을 수 없는 문제인가?"

"들어서도 안 되고 제 옆에 같이 있어서도 안 돼요."

"……."

"사만다를 부탁드리죠."

"알겠네. 자네에게 행운이 있길 빌지."

고개를 끄덕인 치프는 함교를 나가면서 헬멧을 썼다.

엘리베이터 대신 비상용 계단을 이용해 함교에서 완전히 내려온 치프는 자신의 뒤편에 바짝 따라붙는 세 명의 발소리를 듣고 피식 웃었다.

치프는 복도의 벽면을 손가락 끝으로 쭉 문질렀다.

"피츠버그는 잘 만들어진 배야. 그렇지 않나, 안드레이?"

"어찌 됐든 차량 정비창을 거치지 않으면 출입이 힘들지요."

세 명의 남자 가운데 왼쪽에 위치한 안드레이가 간단하게 대답했다.

"저희도 함께하겠습니다."

"허락해 주십시오, 원사님."

가운데에 위치한 죠니와 오른쪽에 위치한 킹이 이어서 말했다.

"괜찮으니 지시대로 방에 들어가 있어."

치프는 뒤도 돌아보지 않고 말했다.

결국 세 명이 치프를 붙들었다.

"원사님께 도움을 드리는 게 이토록 어려운 일입니까?"

죠니가 셋을, 아니, UNSMC 전원을 대표하여 물었다.

"이번엔 경우가 달라, 죠니."

"……."

"그리고 난 죽으러 가는 게 아니야. 죽을 확률이 높은 일을 하러 가는 것뿐이지."

"그게 뭡니까! 빌어먹을!"

고함을 지른 사람은 킹이었다.

"그러면 더더욱 우리와 함께 가셔야죠! 왜 혼자 나서시는 겁니까?"

"그럴 만하니까 그런 거야."

치프가 무시하고 이동하려 하자 이번에는 안드레이가 그의 앞을 막았다.

"납득할 만한 답을 주십시오. 그렇지 않으면 비켜드릴 수 없습니다."

"답? 그래, 좀 이따가 내가 호출할 테니 그때 응답이나 제대로 해."

치프의 그 대답에 셋의 표정이 조금 느슨해졌다.

"원사님은 혼자가 아닙니다!"

"잊지 말고 불러주십시오!"

"기다리겠습니다!"

죠니와 킹, 안드레이가 자신들을 향해 등을 보이고 걸어가는 치프를 향해 차례로 외쳤다.

치프는 피츠버그 안을 혼자 걸어갔다. 중간에 손목시계로 시간을 확인하는 것도 잊지 않았다.

"시간은 꼭 지키겠지."

이윽고, 함선 내의 차량 정비창에 도착한 치프는 정비창 안쪽을 샅샅이 점검했다.

사람은 없었다. 그의 지시에 따라 병사들이 급히 이동한 흔적만이 있을 뿐이다.

"착한 친구들이군."

그는 자동소총을 경장갑 자동차의 조수석에 넣고 문을 닫았다. 세 자루의 권총 중 두 자루는 장갑차의 큰 바퀴 위에 올려 숨겼다.

기본적인 준비를 마친 그는 산탄총을 손에 들고 정비창 기중기 아래에 앉았다.

'내가 지금껏 들어온 모든 소문이 오늘 사실로 밝혀진다면 난 정말 아쉽겠지. 이제 믿을 사람이 아무도 없다는 뜻이니까.'

그는 다시 시간을 살폈다.

주임원사 로젤라와 통화를 끝낸 이후 정확히 57분이 경과하고 있다.

'로젤라, 개인적으로는 네가 좋은 남자랑 결혼해서 군을 떠나는 모습을 보고 싶었어. 왜냐고? 넌 알파 프로젝트 멤버치곤 너무 허약했거든. 그 뒤에 들어온 A프로젝트 멤버들에 비해서도 육체적 능력이 떨어졌지. 아니, 머리는 좋았나? 덕분에 내가 할 수 있는 일의 99%를 이해하고 수행할 수 있지만… 그래도 넌 아니었어.'

59분에서 1시간으로 넘어가는 그 순간,

차량 정비창을 포함한 모든 장소의 불이 꺼졌다. 함선의 동력 컨트롤러가 다운된 것이다.

치프는 비상등마저 들어오지 않는 어둠 속에서 코웃음을 쳤다.

'이제 보니 머리도 나빴구나, 로젤라.'

그는 자신의 헬멧 옆쪽을 눌렀다.

"죠니, 안드레이, 킹, 응답해 봐."

그러나 답신은 없었다.

"조셉, 딕슨, 들리나? 로빈? 더스틴?"

치프는 부하들의 이름을 계속해서 불러봤으나 응답하는 사람이 아무도 없었다.

'정말 혼자가 됐군.'

치프의 헬멧 좌우를 향해 총부리 두 개가 들이닥쳤다.

그러나 총구에 닿은 헬멧은 주인에게 버림받아 기중기의 고리에 걸린 상태였다.

어둠 속에서 헬멧의 기능을 이용해 주변을 살피던 적들의 눈에 뭔가가 번쩍 터졌다.

정비창 구석에서 산탄총의 불꽃이 터진 것이다.

턱 아래에 산탄총을 맞은 정체불명의 병사가 앞으로 쓰러졌다. 헬멧에 보호되어야 할 머리는 산산이 조각나 바닥으로, 그리고 하늘로 튀었다.

정비창에 들어온 모든 적이 사망자가 발생한 장소를 향해 총을 돌렸다. 그와 동시에 그들의 뒤편에서 산탄총이 연달아 불을 뿜었다.

순식간에 세 명을 잃은 적은 지휘관의 명령대로 사방경계로 전환했다. 하지만 그들의 한가운데로 시간이 적절히 맞춰진 수류탄이 굴러들어 왔다.

네 명이 경장갑 전투복의 방어 능력을 초월한 폭발력으로 인해 즉사하고 다른 여섯 명이 부상을 입은 채 넘어졌다.

우왕좌왕하는 적병들은 턱과 목에 산탄총을 맞고 차례로 즉사했다.

그들의 지휘관은 자신들이 세 명 이상의 적과 싸우는 게 아닌가 하는 착각이 들었다.

'A—1730이 승무원들을 데리고 나왔나?'

이어서 두 발의 총성이 추가로 터졌다. 산탄총의 발사 횟수를 세고 있던 지휘관은 즉시 지시를 내렸다.

"놈의 탄약이 떨어졌다! 재장전할 시간을 주지 마!"

소리를 지른 지휘관의 헬멧 뒤통수에 산탄총이 야구방망이처럼 들이닥쳤다. 지휘관은 총이 분해될 정도의 타격을 이기지 못하고 다리가 풀려 앞으로 넘어졌다.

쓰러진 지휘관의 헬멧을 벗겨 버린 치프는 어둠 속에서 상대와 눈을 마주했다.

"안녕, 로젤라? X같겠지만 거기서 좀 기다려. 더 X같이 만들어줄게."

상대에게 인사 아닌 인사를 한 치프는 권총을 뽑아 들며 정비창의 어둠 속으로 사라졌다.

사방에서 육박전 소리와 권총의 총성이 터졌다.

뇌에 충격을 받아 구역질을 하던 UNSMC 주임원사 로젤라는 권총이 불꽃을 뿜을 때마다 언뜻 보이는 치프의 모습에 충격을 받았다.

치프가 권총으로 저지르는 짓은 기계적이다 싶을 정도로 반복적이고 정확했다.

그는 목표의 오른쪽, 혹은 왼쪽 엄지에 총격을 가해 뼈를 부러뜨리거나 손가락 자체를 끊어버렸다. 총을 아예 잡지 못하도록 만들기 위한 행동이었다.

이어서 상대방 뒤로 돌아가 헬멧 뒤편 아래쪽에 사격하여 숨통을 완전히 끊었다. 돌아서 들어가는 몸짓이 워낙 절묘하고 빠르기까지 했기에 치프의 목표가 된 병사는 치프의 총알뿐만 아니라 동료들의 총알까지 몸으로 받아내야 했다.

문제는 그다음이었다.

치프는 어김없이 자취를 감췄고 병사들은 그를 발견하지 못했다.

뒤따라가는 도중에 놓치는 것은 일조차 아니었다. 누군가의 머리 위로 뚝 떨어져서는 방탄 능력이 약한 헬멧과 목 사이에 사격을 하고 즉사시켜 다시 사라지는 경우가 빈번했다.

심지어는 갖고 있던 수류탄이 터져 사망하는 자도 있었다.

그들은 마치 소매치기를 당하듯 수류탄의 안전핀과 안전 손잡이를 빼앗긴 것도 모른 채 총만 들고 있다가 주변 사람들과 함께 폭사했다.

어둠 속에서 죽음이 이어지는 와중에 바닥에서 꿈틀거리던 로젤라가 다시 일어나더니 죽은 이의 헬멧을 벗겨 자신의 머리에 썼다.

"동력 컨트롤러 회복! 함선의 전원을 공급해!"

―예, 주임원사님.

누군가의 응답 뒤 차량 정비창의 전등이 모두 켜졌다.

"오메가 스쿼드 전원은 A―1730을 사살하라!"

소리를 지른 로젤라의 등판에, 경장갑 전투복의 장갑판 사이에 단검이 푹 박혔다.

"큭!"

처음엔 비명을 참은 로젤라였지만 치프는 그 단검을 후크처럼 세워 그녀를 들어 올렸다.

견갑골 아래로 파고든 칼날이 뼈를 들추는 느낌은 헬멧에 가려진 그녀의 표정을 한순간에 바꿔버렸다.

포크로 고기를 찍어 들듯 그녀를 칼로 찍어 일으켜 세운 치프는 자신과 로젤라의 몸 사이에 수류탄을 끼운 뒤 안전 손잡이를 꽉 잡았다.

"여어, 로젤라. 이게 오메가 스쿼드야? 그런 거야? 하, 그 개 같은 소문이 사실이었네?"

"으윽······!"

"전부 헬멧 벗으라고 해! 어서! 안 그러면 이대로 네 폐를 긁어버리겠어!"

치프는 로젤라에게 꽂은 단검을 슬쩍 움직였다. 엄청난 통증이 로젤라의 전신에 퍼졌다.

"저, 전원 헬멧을 벗는다! 실시!"

살아 있는 병사 전부가 그녀의 지시에 따라 헬멧을 벗었다.

치프는 그들 모두가 낯익었다. 그중에서도 특히 눈에 들어오는 세 명이 있었다.

바로 죠니와 안드레이, 킹이었다.

헬멧을 바닥에 떨어뜨린 셋은 다시 무기를 들었다.

킹과 죠니는 자동소총을, 그리고 안드레이는 백병전용 한손 도끼를 양손에 각각 쥐었다.

그들의 차가운 눈에는 치프에 대한 감정이 전혀 존재하지 않았다.

"소감이 어때, 원사? 이게 바로 오메가 스쿼드 '프로그램'이야. 너희들의 뇌에 들어 있는 칩이 너희들을 오메가 스쿼드로 바꿔주지. 설마 단순한 백업용 칩이라고 생각하진 않았겠지?"

"···엄청 비싼 용병 집단이거나 흑색작전 전문 부대이기를 신에게 기원했는데 말이야."

"치프, 너한테 믿음이라는 게 있었어?"

"이젠 없어."

"···후후, 그래도 내가 뽑은 오메가 스쿼드 멤버의 절반을 너

혼자 죽여 버릴 줄은 몰랐어. 역시 넌 대단해. 하지만 우리의 게임은 아직 안 끝났어, 치프."

로젤라가 통증을 참으며 휘파람을 불었다.

함선 안쪽으로 향하는 차량 정비창 문이 열렸다.

조셉과 딕슨이 사만다를 데리고 정비창 안으로 들어왔다. 둘은 사만다의 머리 좌우에 권총을 댄 채 로봇처럼 뻣뻣하게 서서 로젤라의 지시를 기다렸다.

"…프로그램인가 뭔가를 나한테 걸었으면 일이 더 빨리 끝났을 텐데?"

치프는 조금 더 화가 난 목소리로 물었다.

"그러면 내가 직접 여기까지 온 보람이 없잖아?"

로젤라가 몸을 부들부들 떨며 치프를 돌아봤다.

"같이 죽자, 치프. 너랑 나 모두 편해지는 거야. 응? 응?"

치프에겐 로젤라의 그 위험하고도 개인적인 유혹이 전혀 와닿지 않았다.

그의 눈에는 공포에 떠는 사만다의 모습만이 보일 뿐이었다.

'해주고 싶은 게 많았는데… 역시 이 아저씨에겐 사람 죽이는 재주밖에 없나 봐.'

치프는 그 소녀를 향하여 무기력하게 웃었다.

울먹이던 사만다가 그 모습을 보고는 딕슨과 조셉의 다리에 손을 댔다.

그것은 순전히 무의식에 기초한 행동이었다. 그리고 치프는 그 행동에 의해 벌어진 일을 놓치지 않았다.

"두 손을 바닥에 대, 사만다! 어서!"

치프의 외침은 사실 확률이 낮은 도박이었다.

그는 사만다의 손에 닿은 조셉과 딕슨이 갑자기 다리가 풀려 쓰러지는 것을 보자마자 그 소녀에게 뭔가 있음을 직감했다.

경장갑 전투복을 무력화시키는 수단 중의 하나가 바로 고압 전류다.

호신용 전기 충격기 따위로는 전투복의 절연 물질을 뚫을 수 없지만 즉사를 목적으로 제작된 고압 전류 무기 앞에선 방법이 없었다.

치프는 사만다의 행동에 의한 결과가 그냥 우연이었는지, 정말 전기적 성질을 가지고 있는지 명확하지 않은 상태에서 그 소녀에게 모든 것을 걸었다.

더 이상 자신의 전우들을 죽이고 싶지 않았기 때문이다.

그는 바닥에 손바닥을 대라는 말을 사만다에게 외칠 때 '제발'이라는 말을 끝에 붙이려다가 말았다. 도박이 실패했을 경우 사만다가 부담감에 의한 정신적 상처를 받을 수도 있기 때문이다.

사만다의 '힘'은 바닥과 천장, 구조물 등을 이루는 금속들을 타고 정비창을 뒤덮었다.

치프는 그 힘의 형태를 전혀 볼 수 없었다.

그냥 사만다를 중심으로 뭔가 확 퍼진다는 느낌만 받았을 뿐, 미지의 섬광이나 공기의 왜곡 같은 시각적인 현상 따위는 없었다.

어쨌거나 치프는 자신을 조준하고 있는 UNSMC 병사 전원이 앞뒤로 쓰러지는 모습을 본 것만으로도 충분히 만족했다.

"역시 우리의 공주님이야."

치프는 안도의 한숨을 쉬었다. 반면 그에게 붙들린 로젤라는 머리를 마구 흔들며 현실을 거부했다.

"이런 순 없어! 말도 안 돼! 스파르탄 프로젝트가 완성되려면 적어도 두 번의 세대교체가 더 필요하다고! 저 꼬마의 손자 손녀 정도는 되어야 이게 가능하단 말이야!"

"세대교체? 무슨 말이지?"

"윽……."

"하아, 로젤라. 우리 이러지 말자고."

치프가 로젤라를 찌른 단검을 살짝 움직였다. 로젤라는 등에서 퍼진 통증 때문에 다리뿐만 아니라 발가락 끝까지 쫙 폈지만 입을 열진 않았다.

"내가 너한테 여태껏 제출한 고급 정보들이 어떤 식으로 사람의 입에서 뽑혀 나온 건지 그렇게 알고 싶어? 혹시 사령부에서 너한테 체험학습을 해보라고 숙제라도 내줬나?"

"…아직 안 끝났어, 치프."

로젤라가 말했다.

쓰러진 UNSMC 대원들이 다시 일어나고 있었다.

로젤라는 각자의 무기를 손에 쥐는 대원들을 보며 함박웃음을 지었다.

"자, 나와 치프를 쏴! 어서! 마지막으로 저 계집애도 죽이는 거야!"

"지랄 마시죠."

죠니의 총구가 로젤라 쪽에 맞춰졌다.

바로 옆에 있던 UNSMC 대원들이 접근하여 그녀의 머리를 총부리로 쿡쿡 찔렀다.

"다들 정신 차렸나?"

치프가 물었다.

"정신은 차렸고… 저희가 무슨 짓을 했는지도 알고 있습니다, 원사님."

안드레이는 도끼를 든 손을 늘어뜨렸다. 그러고는 바닥에 쓰러진 사망자들을 둘러봤다.

"…우린 이런 존재였습니까?"

"그만 자책해, 안드레이. 응급처치 준비하고 로젤라를 포박하도록. 뭔 짓을 저지를지 모르니 포박을 먼저 해야겠군."

"그 암캐를 살려 보낼 생각이십니까?"

안드레이가 도끼를 꽉 잡았다.

"죽이면 일이 더 커져. 지시대로 해줘, 안드레이. 제발."

"…알겠습니다."

안드레이는 정비창의 도구함을 열고 몇 가지 물건을 꺼냈다.

그는 로젤라의 헬멧과 전투복 상의를 벗겨서 통신과 관련된 모든 장비를 압수했다.

그녀의 양손에는 벙어리장갑 형태의 정비용 방열 장갑을 끼운 후 테이프로 손을 단단히 감쌌다. 그녀가 손장난을 하지 못하도록 대비한 것이다.

군화와 군복 바지, 내의까지 벗긴 안드레이는 그녀의 발가락도 테이프로 감아버렸다.

"좋아, 응급처치."

치프는 그녀의 등에 박고 있던 단검을 뽑았다. 안드레이는 그녀의 상처에서 피가 터지자마자 조직 재생 및 지혈, 소독, 마취를 겸하는 생체 거품을 대량으로 뿌렸다.

"포대도 씌워. 뭔 짓을 할지 모르니까."

안드레이는 치프의 지시대로 기름때가 잔뜩 묻은 포대를 들어 로젤라의 상체에 씌웠다.

치프는 손에 든 수류탄에 안전핀을 다시 꽂은 뒤 죠니에게 맡겼다.

자신이 치프에게 총을 겨눈 사실을 기억하고 있는 죠니는 자신과 자신의 동료들이 아직 그에게 신임을 받고 있다는 사실을 깨달을 수 있었다.

하지만 그리 기분 좋은 깨달음은 아니었다.

'이제 원사님은 그 누구도 믿지 않으실 거야.'

그가 그렇게 느낀 이유는 수류탄의 상태 때문이었다.

안전핀은 끝이 완전히 꼬여서 쉽게 뽑을 수 없었고, 안전 손잡이 역시 힘으로 뒤틀려 고정된 상태였다. 믿음이라고는 눈곱만큼도 찾아볼 수 없는 그 모습이 죠니의 어깨를 무겁게 만들었다.

치프는 사만다를 향해 걸어갔다. 총을 내려놓은 조셉과 딕슨은 사만다가 자신들의 곁을 떠나 치프에게 달려가자 그 자리에 주저앉아 얼굴을 감싸 쥐었다.

사만다를 껴안아 올린 치프는 그 아이가 시체 쪽을 가급적 보지 않도록 방향을 바꾸며 UNSMC 대원들을 둘러봤다.

"표정이 왜 그래? 우리 공주님이 우리에게 인간성을 되찾아줬다고."

하지만 기뻐하는 자는 아무도 없었다.

"그러지 마. 우린 미지의 적에게 기습당해서 전우들을 잃은 거야. 거짓말이긴 하지만 딱히 틀린 말도 아니지. 자진해서 오메가 스쿼드가 된 사람은 없잖아?"

"……."

"우린 이렇게 해서라도 살아남아야 해. 살기 위해서 소년병들을 조준 사격한 녀석들이 이제 와서 거짓말 따윈 할 수 없다고 칭얼대면 그거야말로 추태겠지."

"우리가 언제 또 원사님을 노릴지 모르지 않습니까?"

킹이 울먹이며 외쳤다.

"그건 내가 어떻게든 할 테니까 걱정하지 마. 지금은 우리 공주님에게 감사 인사나 하라고. 사만다가 아니었으면 이렇게 평화롭게 해결되지 않았을 거야."

"……."

"혹시 나에게 문제가 생기면 자네들이 이 아이의 목숨과 비밀을 지켜줘. 수단과 방법, 그리고 소속을 가리지 말고 말이야."

"예, 원사님!"

정비창에 집결한 UNSMC 전원이 큰 소리로 대답했다.

사만다는 이후 지구로 귀환할 때까지 자신이 본 모든 것에 대한 심리 치료와 최면 치료를 받은 덕분에 점점 밝은 아이로 바뀌었다.

*   *   *

"음, 그래. 로젤라는 다시 주임원사로서 임무에 복귀했고 여태까지 그 자리를 지키고 있지."

치프의 회상을 모두 들은 톰은 시거의 연기를 흠뻑 빨아들였다.

"네 입장에선 주임원사로 진급하기 싫어서 그 애를 살려둔 거겠지만 말이야."

"잘 아시네요."

"그리고 피츠버그가 지구로 귀환하기 사흘 전에 사건이 터졌지. UN사령부 사령관과 목성 식민지 청소 작전 관련자 전원이 밤새 머리털이 밀리고 유성마커로 낙서를 당했어. 머리맡에는 목성에서만 파는 에너지 드링크가 놓여 있었고 말이야."

"……."

"난 여행지에서 낚시를 하는 와중에 뜬금없이 연행돼서 해당 사건과 관련된 조사를 받았단다. 다들 널 의심했지. 왜 널 의심하느냐고 물어보니까 증거가 없어서 그렇다고 하더구나."

"에너지 드링크 말고 폭탄을 놓아둘 걸 잘못했네요."

"웃기지 마."

톰은 재떨이에 시거를 걸쳐놓은 뒤 와인을 두 모금 마셨다.

"이후 오메가 스쿼드 프로그램은 동결됐지만 로젤라가 살아서 돌아온 탓에 언제 강제 기동이 될지는 알 수 없단다. UN사령부에선 여전히 오메가 스쿼드에 대한 권한을 그 아이에게 쥐어주고 있지. 왜 불씨를 살려둔 것이냐?"

"저에게 있어서 UNSMC 대원들은 그날 전부 죽은 거나 마찬가지예요. 대원들은 절 믿지만 저는 여전히 녀석들을 믿지 못하죠. 제가 수면제에 의지해서 잠을 자게 된 것도 그날부터고요."

"음, 분명 그랬지."

"전 삶에 대한 의지를 잃었어요. 오메가 스쿼드가 다시 나타나면 그냥 편하게 죽자고 생각하게 됐죠. 그래서 사만다의 입양도 제이크에게 떠민 거예요. 제이크가 받아줬으니 다행이지만요."

"지금은?"

"수면제를 안 먹은 지 꽤 됐어요."

치프가 빙긋 웃었다.

"미스 브라토레 덕분에?"

"예. 다시 믿을 수 있는 사람이 생겼으니까요."

"착각하는군."

톰이 싸늘하게 비웃었다.

"네?"

"그건 믿음이 아니라 의존이라는 거야. 정확히는 의존성 성격장애의 일종이지. 넌 그 아가씨를 무의식적으로 이용하고 있어."

"……."

"목성에서의 사건 이후 넌 곤란하거나 난감한 일과 마주할 때마다 무의식적으로 존댓말을 쓰게 됐지. 그 상황들을 회피하려고 말이야."

"제가 그랬나요?"

치프는 자못 당황했다.

톰은 정말 몰랐냐는 표정으로 치프를 바라보다가 고개를 저었다.

"음, 증세가 그렇다는 말이니까 너무 침울해할 필요는 없어. 네가 조금이나마 인간적인 면을 갖게 되면서 생긴 부작용에 불과하거든. 실제로 넌… 그래, 옛날보다 더 강해졌지."

시거를 한 번 더 입에 댄 톰은 재떨이에 불씨를 비벼 껐다.

치프는 자신이 데스디아에게 의존하고 있다는 톰의 말을 무시할 수 없었다. 그는 고민했고, 톰은 잔에 와인을 채우며 그를 지켜봤다.

"너무 고민하지 마. 믿음이 됐든 의존이 됐든 상관없어. 미스 브라토레는 표현을 잘 못할 뿐 직감은 무서울 정도잖아? 그런데도 네 태도를 거부하지 않고 있다면 그녀 역시 널 믿거나 의존하고 있다는 뜻이야."

"그럴까요?"

"어른인 척하지 말고 그런 거나 신경 써봐. 당장 애 낳고 잘 살라는 뜻은 아니다만, 정도가 있어야지?"

"지구인이랑 알타이르인 사이에서 애가 생기긴 해요?"

"일반적인 지구인은 불가능한데 넌 가능해. 심지어 날개 달린 자도 임신시킬 수 있지."

"…다른 의미로 정말 초인적인 능력이군요."

"아, 쓸데없는 말을 해버렸군. 시험해 보고 싶으면 일 다 끝난 다음에 해봐."

"……."

"그럼 스파르탄 프로젝트에 대해서 말해주마."

"예, 아저씨."

톰은 시거 대신 일반적인 필터 담배를 꺼내 입에 물었다. 그는 담배를 맛으로 즐기는 스타일인데, 필터 담배를 꺼냈다는 것은 앞으로 할 말이 짧다는 뜻이기도 했다.

"목성 식민지의 이주민 대부분은 지구에서 출발할 때 이미 유전적 변이를 거친 상태였단다. 내가 그들을 그렇게 만들었지."

"왜죠?"

"다음 세대의 날개 달린 자들을 만들기 위해서였지. 네가 본 사만다의 능력은 바로 날개 달린 자의 능력이었어. 로젤라의 말대로 몇 세대를 더 거쳐야 완성되고 발현되는 능력이었는데 사만다는 좀 특별했지. 조사 결과 사만다만이 4세대에 가장 가까운 존재로 밝혀졌단다. 건물 잔해에 깔렸을 때 살아남은 것도 그 덕분이지."

"그래서 실버로드가 사만다를 노린 건가요?"

실버로드의 이름이 나오자 톰이 쓴웃음을 지었다.

"사만다보다는 널 노린 거겠지. 아까 한 말 그대로 사만다는 그냥 '가까운 존재'일 뿐이야. 내가 원하고 설계한 4세대의 기준엔 한참 못 미친단다. 엠페라투스 정도의 능력자가 나서지 않는 한 사만다가 정말 4세대의 날개 달린 자가 될 일은 없을걸."

그는 잔에 남은 와인을 전부 마셨다.

"실버로드는 정말 짜증 날 정도로 영악하지. 어찌 됐든 네가 총을 들고 여기까지 오게 만들었잖느냐? 대비는 잘하고 온 것 같다만……."

"예. 실버로드는 아마 신수보다 더 힘든 상대가 될 거예요. 제가 가진 수단들로만 대적하려면 희생이 클 거 같으니 도움 좀 주세요."

"음? 글쎄? 신수보다 힘든 상대가 될지는 잘 모르겠구나. 녀석은 너무 영악해서 멍청한 짓을 저지를 때가 많기에 오히려 널 실망시킬 수도 있어. 아무튼 네 계획에 실버로드가 걸려들어서 박살 난다면 난 타임스퀘어 한복판에서 속옷만 입고 신나게 춤을 출 거야."

"…그 녀석한테 빚이라도 지셨나요?"

"치욕을 당했지. 아무튼 시작하자꾸나."

"예."

치프는 톰을 집 밖으로 안내했다.

"아저씨, 혹시 4세대에 대한 생각은 여전하신가요?"

"셀레스티아… 아니, 셀리에게 달렸지."

"그게 끝이에요? 너무 무책임하신 거 같은데요?"

"너의 그 질문 자체가 셀리의 현재 상황을 말해주는 것 같구나. 그 아이가 네 눈에도 훌륭하게 비춰진다면 네가 나에게 '무책임한 거 아니냐'는 말로 설득을 하려 할 이유가 없겠지."

"하, 그런 해석도 가능하군요."

"지구는 표현의 자유가 보장된 세계야."

"……"

치프는 어이가 없었지만 이번 일에는 톰의 도움이 꼭 필요했기에 더 이상 시비를 걸지 않았다.

치프는 자신의 단말기를 들었다.

"A—1730. 녹음에 들어가겠습니다."

"그래, 넌 사만다를 끝까지 지킬 수 있을 거야."

치프가 녹음을 마치자 톰은 오른손을 그의 이마에 댔다.

"준비됐지?"

"예, 아저씨."

톰의 힘이 치프에게 가해지자 치프는 눈을 뒤집으며 기절했다.

쓰러지는 치프를 누군가가 부축했다.

바로 안드레이였다.

"치프를 잘 부탁하네, 안드레이."

"알겠습니다, 해군청장님."

안드레이는 시신 수습용 자루를 옆에 놓고 지퍼를 열었다.

*   *   *

아침 7시.

침대에서 눈을 번쩍 뜬 데스디아는 단말기에 찍힌 시간을 믿을 수가 없었다.

'항상 4시 반에 일어났는데 어떻게 된 거지?'

그녀는 속옷을 입으면서 방을 둘러봤다.

탈리케이아는 물론 헤이파도 곤히 자고 있었다.

적당히 옷을 입은 그녀는 커튼 사이로 창밖을 살폈다. 일반 군복을 입은 UNSMC 대원들이 오늘 있을 훈련에 대한 설명을 죠니와 안드레이에게 듣고 있었다.

몰래 방을 빠져나간 데스디아는 사만다의 방문을 열었다.

치프는 옆으로 누운 채 자고 있고 사만다는 오늘 사용하고 정리할 자료들을 노트북으로 만지느라 정신이 없었다.

데스디아가 문을 노크했다. 깜짝 놀란 사만다가 방문 쪽을 돌아봤다.

"부사장님?"

"실례하마. 치프는 다시 잠든 것이냐?"

"오늘은 늦게까지 주무시는군요."

"그래?"

데스디아는 자신과 헤이파, 탈리케이아, 그리고 치프에게 어떤 일이 일어났을지 모른다고 추측해 봤다.

그러나 사만다의 표정은 의외로 여유로웠다.

"아저씨께선 제가 옆에 있을 때면 항상 늦잠을 주무시지요."

"호오······."

사만다의 입장에선 과거에 항상 있던 일을 얘기한 것뿐이다.

하지만 그 무게감만큼은 데스디아를 질투의 늪으로 빠뜨리기에 충분했다.

사만다가 약간 부담스러운 표정으로 데스디아를 쳐다봤다.

"부사장님, 혹시 방금 일어나셨습니까?"

"그렇다만?"

사만다는 머쓱하게 웃으며 자신의 왼쪽 머리를 만졌다.

그녀의 행동을 묵묵히 바라보던 데스디아가 순간 움찔하여 자신의 왼쪽 머리카락을 눌렀다.

항상 곧고 탄력이 넘치던 그녀의 머리카락이 지금은 짐승의 갈기처럼 헝클어져 있었다.

'내가 이토록 험하게 잠을 잤나?'

데스디아는 방으로 돌아가 샤워를 한 후 머리를 빗자고 마음 먹었다. 그에 정신이 팔린 탓에 치프가 앞으로 엎드린 뒤 팔굽 혀펴기 자세로 일어나는 것을 보지 못했다.

"아, 머리 아파."

치프가 뭔가에 취한 목소리로 힘겹게 말했다.

사만다는 그냥 그를 돌아봤으나 데스디아는 긴장감에 몸이 경직되어 꼼짝도 못했다.

"수면제의 현기증은 아닌데… 이건 잠에 취한 건가?"

중얼거리며 주변을 살피던 치프는 데스디아가 서 있는 방향 에서 고개를 멈췄다.

"미안, 뎃디. 머리가……."

머리가 아프다는 말을 하려 하던 치프는 자신의 몸이 중력에 서 잠깐 벗어나는 것을 느꼈다.

데스디아가 치프의 침대를 뒤집어엎은 것이다.

"헉, 헉……!"

데스디아는 가쁜 숨을 쉬었다. 사만다는 그 큰 침대를 방석 뒤집듯 뒤집어 버린 데스디아의 모습과 침대 밖으로 튀어나온 치프의 손을 번갈아 관찰하느라 바빴다.

침대 밖으로 치프가 기어 나왔다.

"아니, 내 머리가… 어지럽다고."

데스디아는 그 말을 듣자마자 자신의 방으로 도망쳤다.

사만다는 한숨을 쉬며 치프에게 다가갔다.

"괜찮으십니까?"

"…저기, 내가 말실수라도 했니?"

"잘 모르겠군요. 나오실 수 있겠습니까?"

"음, 아, 일단 차가운 물 좀 줄래?"

"알겠습니다."

치프는 사만다가 방에 설치된 냉온수기에서 차가운 물과 얼음을 받는 사이에 침대에서 기어 나왔다.

그는 데스디아가 순간적으로 가한 힘을 이기지 못하고 부러져 버린 침대의 프레임을 가만히 바라봤다.

'뎃디가 뭔가를 부쉬먹는 꼴은 자주 봤지만 이건 좀 심하군. 아니, 중장갑 전투복 착용자를 주먹 한 방으로 삶은 계란처럼 뽑아버린 걸 생각하면 그렇지도 않나?'

고민하는 그에게 사만다가 얼음물을 내밀었다.

"여기 있습니다, 아저씨."

"응."

치프는 건네받은 물을 천천히 마셨다. 그리고 얼음이 남은 컵을 이마에 대며 생각해봤다.

"숙소에 남은 침대가 있니?"

"없을 겁니다."

"없다고?"

"최상층에 있던 여분의 침대와 가구가 UNSMC 아저씨들의 방으로 이동했습니다. 많은 분들께서 전함 위스콘신 대신 지상에서 주무시니까요. 그래서 이 최상층은 뜻하지 않게 여성 전용이 돼버렸죠."

"…아."

치프는 잊은 것을 떠올리고는 고개를 끄덕였다.

"그럼 이걸 어쩌지? 오늘 밤부터는 바닥에서 자야겠는데?"

"손님용으로 비워둔 3인실이 있습니다만……."

"그래? 생각해 봐야겠군."

치프가 일어났다. 그의 표정은 지독한 숙취에 시달리는 사람처럼 엉망으로 구겨져 있었다.

"아, 미안. 욕실 좀 쓸게."

"예, 아저씨."

사만다는 방 밖으로 도망친 데스디아의 상태가 궁금했지만 금방 잊고는 다시 책상 앞에 앉아 노트북을 만졌다.

58
둘만의 식사

식당의 6인용 테이블에서 늦은 아침 식사를 맞이한 치프와 사만다, 데스디아, 헤이파, 탈리케이아는 매우 조용히 앉아 있었다.

치프와 데스디아, 탈리케이아의 표정은 흐리멍덩했다. 셋과 달리 아주 산뜻한 모습의 사만다와 헤이파는 각자의 단말기로 오늘의 일정과 뉴스 등을 살피며 여유를 즐겼다.

테이블에 엎드려 있던 치프가 고개를 들었다.

"이제는 단말기도 잘 쓰시네요, 여사님."

치프가 묻자 헤이파가 왼쪽 입술을 가볍게 올리며 웃었다.

"알타이르의 워치프에게 불가능이란 없다네."

"그렇군요."

대답한 그녀는 오른손 엄지로 단말기 화면을 빠르게 두드렸다.

"…혹시 채팅하세요?"

"소셜 네트워킹 사이트. 화젯거리를 올리면 여기에 가입한 사람들이 응답해 오지. 켐리에게 배웠다네."

"토론 계통인가 보네요. 뭐 올리신 거라도 있나요?"

"시험 삼아 올린 게… '애를 셋 키우는 알타이르 행성인 엄마입니다. 외롭네요'였다네."

SNS에 아예 흥미가 없는 데스디아만 가만히 있을 뿐 치프와 탈리케이아, 사만다는 당황한 표정으로 헤이파를 봤다.

"왜 그런 제목을 사용하셨나요?"

"켐리가 이곳에서 즐겁게 활동하려면 이 정도 제목은 되어야 한다고 하더군. 내 셀프카메라 사진도 첨부하라던데?"

치프는 오른손으로 얼굴을 감쌌다.

"반응은 어떤가요?"

"1대 1 채팅을 요구하는 사람이 너무 많군. 몸으로 날 위로해 주겠다는 자들이 수두룩해."

"…실례하지만 단말기 좀 보여주실 수 있나요?"

"음? 음, 한번 보게."

헤이파의 단말기를 건네받은 치프는 눈을 부릅뜨고 화면을 살폈다. 옆자리에 앉은 탈리케이아가 그를 향해 몸을 기울여 함께 화면을 봤다.

사진 속의 헤이파는 얼굴이 모자이크 처리된 포프와 젝스의 어깨에 양팔을 두른 채 즐겁게 웃고 있었다.

거기까진 좋았는데, 1대 1 채팅을 요구하는 자들의 프로필 사진이 대단했다.

연예인이 아닐까 싶을 정도로 미리가락을 다듬고 큼지막한 시계와 귀고리, 반지 등의 액세서리가 잘 보이도록 사진을 찍은 자는 그야말로 기본이었다. 심지어는 자신의 다리 사이에 달린 거대한 물건을 과시하듯 찍어 올린 자도 몇 있었다.

　"이거 너무 위험한 곳인데요?"

　"흠, 내가 걱정되나?"

　"당연하죠."

　"하하하!"

　치프가 살짝 인상을 쓰며 목소리를 높이자 헤이파가 시원하게 웃었다.

　"켐리에게 의외의 재주가 있군."

　"예?"

　"이쯤은 해야 자네에게 관심을 받을 수 있을 거라고 했거든. 켐리가 말이지."

　"하, 하하."

　치프는 일단 웃었지만 속으로는 켐리를 만나서 얘기를 해야겠다고 굳게 마음먹었다.

　반면 데스디아는 '관심'이라는 어머니의 말에 매우 진지한 표정을 지었다.

　'어머님께서는 진심이신가?'

　붉은 9월단의 씨를 말린 그날 아침, 치프에게 데이트란 얘기를 듣고 당황하던 데스디아는 헤이파, 탈리케이아와 함께 아침 식사를 하면서 한 번 더 당황했다.

　헤이파가 '너와 치프의 관계에 진전이 없을 경우 자신이 그를 차지할 것이다'고 선언했기 때문이다.

데스디아는 그때부터 신경이 날카로워졌다.

물론 집중력을 잃을 정도는 아니었다. 암살자들을 죽이지 말고 처리하라는 치프의 부탁을 완벽하게 처리할 만큼 공사의 구분이 확실했다.

한편, 치프는 농담으로 이 상황을 타개하려 했다.

"하하, 여사님, 저에게 관심을 받으시면 인질로서 노림을 당하실지도 몰라요."

"노림을 당할지도 모르는 게 아니라 지구에서 한 번 잡혔다네. 이미 과거형이지."

"그러네요."

치프는 고개를 푹 숙였다.

"그래도 즐거운 경험은 아니셨을 텐데요?"

"지나간 일이라 그런지 몰라도 가족 외의 사람이, 특히 남자가 나에게 진심을 다한 경우는 그때가 처음이었기에 잊지 못하고 있지."

"남자라… 그 교주 말씀이시죠? 그건 스톡홀름증후군이라고 해서……."

"……"

"예, 그 남자가 저였죠. 죄송합니다."

"흠."

완전히 구겨졌던 헤이파의 표정이 조금 풀렸다. 반면 데스디아의 표정은 점점 안 좋아졌다.

알케온이 식당 보조용 로봇들과 함께 따뜻한 음식을 들고 다가왔다.

"우리 회사에서 가장 일찍 일어나는 사람들이 늦잠을 자다니, 별일이 다 있군. 지친 건가?"

알케온은 무표정하게 지적하는 한편, 로봇들은 가져온 음식을 깔끔하게 테이블에 놓았다.

"음, 그래, 보양식이 필요할지도 모르겠네."

치프가 자신의 앞에 놓이는 토스트를 보고 한탄했다.

"흠, 사장이여. 혹시 탄두리 치킨 좋아하나?"

"전설 속의 성배처럼 허황된 물건으로 들리는군. 너무 오래전에 먹어서 인도 요리인지 영국 요리인지 헷갈릴 정도야."

"그럼 오늘 저녁은 탄두리 치킨과 치킨 커리 등으로 자네 식사를 꾸며보지."

알케온은 전자 펜으로 단말기의 스케줄러에 그 요리들을 적으며 조리실로 향했다.

'저 친구, 이젠 주부 내지는 쉐프의 개성을 확고히 하고 있군. 첫인상이 어땠는지 기억도 안 나.'

치프가 속으로 중얼거렸다.

조리실로 가던 알케온이 우뚝 멈추고는 치프를 돌아봤다.

"자네, 오늘도 바쁜가?"

"그다지? 저녁에 레투가를 만날까 생각 중이야. 딱히 약속을 잡진 않았어."

"그렇다면 포프와 얘기를 나눠보게."

"포프? 왜?"

"그 아이의 눈에 살기가 돌더군."

"아, 그래. 고마워, 친구."

알케온의 말을 곧바로 이해한 치프는 토스트를 흔들며 인사했다.

"참으로 많은 이들이 자네에게 의지하고 있군."

헤이파가 말했다.

"하, 그렇다고 제가 사람들 양말까지 골라주진 않잖아요?"

"자네는 남을 잘 믿지 않지만 다른 사람들은 자네를 굳게 믿고 있지. 첫째도 그렇고 나도 그렇고 사만다도 그렇고."

헤이파는 포크 두 개를 이용해 테이블 한가운데에 놓인 치킨 샐러드를 떠서 데스디아의 접시 위에 놓아주었다. 탈리케이아와 사만다도 그녀가 주는 샐러드를 공손히 받았다.

치프도 접시를 슬그머니 내밀었지만 헤이파는 자신이 사용한 포크들을 그의 접시에 올려놓았다.

"하지만 얘기를 들어보니 자네가 대가를 받은 적은 없는 것 같더군."

"전 군인으로서 임무를 처리했을 뿐이에요."

치프는 미묘한 미소를 지었다.

"말은 그리 하지만 속으로는 포프에 대한 걱정을 하고 있지 않나?"

"…그러게요."

치프가 힘없이 웃었다.

"뎃디도 포프 나이 때 그랬나요? 사만다의 경우를 봐서는 뎃디도 그랬을 것 같은데요."

사만다가 머쓱했는지 식당 밖으로 시선을 돌렸다.

헤이파는 팔짱을 끼고 진지하게 임했다.

"포프의 나이 때라……. 첫째는 그때 입에서 젖을 못 뗐다네. 탈리는 막 뛰어다녔는데 말이야. 내가 고생이었지."

"아니, 사춘기 후반 말이에요. 개념적으로 성인이 되기 직전이라고 하면 될까요?"

치프는 아무 생각 없이 따졌으나 뜬금없이 치부가 드러난 데스디아의 얼굴은 샐러드 안의 토마토만큼이나 빨갛게 변했다.

"아, 그렇군. 첫째는 뭐… 대단했지. 워치프 말고 화가가 되겠다고 몸부림을 쳤거든."

"예, 그림에 대한 재능이 없어서 결국 워치프가 됐다고 뎃디가 저번에 그랬어요."

"재능이 없는 건 아니었다네. 아예 감이 없었지."

"으흠."

치프가 고개를 끄덕였다.

계속 이어지는 폭로에 데스디아의 인내심은 한계에 달했다.

"그래도 재능과 실력의 벽에 도전하는 첫째의 모습은 자랑스러웠네. 분홍색 전통복을 입고 흰색의 그림 종이와 대치하는 그 모습은 너무 예뻤지. 눈만 감아도 그때 그 모습을 떠올릴 수 있다네."

말은 그리 했지만 헤이파의 표정은 금방 변했다.

"근데 몇 년이 지나도록 답이 안 나왔지. 첫째 본인은 계속 발악했지만 색맹이 아닐까 싶을 정도로 색칠을 못할 뿐만 아니라 기본 틀도 못 잡으니… 쯧."

"슬슬 포프에 대한 말씀을 좀 해주시죠."

"아, 말이 너무 샜군."

헤이파가 팔짱을 낀 상태로 눈을 감았다.

"포프는 아직 헌터와 마스터 어쌔신의 경계에 놓여 있다네. 동생이 직접 피해를 봤으니 분명 마스터 어쌔신 쪽으로 더 쏠려 있겠지. 그 아이의 위치를 정확히 정해줄 수 있는 사람은 자네뿐일 것이네."

"왜 또 저인가요."

"왜긴, 포프가 자네를 남자로 여기기 때문이지."

"전 원래 남자인데요."

치프의 대답은 진심이었다.

그 대답이 나오자마자 테이블의 여성 전부가 한숨을 쏟았다.

"자네에게 고자 같은 놈이라고 말을 않기로 약속했으니 어쩔 수 없군. 고자보다 더한 놈이라고 해야 하나? 좆도 없는 놈은 어떤가? 달리 마음에 드는 단어나 표현이 있다면 말해주게."

"…예, 포프의 일은 제가 어떻게 해볼게요."

치프는 데스디아도 나이가 들면 분명 이럴 거라며 깊이 걱정했다.

'포프라……'

그는 자신이 포프 앞에서 어떠한 모습들을 보여줬는지 생각해 봤다.

'딱히 한 거 없는데?'

그의 고민은 얼마 못 가 당혹감으로 바뀌었다.

어찌어찌 식사를 마친 치프는 포프에 대한 답을 얻지 못한 채 대원들과 함께 각종 장비를 점검하며 시간을 보냈다.

점검 중에도 그의 고민은 계속됐는데, 위스콘신에서 신체 부품 정비를 마치고 지상으로 내려온 안드레이가 마침 치프의 눈에 딱 띄었다.

둘은 천막 아래의 간이 책상을 사이에 두고 마주 앉았다.

"고민을 좀 들어주겠나?"

치프의 물음에 자신의 부품, 아니, 선글라스를 닦던 안드레이가 곧장 선글라스를 책상 위에 내려놓고 곧게 앉았다.

"말씀하십시오, 원사님."

"사춘기가 끝날 무렵의 여자애들은 어떤 식으로 마음을 풀어 줘야 할까?"

"…제 아이들은 아직 열 살도 안 돼서 도움을 드리기는 어렵 겠군요."

"아, 역시 그렇군."

치프가 아쉬운 마음에 한탄했다.

안드레이는 그가 왜 그런 고민을 하는지 생각해 봤다.

"원사님께서는 사만다를 통해서 이미 경험하시지 않았습 니까?"

"사만다가 학교에 다닐 때 우리가 어디서 뭘 하고 있었는지 자네도 알잖아?"

"예. 우리 모두 사만다와 만날 틈이 없었지요."

안드레이는 검지로 자신의 선글라스를 툭툭 건드렸다.

"사춘기가 끝날 무렵의 여자애라면… 혹시 포프 베르자르에 대한 걱정을 하고 계신 겁니까?"

"맞아."

"그 아이의 심리 상담은 부사장님이나 여사님께서 맡으셔도 될 것 같습니다만."

"그분들께서 나보고 하라던데? 절벽 밖으로 퍽퍽 미는 분위기였다고. 결국 떨어져서 여기에 앉아 있지."

치프가 어깨를 으쓱했다.

"그렇습니까? 정말 비효율적인 선택이군요."

안드레이의 대답에 치프는 한 방 먹은 표정을 지었다. 안드레이는 옅게 웃는 것으로 농담 한번 했다는 말을 대신했다.

"확실한 것은 사만다가 작성한 보고서가 정확하다면 포프는 원사님의 말씀을 흘려듣지 못할 겁니다."

"어째서?"

"원사님께서는 포프에게 큰 영향을 주셨습니다."

"난 평소 하던 대로 했을 뿐이야."

치프가 답답하다는 표정으로 대답하자 안드레이가 슬쩍 웃었다.

"예, 그 '평소'가 꽤 끔찍하지요. 원사님께서 발로 밟아 꺾으신 것만 따지자면 나뭇가지보다 사람 목뼈나 척추가 더 많지 않습니까?"

"……"

"아직 자아가 완전치 않을 나이 대의 아이들은 원사님처럼 주관이 확실하고 서슴없으며 행동이 뚜렷한 사람을 동경할 확률이 높습니다. 원사님의 행동이 '옳다'고 믿어버리기 쉽지요."

안드레이의 말에 치프는 오른손을 들어 자신의 검은색 머리를 만졌다.

"그건 최악이잖아?"

"그렇습니다만, 잘해야 원사님의 판단 기준과 해결 방식을 배우려 할 겁니다. 가치관까지 따라갈 수는 없으니 말입니다."

"그것도 그다지 좋게 들리진 않네."

"그렇다면 확실하게 말씀드리지요. 원사님께서는 포프를 입사시키셨을 뿐만 아니라 그 아이에게 단검과 권총까지 주셨습니다."

"음… 아, 그렇지. 문제를 해결하는 수단 중에서 가장 지저분한 걸 선물한 사람이 바로 나야."

안드레이의 지적을 인정한 치프는 고개를 뒤로 젖혔다.

"그럼 다시 처음으로 돌아가자고. 포프에게 뭐라고 말해야 할까?"

"저보다는 원사님께서 말씀을 더 잘하시지 않습니까?"

"…결국 자네도 내 등을 떠미는군."

"죠니 상사를 부를까요?"

"아냐, 됐어. 내가 책임져야지."

손사래를 친 치프는 자리에서 일어났다.

"원사님께선 분명 포프에게 좋은 이야기를 해주실 겁니다. 평소처럼 말입니다. 그럼 나가보겠습니다, 원사님."

안드레이는 선글라스를 낀 뒤 자신의 장비를 점검하기 위해 천막 밖으로 나갔다.

점심 식사가 끝난 후, 대원들의 일을 죠니와 안드레이에게 맡긴 치프는 회사 어딘가에 있을 포프를 찾아 나섰다.

포프는 보조 훈련장의 그늘 아래 앉아 있었다.

그녀는 자신의 동생들이 천막 아래에서 켐리와 함께 재활운동을 하는 모습을 보고 있었다. 하지만 눈만 그곳에 있을 뿐, 마음은 완전히 다른 곳에 가 있었다.

치프가 강하고 짧게 휘파람을 불었다. 포프를 포함한 모두가 그 소리에 반응하여 치프를 돌아봤다.

"사장님!"

포린과 포티가 치프를 향해 손을 흔들었다. 둘에게 다가와 등을 두드려 준 치프는 아이들 곁에서 헤벌쭉 웃고 있는 켐리에게도 미소를 보냈다.

"하하, 켐리. 헤이파 여사님께 재밌는 걸 가르쳐 드렸던데?"

"아, 채팅이요? 하하, 사장님께서 그걸 보시면 질투하실 거라고 여사님께 말씀드렸죠."

"그래? 하하!"

"효과가 있었나 보네요? 하하!"

"하하, 그렇지. 널 지갑으로 만들어줄까, 벨트로 만들어줄까?"

둘이 곧장 정색했다.

"은근히 보수적이시네요, 사장님."

"보수적? 그 채팅 프로그램의 이용자들부터 맛이 간 거 같은데?"

"여사님도 어른이신데 사장님께서 신경 쓰실 필요가……."

"이미 내가 본 걸 어떡하라고? 응, 응, 응?"

치프는 검지로 켐리의 어깨를 세 번 연속해서 찔렀다.

"아, 좀 대국적으로 세상을 봐주세요."

"난 그게 싫어서 보드게임도 안 하는 사람이야."

쓸쓸한 얼굴로 켐리에게 시비를 걸던 치프가 한숨을 쉬고 표정을 풀었다.

"애들 재활은 어때?"

"포린이 정말 대단해요."

"그래?"

"예. 부작용 억제제를 오늘 이 시간까지 먹지 않았는데도 일을 당한 손에 문제가 없어요. 신체조직도 깨끗하고요. 이걸 보세요."

켐리는 위스콘신에서 제공 받은 야전 의료용 투시 장치에 포린의 팔을 댔다.

투시 장치 옆에 부착된 작은 스크린에 포린의 팔이 떠올랐다. 치프와 켐리, 그리고 막내 포티가 그 화면 앞에 모여들었다.

"여기 피부색이 다른 곳이 보이시죠? 여기가 절단 장소예요."

켐리는 투시 장치의 다이얼을 돌렸다. 피부가 사라지고 피부 밑에 위치한 포린의 팔 근육이 모세혈관과 인대, 뼈와 함께 드러났다.

"잘 보이시죠?"

"그래, 정육점이 생각날 정도로 잘 보이는군. 아무튼 설명해 봐."

"절단 부위의 경우 재구축 치료를 받는다 해도 부작용 억제제를 복용하지 않으면 재구축된 부위에 염증이 생기는 경우가 많아요, 사장님. 하지만 포린의 팔은 약을 먹지 않았는데도 이처럼 깨끗하죠."

"여어, 켐리. 의학 지식이 꽤 깊은데?"

치프가 감탄했다. 물론 그 감탄 속엔 약간의 의심도 섞여 있었다.

"위생병 아저씨들이 얘기해 주신 걸 그대로 말씀드린 거예요."

켐리는 솔직하게 말했다.

"그렇구나. 음, 정리하자면 셸리의 재생 능력이 재구축 치료 장치보다 낫다는 거군."

치프의 말에 켐리가 끄덕거렸다.

"그렇죠. 셸리 부사장님은 굉장하세요!"

"…공동대표."

"아, 예. 공동대표님이요. 하하, 포린의 팔을 치료해 주시는 모습은 정말 마법 그 자체였죠."

"음……."

치프는 오른손으로 자신의 눈을 만졌다. 셸레스티아에 의해 재생된 데스디아의 눈도 떠올려 봤다.

'내가 건하운드라면 셸레스티아는 재구축 치료기라고 할 수 있겠군. 그것도 근원에 가깝게 말이지. 둘 다 운캄타르의 능력이라면 굳이 이렇게 나눌 필요가 있었을까?'

다시 팔을 내린 치프는 투시 장치에서 팔을 빼는 포린을 돌아봤다.

"잠깐, 아까 포린이 대단하다고 했는데… 말을 들어보니 대단한 사람은 얘가 아니라 셸리잖아?"

그러자 포린이 치프의 허벅지를 손바닥으로 때렸다.

"농담이야, 농담."

포린의 어깨를 토닥인 치프는 이어서 막내 포티를 불렀다.

"포티, 조금 이따 괜찮으면 켐리와 함께 왕녀 전하를 만나러 가볼래?"

"왕녀 전하께 치료를 받으면 저도 둘째 언니처럼 피부가 하얘질까요?"

"응? 하얀 피부가 갖고 싶어?"

"우리 가족은 아빠만 피부가 희거든요."

"너희들은 그냥 햇볕에 살이 탄 거니까 너무 신경 쓰지 마. 햇볕 피하면서 시간 보내면 돼."

치프는 켐리에게 둘을 맡긴 뒤 포프의 옆자리에 앉았다.

"우리 아가씨 표정이 왜 이럴까? 응원하던 팀이 끝내기 홈런이라도 맞은 얼굴인데?"

포프는 치프를 흘끔 볼 뿐 대답하지 않았다.

"혹시 나한테 화가 난 거야?"

치프의 질문에 결국 발끈한 포프가 벌떡 일어났다.

"너무하세요! 사장님께서는 뭘 잘못하셨는지 정말 모르시나요?"

"…포프."

치프는 포프에게 다시 앉으라는 손짓을 했다. 매너부터 지키라는 뜻이다.

"죄, 죄송해요."

평소답지 않게 로맨스 드라마 등에서 봤던 대로 행동해 본 포프는 슬그머니 자리에 앉았다.

"네가 나한테 아쉬운 점이 있는 건 분명해 보이니 뭐든 얘기해 줘. 오늘 할 얘기가 아닌 것 같으면 다음에 해도 돼. 대신 혼자서 위험한 일을 하지 않겠다는 약속만큼은 반드시 해야 해."

치프의 말에 포프가 인상을 살짝 찡그렸다.

"저에게 명령을 하셔도 돼요, 사장님."

포프는 말을 꺼내기 무섭게 치프에게 코끝을 잡혔다.

"난 네 상급자이기도 하지만 보호자이기도 해. 실제로 난 네 아버지의 사망이 확인된 이후 너희 남매의 법적대리인 및 보호자를 맡고 있어."

"정말요?"

포프가 코를 만지며 물었다.

"정말이죠."

치프는 포프의 더벅머리를 두드려 주었다.

"나로선 보호자의 입장을 더 중요시하고 싶은데, 싫어?"

"아, 아니에요. 일찍 말씀해 주셨으면 더 좋았을 텐데……."

"괜찮아. 그런 말을 할 틈도 없었으니까."

포프의 감정이 조금 차분해졌다.

"그렇게 말씀해 주시니 제가 준비한 말이 하늘로 붕 떠버렸네요."

"원래 무슨 말을 하려고 했는데?"

"저랑 레투가 보안국장님 중에서 누굴 택하실 거냐고 여쭤려고 했어요."

"…의미를 잘 모르겠는데? 내가 둘 중 한 명에게 청혼을 해야 하는 입장인 거야, 아니면 청혼을 받아야 하는 입장인 거야?"

"그게 아니고요."

포프는 손으로 얼굴을 한 번 쓸어내렸다.

"만약 실버로드가 저번처럼 재구축 치료를 역이용하겠다면서 보안국장님과 저 사이에 한 명을 고르라고 하면 어떤 선택을 하실지 궁금했어요."

"글쎄? 나라면 실버로드를 먼저 조져놓고 고민하겠지."

"…대비책은 갖고 계신가요?"

"한 번 봤으니까 어렵지 않아. 그놈이 내가 모르는 과학기술을 동원하지 않는 한 똑같은 방법으로 날 협박하는 건 불가능해."

"실버로드가 일단 저지르고 보면 어쩌시려고요?"

"오, 좋은 질문이야."

치프가 빙긋 웃었다.

"놈이 일을 저지르고 본다면 그 이유는 뭘까?"

"…미칠 만큼 궁지에 몰렸을 때겠죠? 나름 계획을 세우고 일을 하는 스타일인 거 같으니까요."

"맞아. 놈은 꽤 이성적인 녀석이라서 마구잡이로 일을 저지르진 않을 거야. 저번에 포린을 상대로 일을 벌인 건 아마 나로 하여금 재구축 치료와 관련된 각종 정보를 모으도록 만들기 위함이겠지. 녀석이 정말 레투가를 목표로 했다면 우린 그날로 레투가의 영정 사진을 봐야 했을 거야."

"그런가요?"

"레투가 곁엔 셸리가 없었거든. 녀석은 분명 셸리의 강력한 치료 능력을 계산해서 포린을 목표로 했을 거야. 그 녀석 자신도 셸리가 포린을 과연 치료할 수 있을지 궁금했을 거고, 또 어린아이에게 해를 입히는 건 심리적으로 꽤 압박을 주는 전술이거든."

"……."

"날 봐, 포프."

포프가 고개를 돌려 치프를 봤다.

"거기에 제대로 걸러든 사람은 너야. 지금 네 표정과 눈빛은 내가 보기에도 좀 무서울 정도라고."

"포린이 당한 건 사실이잖아요?"

포프가 결국 분노를 드러냈다.

"그래, 그게 녀석의 노림수야."

치프는 포프의 머리 위에 손을 얹었다.

"네가 네 어머니의 힘을 물려받은 사실은 적들도 알고 있어. 아무래도 실버로드는 너를 마스터 어쌔신으로 만들고 싶어하는 것 같아."

"어째서죠?"

"글쎄? 난 초현실적인 힘에 대해서는 전혀 아는 바가 없어서 말이지. 야구에서 사이클링 히트조차도 기적의 일종으로 보거든."

"……."

"하지만 그 힘의 전문가를 한 사람 알고 있지. 그런데 그 사람의 도움을 받기 위해서는 네 허락과 각오가 필요해."

"예? 그분이 누군데요?"

"키드의 스승."

치프는 딸기코를 표현하기 위해 손끝을 모아 자신의 코끝을 두드렸다.

"놈을 깨울까, 말까?"

치프의 물음에 포프는 고민했다.

그 딸기코 노인은 동생들을 노렸을 뿐만 아니라 딕슨을 직접 살해한 자다.

그녀와 알고 지낸 기간만 따지자면 1년 동안 회사를 비운 치프보다는 딕슨이 더 오래됐다.

포프는 그와 조셉에게 배운 것도 많을뿐더러 그녀가 지금 사용하는 전투복을 개조할 때도 그들에게 큰 도움을 받았다.

그랬기에 포프는 그 노인을 용서할 수 없었다.

"제가 물려받은 힘이 그렇게 대단한 걸까요?"

포프의 질문에 치프는 회사 본관 쪽을 보며 쓴웃음을 지었다.

"대단하던 대단치 않던 상관없어. 너를 이 바닥에 들인 원인이라는 것만은 확실하니까."

"……."

"아무튼 그 딸기코가 왜 네 동생들을 노렸고, 또 자유의 어둠이라는 힘에 집착하는지 이유를 알아야 해."

"이유를 알아내시면 그자를 죽이실 건가요?"

"응? 왜, 네 손으로 죽이고 싶어? 그러면 줄부터 서야 할걸."

치프는 훈련장에 있는 UNSMC 대원들을 가리켰다.

"죠니와 안드레이가 앞자리를 다투려 하겠지."

"사장님은요?"

"난 뭐… 녀석의 입에서 정보만 뽑아낼 수 있다면 상관없어."

"그자는 딕슨 아저씨를 죽였다고요!"

포프가 고함을 지르며 일어났다.

캠리뿐만 아니라 포프의 동생들까지도 포프의 그 모습에 깜짝 놀랐다.

"그럼 원하는 걸 말해, 포프. 냉동수면 장치의 온도를 강제로 낮추면 녀석은 얼음 가루가 돼서 영원히 일어날 일이 없을 거야."

"……."

"잔소리를 좀 해볼까? 딕슨은 녀석을 자기 손으로 죽일 수 있었어. 형제인 조셉의 죽음과 관련이 없는 놈도 아니었잖아? 하지만 딕슨은 녀석을 결박한 채로 자신의 생을 마쳤지. 그건 우리에게 뒷일을 맡기겠다는 뜻이 아닐까?"

"…선택권 따위는 제 손에 없다는 말씀으로 들리네요."

포프의 분노는 가라앉지 않았다. 하지만 치프는 그냥 앉은 채 가만히 있다가 한숨을 쉬었다.

"진정해, 포프. 난 지금 네 허락을 받기 위해서 쉬운 길을 돌아가고 있는 중이야."

"왜 제 허락이 필요하신 거죠?"

"미련이나 분노 같은 찌꺼기를 네 마음속에 남기기 싫어서 그래. 그렇게 하기 위해서는 네 스스로가 납득해야 해."

"……."

"당장 결정할 필요는 없어. 하지만 언젠가는 반드시 선택해야만 해. 자신의 주관에 따라 선택한 것을 책임질 수 있는 자가 바로 어른이야. 그리고 넌 몇 년 지나면 어른이 될 수밖에 없어. 동생들을 위해서라도 말이야."

치프는 일어나서 옷을 털었다.

"거기에 손해와 이익을 가늠하는 능력까지 더해지면 아저씨, 아줌마로 진화하게 되지."

"…그래서 사장님이 '군인 아저씨'인가요?"

"바로 그렇지."

치프는 포프의 등을 두드려 줬다.

"잘 생각해 봐."

그는 포프가 자신의 말을 알아들었길 바라면서 다른 곳으로 이동하려 했다.

그러나 포프가 그의 셔츠 자락을 휙 잡아당겼다.

"어? 왜?"

"시, 식사를 하고 싶어요!"

"…식당 가서 먹으면 되잖아?"

"빅시티에 가서 먹고 싶어요! 저녁 말이에요!"

"그래? 저녁에 레투가랑 만나기로 했는데… 뭐, 레투가를 빅시티에서 만나면 되겠지. 레투가가 좋은 식당을 많이 아니까 괜찮을 거야."

"그럼 사장님이랑 저 단둘이서 빅시티에 가는 거죠?"

"아니, 운전은 롸켓에게……."

"둘이서 가는 거죠? 그렇죠? 예?"

치프는 대체 왜 이러냐는 표정으로 포프를 바라봤다. 포프는 움찔했지만 물러서지 않고 그를 마주 봤다.

"…하아, 그래. 가자. 대신 드레스 같은 거 입을 생각 마. 무기도 좀 갖추고."

"무기요?"

"알잖아? 너랑 내가 뭔가를 같이 타면……."

"…예, 사장님."

포프도 그 징크스가 마음에 걸렸는지 고개를 끄덕였다.

"쇼핑 같은 것도 할 겸 빨리 출발하자. 30분 정도면 되겠지?"

"예!"

대답한 포프는 기숙사를 향해 후다닥 뛰어갔다.

켐리와 포프의 동생들이 단말기를 주머니에서 뽑아 드는 치프를 향해 어슬렁어슬렁 걸어왔다.

"부사장님께는 비밀로 할게요, 사장님."

켐리가 능글맞게 웃었다. 뒤이어 포프의 동생들이 잘해보라는 듯 치프에게 엄지를 펴며 웃었다.

치프는 그들을 가만히 바라보다가 단말기로 누군가에게 전화를 했다.

"어, 뎃디. 한 30분 정도 있다가 포프랑 빅시티로 갈 거야. 레투가는 거기서 만나야 할 거 같네."

─포프와 단둘이?

"애가 스트레스를 좀 많이 받은 것 같더라고."

─그럼 회사는 내가 맡지. 특별히 주의할 부분은 없나?

"정보 수집은 안드레이에게 맡겼으니까 그 친구랑 얘기하면 될 거야. 혹시 뭐 필요한 물건 있어?"

─그럴 돈이 있으면 당신 옷이나 사.

"네가 아침에 부숴먹은 침대를 사면 어떨까?"

─흥, 사주고 싶은 물건이 있으면 당신이 한번 사 와 봐. 뭘 사

올지 기대되는군.

"하하, 그러지. 그럼 갔다 올게."

전화를 끊은 치프는 켐리와 포프의 동생들을 돌아봤다.

"다치지 말고 잘 놀아. 알았지? 저녁도 든든히 먹고."

"……."

치프가 떠나고 셋은 동시에 손으로 얼굴을 가리며 참담한 심정을 감췄다.

'저래서 다리 사이에 뭔가 없다는 소리를 들으시는 거군.'

손을 내린 켐리는 뒷목을 만지며 걸어가는 치프의 모습을 묵묵히 바라봤다.

*   *   *

치프는 회사 건물에 처음 왔을 때 데스디아와 함께 타던 차를 타고 빅시티로 향했다.

우락부락하고 두툼하여 연비가 참 나쁘게 생긴 그 경장갑 차량은 실제로 기름을, 그것도 디젤을 사용하여 움직이는 물건이었다.

전자 장비는 대부분 철거됐으며 심지어는 의자조차도 뭔가를 막 돌리고 당겨야 위치와 각도를 조절할 수 있었다.

"사장님, 이거 군용인가요?"

포프가 물었다.

선글라스를 긴 치프가 그녀를 살짝 봤다.

"두꺼운 장갑판, 디젤 엔진, 특수 변속기, 드라이버 샤프트 등과 타이어 관련 장치를 제외하고는 뗄 거 다 뗀 놈이라 군용은 아니야. 위에 무기를 얹거나 전술 링크 장치를 달면 바로 군용이 되긴 하지만… 그래도 많이 부족하지."

치프는 오른손으로 핸들을 잡고 왼팔은 창틀에 걸쳤다.

"원래는 드래곤들이 내뿜는 전자 폭풍에 대비해서 이렇게 기계식으로 꾸민 건데 이제는 의미가 좀 없어졌지. 생존한 드래곤들이 루할트와 루할트의 직원들을 빼면 대부분 우리 회사에서 평화롭게 거주하고 있잖아?"

"엠페라투스 측의 드래곤들을 제외하면 그렇죠."

"맞아. 처음 예상한 것과는 전혀 다른 그림이 그려지고 있지. 처음에는 셀레스티아를 도와서 우주연합의 흉악한 적들을 막아내면 되는 일인 줄 알았는데, 자유의 어둠이니 재구축 치료기에 대한 의문이니 테러 조직을 빙자한 사회 파괴범들이니 하는 자잘한 사건들이 계속해서 일어나고 있지. 엠페라투스와 상대할 때는 스케일이라도 컸는데 말이야."

치프의 한탄에 포프가 씩 웃었다.

"신수도 포함시키셔야죠?"

"아, 그건 떠올리면 기분이 더러워져서……. 그와 같은 종류의 괴물을 두 번 이상 상대하고 싶진 않아."

"그래도 대비는 하셔야죠. 그때 진 플레커는 브리치들을 마음대로 조종하고 있었어요."

"그렇지."

치프는 운전대를 잡은 채 어깨를 으쓱했다.

"하지만 브리치들을 어떻게 조종하는지 모르겠어. 지구에서 브리치의 파편을 계속 조사하고 있지만 통제 방식을 파악하진 못했다고 하더군. 그 이전에 브리치 같은 중금속 덩어리가 공중에 뜨는 원리도 몰라."

"스트라투스로 그 브리치들을 자르면 추락하잖아요? 그것과 관계가 있진 않을까요?"

데스디아가 스트라투스의 칼바람을 이용해 브리치들을 잘라 떨어뜨리는 것을 자주 본 포프는 그때의 목격담이 치프에게 도움을 줄 수 있을지도 모른다고 생각했다.

하지만 정작 치프의 반응은 시큰둥했다.

"뎃디에게 스트라투스를 준 엠페라투스라면 잘 알고 있겠지. 운캄타르도 그렇고. 하지만 아무도 얘기해 주지 않고 있어. 그래서 나도 소극적으로 대처하고 있는 거야. 불가사의 따위에 병사들의 목숨을 걸 수는 없잖아?"

"사장님이 그러시면 브리치들을 모두 떨어뜨리겠다고 선언하신 공동대표님은 어찌되시는 건데요?"

"3개월 아니면 2개월이라고 했으니까 괜찮을 거야."

"그런 식으로 밀어붙이면 좀 그렇지 않나요?"

"부작용은 이미 터졌지. 젝스가 말만 그럴싸하게 하는 셀리와는 함께할 수 없다고 선언했잖아?"

"......"

"드래곤들… 아니, 날개 달린 자들의 문제는 어느 수준 이상부터는 셀리가 알아서 해야만 해. 나와 뎃디는 셀리의 기저귀를 갈아주려고 여기 있는 게 아니라고."

"그럼 자유의 어둠에 관한 문제 역시 저 스스로 해결해야 하는 건가요?"

포프가 조심스레 물었다.

"그 부분은 회사에서 말했듯이 네 결심에 달렸어. 모든 걸 너에게 떠맡기는 거 같아서 부담스럽지? 뭔가를 결정한다는 건 항상 그래. 자비가 없지."

치프는 포장된 도로에 차가 진입하자 변속기를 움직였다.

포프는 슬슬 보이기 시작한 빅시티의 전경에 눈을 돌리며 고민에 빠졌다.

한 시간 정도를 더 달려 빅시티 중심가에 도달한 치프는 주차장에 차를 세운 뒤 거리로 나왔다.

포프와 나란히 걷던 치프는 문득 하늘을 보고는 포프에게 물었다.

"요르엘은 어떤 애로 보여? 난 걔가 무슨 생각을 하는지 잘 모르겠던데."

"요르엘이요?"

포프가 가볍게 웃었다.

"생각 없이 행동하는 애는 아닌데요, 그래도 아주 가깝게 지내긴 좀 힘든 거 같아요."

"그래?"

"자신이 우리보다 우월한 사람이라고 생각하는 것 같아요. 그래도 나쁜 애는 아니지만요."

"음, 아니, 실제로 인간의 영역 밖에 있는 존재일지도 몰라."

치프의 기억 속에는 우주 공간 속에서도 문제없이 활동하는 요르엘의 모습이 뚜렷하게 남아 있었다.

"사장님께서도 그렇게 생각하세요?"

"다른 누군가가 똑같은 생각을 한 적이 있나보네?"

"예. 공동대표님께서 요르엘의 생각을 읽을 수 없다고 자주 말씀하셨어요."

"흠."

고개를 끄덕끄덕하던 치프가 갑자기 포프의 어깨를 잡았다.

포프가 그의 힘에 의해 강제로 멈추는 순간 골목으로부터 거대한 쇠사슬이 튀어나와 인도와 차도를 덮쳤다.

쇠사슬은 보도블록을 완파시키고 차도까지도 뭉개 버렸다.

배의 닻에나 쓰일 법한 거대 쇠사슬을 채찍처럼 휘두른 존재가 골목 사이에서 모습을 드러냈다.

아래턱이 강철로 대치된 악어 머리 거인이 각종 흉터와 장갑판 이식 수술, 문신 등으로 인해 흉악하기 짝이 없는 자신의 몸으로 치프와 포프를 막아섰다.

'켐리의 아빠 정도 되나?'

치프는 켐리와 같은 종족으로 보이면서도 몸뚱이가 훨씬 거대한 그 사내를 훑어봤다.

"우리에게 볼일이라도?"

"네 목에 걸린 현상금이 꽤 크지. 빅시티에서 널 만나게 될 줄은 몰랐군, A—1730."

"현상금? 난 공개적으로 죄를 지은 적이 없는데?"

"개인이 건 현상금이지. 실버로드라는 녀석이야."

"아하!"

그 괴한이 자신의 턱을 철컹철컹 움직였다.

"나의 이 턱은 두꺼운 철근도 씹어 자를 수 있다, A—1730. 그리고 이 쇠사슬은……"

"음, 알았으니 저기 가서 얘기하자고. 보는 사람이 너무 많네."

치프는 골목으로 들어갔다. 강철 턱의 괴한은 자신에게 등을 보인 채 골목으로 들어가는 치프를 멍하니 바라보다가 곧바로 웃음을 터뜨리며 그를 따라갔다.

"과연 배짱 하나는 두둑한 놈이군! 네놈의 사지를 씹어 삼켜주마! 나에게 필요한 건 네 목이니까!"

둘이 골목 안으로 들어가자 포프도 얼른 그들을 뒤따랐다.

쇠사슬 소리에 놀라 그 쪽을 바라보던 민간인들이 보안국에 신고를 하고 슬금슬금 접근하려는 찰나였다.

오른손에 상대의 강철 턱을 든 치프가 부상 하나 없이 골목에서 나왔다.

그는 분리수거 쓰레기통 중 고철에 해당하는 통에 그 강철 턱을 집어넣었다.

"철근 따위를 씹고 다니니까 머리가 안 좋아지지. 쯧."

혀를 찬 그는 손수건으로 손에 묻은 피를 닦은 뒤 손수건을 버렸다.

뒤늦게 골목을 나온 포프가 치프의 옆에 바짝 붙었다.

"사장님, 실제로는 부사장님도 이기실 수 있는 거죠? 그런 거죠?"

"내가 뎃디를 어떻게 이겨?"

치프는 부인했으나 포프는 방금 전 자신이 목격한 것을 믿을 수가 없었다.

골목에 먼저 들어간 것은 치프였다. 이것은 포프뿐만 아니라 주변에 있는 사람 모두가 기억하고 있는 순서이다.

강철 턱의 괴한은 느긋하게 뒤따라갔고, 포프는 만약에 대비해 기척을 감추고 단검을 준비하며 괴한을 뒤따라갔다.

포프는 치프가 걱정됐다.

상대는 오른쪽 팔뚝에 대형트럭 엔진처럼 생긴 쇠사슬 사출기를 달았고, 몸에는 수많은 장갑판을 수술로 덧댔으며, 강철 턱은 정말 철근도 절단할 것처럼 크고 흉악했다.

몸집은 그렇지 않아도 큰 편인 켐리보다 훨씬 거대했다. 어깨 폭이 중형 승용차, 아니, 승합차 이상이었다. 골목에 대체 어떻게 숨어 있을 수 있었는지 궁금할 정도였다.

겉모습만 보자면 중화기, 최소 자동소총 정도는 손에 쥐어야 맞서 싸울 수 있는 존재였다.

포프는 대체 치프가 무슨 배짱으로 그와 싸우려 했는지 이해할 수 없었다.

그러나 그녀는 골목에 들어서자마자 자신의 코앞에 확 떨어지는 치프의 모습을 보고 온몸이 경직됐다.

혹시라도 포프가 한 발 빨리 골목에 진입했다면 위에서 낙하하는 치프의 발에 깔리거나 둘 다 크게 다쳤을 것이다.

치프는 자신을 찾기 위해 골목을 두리번거리는 강철 턱 괴한의 오른쪽으로 접근했다.

포프의 눈에는 허리 뒤편에서 전기 충격기를 꺼내 돌진하는 그의 움직임이 마치 장창을 들고 돌격하는 기병처럼 보였다.

그야말로 서슴없었다. 목표를 죽이거나 박살 내겠다는 의지가 너무 뚜렷하여 보는 이를 질리게 만들 정도였다.

전기 충격기에 닿은 쇠사슬 사출기는 야생마처럼 엄청난 기세로 출렁이며 사슬을 뿜어냈다. 사슬의 무게가 엄청났고 사출기의 힘도 강해서 괴한의 거체도 앞으로 기울어졌다.

치프는 어느새 왼손에 바꿔 든 전기 충격기를 괴한의 강철 턱과 피부 사이에 대고 그대로 방아쇠를 당겼다.

치프가 들고 있는 것은 호신용이 아니라 살상용 전기 충격기였다. 전기 충격기의 엄청난 출력으로 인해 괴한의 의식은 한순간에 끊겼다.

괴한의 처리는 그것으로 끝이었다.

하지만 치프는 거기서 멈추지 않고 엎드려 쓰러진 괴한의 강철 턱을 자동차 범퍼 뜯듯 발로 내리밟아 강제로 분리시켰다.

턱 자체가 강철로 대체된 게 아니라 피부 위에 '단단히' 붙인 것이었기에 피가 대단히 많이 날 뿐 생명에는 지장이 없었다.

포프는 강철 턱을 집어 드는 치프의 모습에서, 특히 그의 표정에서 어떠한 '벽'을 느꼈다.

그는 승리감이 아니라 실망감에 젖어 있었다.

잔뜩 기대한 선물 상자에 이상한 것이 담겨 있음을 확인한 어린아이의 그것처럼 무게감 있는 씁쓸함이 그의 온몸에서 발산되고 있었다.

포프는 치프가 지구에서 자신과 헤이파를 구출할 때를 회상했다.

당시 치프는 중장갑 전투복과 지원복으로 몸을 감싼 자들을 처리한 뒤에도 그와 비슷한 몸짓을 보였다.

'신수가 되기 전의 진 플레커를 상대하실 때도 저러셨어.'

치프가 싸우기 전이나 싸운 뒤에 만족감, 아쉬움, 혹은 긴장감을 드러낸 상대는 단 둘, 엠페라투스와 신수뿐이었다. 일단 포프가 기억하기엔 그랬다.

'그들 외엔 사장님을 만족시킨 존재가 없었어.'

그녀는 자신이 인질 역할을 맡던 훈련을 떠올렸다.

당시 알타이르 워치프들은 철저히 패배했고 데스디아는 건물에 진입하기도 전에 사망 판정을 받는 굴욕까지 경험했다.

'그때도 사장님은 만족하지 못하셨을 거야.'

생각 끝에 포프가 내놓은 질문은 꽤 유치했다.

"사장님, 실제로는 부사장님도 이기실 수 있는 거죠? 그런 거죠?"

포프는 그 질문을 던지자마자 얼굴이 화끈했다.

"내가 뎃디를 어떻게 이겨?"

치프는 가벼운 코웃음소리를 섞어 대답했다.

조금 뒤에 보안국 전투경찰들이 달려와 상황을 확인했다.

괴한이 쓰러진 골목에 들어갔다가 나온 중년의 전투경찰은 가볍게 웃으며 치프에게 다가왔다.

"이번에는 현상수배범을 잡으셨군요. 꽤 거물인데 말이죠."

"아직도 저런 친구들이 빅시티에 들어올 수 있나요?"

치프가 묻자 전투경찰은 고개를 끄덕끄덕했다.

"예, 붉은 9월단이니 뭐니… 정신없죠. 공항 검문검색에 제대로 구멍이 나서 저희는 물론이고 세관도 미쳐 돌아가고 있죠. 시험 삼아서 완성품 건하운드를 세관 검색대에 넣어봤는데 그대로 통과되더군요."

거기까진 알고 있는 치프는 전투경찰과 함께 한숨을 내쉬었다.

"우주연합 수도가 똥통이 되어서 그런 건지… 아무튼 지금은 작정하고 들어오면 막을 방법이 없습니다. 사장님께서 처리하신 저 친구도 현상수배범이 아니라 호두까기 전문가라면서 공항을 통과했죠."

"으흠."

치프는 자신이 분리수거 쓰레기통에 집어넣은 강철 턱을 잠깐 돌아봤다.

"아무튼 현상금은 어떻게 할까요? 즉각 지불되진 않겠지만 일단 소득세 면제입니다."

소득세라는 말에 치프가 빙긋 웃었다.

"보안국 전투경찰 전사자 가족보호회가 있는 걸로 아는데요. 거기에 기부금으로 넣어주세요."

"역시 뭔가 좀 아시네요."

전투경찰과 치프가 가볍게 악수를 했다.

"그래도 사건 관련 조사는 받으셔야 하니 국장님도 만나실 겸 보안국에……."

순간 치프가 전투경찰은 물론 옆에 서 있는 포프의 목을 붙잡고 자세를 낮췄다.

도로 한가운데에 뭔가가 고속으로 떨어졌다. 그로 인해 발생한 폭풍이 사람들을 넘어뜨리고 자동차들을 가볍게 흔들었다.

급작스러운 충격에 사람들이 일제히 신음하는 한편, 치프는 머리를 한 번 흔들고는 천천히 일어났다.

지면으로부터 1미터 정도 떨어진 위쪽에 뭔가가 자리 잡고 있었다.

탄산음료 캔처럼 윤기가 있는 파란색으로 머리를 물들인 여성이었다.

지나치게 긴 양 갈래 머리가 중력조절장치에 의해 화려하게 너울거렸다. 하지만 치프를 향한 그녀의 표정은 결코 좋아 보이지 않았다. 갖고 놀 대상을 발견한 정신병자처럼 희한하게 웃고 있었다.

하지만 아무도 그녀를 비난하지 못했다. 전투경찰들조차도 마찬가지였다.

검은색 전신 타이즈를 입은 그녀의 팔다리와 가슴은 주황색의 두툼한 기계 장치에 의해 단단히 보호되어 있었다.

또한 그녀의 주변에는 날개 모양의 비행 장치와 크고 작은 포대들이 둥실 떠서 그녀를 견고하게 보호하고 주변의 생명체들을 정확히 조준했다.

"이야, 웨어러블 건하운드잖아? 오랜만에 보네."

치프가 밝게 웃었다.

포프는 그의 웃음에서 '식욕'을 감지했다. 아까 괴한을 처리한 치프가 실망감을 드러낸 이후 얼마 안 됐기에 가능한 일이다.

웨어러블 건하운드, 즉 건하운드로 프린팅한 강화 갑옷을 입고 각종 병기를 자신의 주변에 띄운 그 정체불명의 여성은 오른손에 든 중형 레일건의 끝을 치프 쪽으로 맞췄다.

"당신이 A—1730이지? 당신 목에 걸린 현상금이 얼마나 되는지 알아?"

포프에게 자신의 단말기를 건네준 치프는 인도에서 차도로 걸어나왔다.

"네가 나를 자동차 번호판쯤으로 착각한다는 것 정도는 알 거 같아."

치프가 너무 여유 있게 나오자 그 정체불명의 여성은 긴급히 그의 몸을 스캔했다.

"뭐야? 갖고 있는 무기가 권총이랑 단검, 전기 충격기뿐이잖 아? 그딴 걸로 날 상대하겠다고? 이 블러드 사파이어의 전자 실 드를 뚫을 수 있을 것 같아?"

하지만 치프는 걸음을 멈추지 않았다.

"블러드 사파이어? 아, 그 제품의 번호가 BS로 시작해서 그렇게 지었나 보네? 아무튼 목소리를 들으니 어린 아가씨인 것 같은데, 몇 살이야?"

"닥치고 죽어!"

그녀가 레일건의 방아쇠를 당기려하자 치프가 벨트 뒤쪽에서 뽑은 만년필 모양의 물체를 던졌다. 그 물체는 상대의 발밑에 정확히 떨어졌다.

그녀가 의아해하는 찰나, 치프가 던진 물체가 오뚝이처럼 곧 게 일어나더니 하늘을 향해, 웨어러블 건하운드를 입은 여성을 향해 푸른색의 전자기파 폭풍을 뿜었다.

전자기파는 오로지 한 방향으로만 뻗어 나갔다. 아주 가까이에 있는 전자제품을 제외하고는 악영향을 받는 물건이 하나도 없었다.

그 한 방에 모든 장비를 잃어버린 여성은 어설픈 자세로 땅에 착지했다가 발목을 삐어 주저앉았다.

떠 있는 높이가 낮았기에 거기서 그친 것이지, 만약 하늘 높이 솟아 있었다면 추락사했을 상황이다.

"아, 아……? 아!"

당황한 그녀는 팔뚝 상박에 찬 단말기로 프린팅을 시도하려 했으나 전자기파 폭풍이 날려 버린 것은 그녀의 건하운드뿐만이 아니었다.

단말기의 새까만 화면은 아무런 응답이 없었다. 그런데도 그녀는 하염없이 단말기의 화면을 눌러댔고, 치프는 코로 한숨을 내쉬며 비살상용으로 다이얼을 맞춘 전기 충격기의 끝을 그녀의 뒷목에 댔다.

"그거 구형이라 신형 무기는 스캔을 못할 거야. 업데이트를 잊지 말라고."

실망한 표정의 치프가 중얼거리며 방아쇠를 당겼다.

그녀는 그대로 바닥에 누웠고, 치프는 아까 자신이 던진 만년필, 아니, 지향성 전자기파 수류탄을 수거했다.

다시 포프 쪽으로 돌아온 치프는 당황하여 아무 말도 못하는 전투경찰을 보고는 머쓱하게 웃었다.

"저 아가씨도 당연히 현상수배범이겠죠?"

"예, 공교롭게도 말이지요."

전투경찰이 자신의 단말기를 치프에게 보여줬다. 방금 쓰러진 여성의 정보가 화면에 떠 있다.

"허, 스물여섯? 어리네요? 그런데 저기 골목에 누워 있는 친구보다 현상금이 높군요."

"중장비를 썼으니 가산점이 크겠죠. 그보다 사장님, 빅시티에
는 왜 오신 겁니까? 현상금 사냥을 하러 오셨습니까?"

"…밥 먹으려고요."

치프는 자신의 말이 믿어지느냐는 표정으로 말했다. 식사를
요구했던 포프는 두 손으로 자신의 얼굴을 가리고 말았다.

중년의 전투경찰이 말을 못하는 한편, 치프가 포프 쪽으로
손을 내밀었다. 포프는 그가 맡긴 단말기를 곱게 돌려줬다.

전투경찰들에게 뒷일을 맡긴 치프는 포프와 함께 거리를 걸
었다.

"사장님."

"응?"

"식사 시간 전까지 계속 이러는 거 아닐까요?"

"글쎄? 징크스에도 마일리지가 있다면 오늘 다섯 자릿수를
찍을 거 같긴 하네."

"……."

"괜찮아. 이 정도 징크스라면 하루 종일 받아줄 수 있어."

치프는 밝게 눈웃음을 지었다.

하지만 몇 백 미터도 못 가서 치프가 급히 포프의 손을 잡고
골목 안으로 들어갔다.

멀리서 그를 미행하던 남자 한 명이 거리를 뛰어 치프가 들
어간 골목으로 진입했다.

그 골목은 지구인 남성이 겨우 드나들 수 있을 만큼 아주 좁
고 막다른 장소였다. 하지만 포프는 물론 치프의 모습도 보이지

않자 미행하던 자가 이를 뿌득 갈았다.

"쭙쭙."

새의 지저귐 비슷한 소리가 그의 머리 위에서 들려왔다.

고개를 든 남자는 다리를 벌린 채 골목 좌우를 밟고 버티는 치프의 모습을 발견했다.

"이런 씹!"

괴한이 욕질을 하며 권총을 뽑는 것보다 치프가 낙하하여 그의 쇄골을 부러뜨리는 게 더 빨랐다.

권총을 놓친 괴한은 왼손으로 단검을 뽑아 저항하려 했다. 그러나 1분도 안 되어 돌아온 결과는 사지 골절이었다.

멀쩡한 사람의 팔다리를 꺾느라 힘을 좀 쓴 치프는 쓰러진 괴한의 사진 촬영 및 보안국 신고를 포프에게 맡긴 뒤 자신의 어깨와 팔을 주물러 댔다.

통증 때문에 신음 소리만 내던 괴한이 치프 쪽으로 고개를 틀었다.

"날 고문해 봤자 네가 얻을 수 있는 건 아무것도 없어!"

"아, 나한테 걸린 현상금이 얼마야?"

"그건 왜 묻지?"

상대가 하도 진지하게 나오자 치프는 너무 실망하다 못해 마음이 아팠다.

"네 다음에 오는 놈들부터는 그 두 배의 금액을 쥐어주고 집에 돌려보내려고. 그거 알아? 우린 지금 차를 세운 곳에서 단 1킬로미터도 벗어나지 못했어!"

살짝 짜증을 낸 치프는 조금 뒤 달려온 전투경찰에게 괴한을 맡긴 뒤 다시 포프와 함께 거리를 걸었다.

그들이 열 블록 정도의 거리를 걸었을 무렵, 치프는 마지막으로 만난 전투경찰에게 이제는 아예 '놈들'을 한데 모아놓은 뒤 연락을 달라는 요구를 듣고 말았다.

결국 작은 옷집 앞 벤치에 나란히 앉은 둘은 지친 숨을 내쉬었다.

"뎃디도 데려올 걸 그랬나?"

치프가 포프에게 넌지시 물었다.

"어서 모시죠! 이젠 제가 칼을 뽑을 것 같아요!"

포프가 반쯤 이성을 잃고 대답했다.

단말기를 든 치프는 그녀의 작은 어깨를 토닥여 위로했다. 포프는 그의 팔을 붙잡고 서럽게 울어댔다.

이윽고 치프의 단말기에서 데스디아의 목소리가 들려 나왔다.

—또 무슨 일이지? 지금 당신 옆에서 누가 우는 것 같은데, 혹시 포프인가?

"응, 뎃디. 그게 말이지……."

치프는 지금까지 있던 일을 차근차근 설명했다.

—하, 어이가 없군.

한참 설명을 들은 데스디아는 결국 헛웃음을 터뜨렸다.

"믿어주긴 하는 거야?"

—나 말고 누가 당신을 믿어주겠나? 조금만 기다리도록 해. 곧 가지.

통화가 곱게 끊겼다.

치프는 아직도 울고 있는 포프를 가볍게 껴안고 등을 토닥였다.

"다 나 때문에 벌어진 일이니 너무 그러지 마. 징크스고 뭐고 다 잊자고."

"그래도… 그래도……!"

"흠."

치프는 호주머니에서 뭔가를 꺼냈다. 저녁 식사 후에 씹으려고 준비한 껌이다.

"조촐하지만 이것도 먹는 거니까… 어때? 설마 이것까지 방해하는 놈은 없겠지?"

"……."

둘은 함께 껌을 씹으며 시간을 보냈다.

소매로 얼굴을 훔친 포프는 이것도 나름 로맨틱한 식사라고 생각하며 수줍게 웃었다.

59
우유와 시리얼

치프는 데스디아가 사준 선글라스에 의지하여 주변을 샅샅이 살폈다. 그것은 그의 버릇이자 이 상황에서 할 수 있는 최선의 일이었다.

포프는 그와 달리 긴장의 끈을 놓고 있었다. 징크스의 압박감과 치프에 대한 미안함 때문에 울기까지 한 그녀는 껌 덕분에 조금이나마 기운을 차리고 있었다.

그녀의 태도는 분명 어른의 그것과는 차이가 있었다. 옆에 있는 여자애가 정신을 놨다는 사실은 치프도 인지했지만 뭐라 말을 하진 않았다.

현상금 사냥꾼들의 목표는 다행히도 그녀가 아니라 치프 자신이었고, 무엇보다 포프에게는 정신적인 휴식이 필요했다. 그래서 치프는 그녀에게 자극을 주지 않았다.

그들이 앉은 벤치의 건너편은 대형 거주지의 건설 현장이었다. 약 20분 정도 그곳을 바라보던 포프가 문득 좌우를 둘러봤다.

좌우 어디에도 저격수가 자리를 잡을 만한 장소가 없었다.

"저 건설 현장에 저격수가 배치되면 어쩌죠?"

그녀가 죠니와 조셉, 딕슨에게 배운 것을 기초로 하여 치프에게 물었다.

"머리가 제대로 된 놈이면 저곳에 자리를 잡진 않을 거야."

"그런가요?"

"건설용 로봇들의 이동 속도와 작업 속도가 위험할 정도로 빠르거든. 교란 장치 등으로 어설프게 몸을 숨겼다가는 로봇들이 설치하는 주거용 블록이나 철근에 깔려 죽을 수도 있어. 그렇다고 로봇들을 전부 멈추면 우리에게 들키겠지. 아니면 현장 관계자들한테 들켜서 떡이 되도록 맞던가."

포프는 그가 어떻게 그렇게 자세히 아는지 궁금했는데 굳이 묻진 않았다. 그가 쓸데없이 자기 자신을 돋보이도록 만들기 위해 말을 꾸며 하는 사람이 아님을 알기 때문이다.

"저런 곳에서 저격이 가능한 사람은 내가 알기로 뎃디 같은 알타이르의 워치프들뿐이야."

"그분들이요? 어떻게요?"

"로봇들을 발판 삼는 거지."

"움직이는 로봇들 위에서요? 착지도 못하고 튕겨나갈 텐데요?"

"그게 힘들면 그냥 알타이르 전사고 가능하면 워치프야. 뎃디의 경우만 봐도 그렇잖아? 전자식 조준 장치의 도움 없이, 그것도 시야가 명확하지 않은 상태에서 4킬로미터 이상 떨어진 목표물을 정확하게 저격한 사람이 바로 걔야. 목표물은 무려 엠페라투스였고."

"아……."

포프는 자신과 젝스가 참여하지 않은 그 전투에 대해 생각해 봤다.

"전 그때 당시의 자료 화면만 봐도 겁나던데요."

"위험했는데… 그래도 깨끗한 싸움이라서 재미는 있었어."

치프가 '재미'를 언급하자 포프는 앞서 자신이 느낀 그의 실망감에 대한 예상이 옳았음을 확신했다.

"깨끗하다니요?"

"의심스럽게 주차된 자동차라든가, 폭탄조끼를 따뜻하게 껴입은 사람이라든가, 지뢰라든가, 독가스를 내장한 드론이라든가, 저격수라든가… 그처럼 눈에 잘 안 보이는 위험 요소가 하나도 없었거든. 오로지 엠페라투스에게만 집중하면 되는 상황이었지. 얼마나 좋아?"

"듣기만 해도 겁나네요."

한숨 소리를 섞어 대답한 포프는 껌을 오물오물 씹었다.

"사장님은 그런 것들을 겪어보지 못한 사람들을 어떻게 생각하시나요?"

"그렇게 소모적인 생각을 해본 적이 없어서 모르겠네."

"……."

포프는 한참 동안 말이 없었다.

결국 치프가 그녀를 흘끔 봤다.

"대체 무슨 답을 기대한 거야?"

"아, 아니에요. 죄송해요, 사장님. 제가 사장님의 말씀에 너무 몰입했나 봐요."

그녀는 즉시 사과했다.

치프는 살짝 웃고는 자신의 단말기를 포프에게 건넸다. 이제 무슨 일이 벌어질 거라는 뜻임을 아는 포프는 표정 변화 없이 그의 단말기를 받았다.

"베테랑들은 의외로 겁이 많아, 포프."

승합차 한 대가 맹렬한 속도로 달려와서는 치프 앞에서 급브레이크를 밟았다.

치프는 아까 그 차가 거리 저편에서 시끄럽게 유턴하는 소리를 듣고 위험을 감지했다.

렌터카 번호판의 승합차가 그렇게 거칠게 주행하는 모습은 치프의 입장에서 건방진 도전이나 마찬가지였다.

치프는 부드럽게 일어나서는 정지하기 직전의 승합차를 향해 권총을 쐈다. 권총의 노이즈 캔슬러 덕분에 거리를 지나던 사람들은 그냥 움찔하기만 했다.

치프의 첫 탄환은 승합차 슬라이딩 도어의 레일을 뭉갰다.

문을 열어젖히고 우르르 튀어나와 일제사격을 하려 하던 탑승자들은 레일이 망가져 열리지 않는 문과 씨름해야 했고, 그사이 운전자와 운전 보조자가 치프의 연속 사격에 즉사했다.

치프는 반시계 방향으로 승합차의 주변을 돌며 권총을 쐈다. 문 앞에 불편한 자세로 모여 있던 괴한들은 제대로 된 저항도 못하고 한 명씩 죽어갔다.

치프는 마지막으로 신용카드 크기의 1회용 해킹 디바이스를 뒷주머니에서 꺼내 운전석 옆에 철썩 붙였다. 자율주행 장치가 해킹된 승합차는 아주 부드럽게 치프의 옆을 출발하여 거리 저 편으로 달려갔다.

어느새 권총을 거둔 치프는 다시 포프의 옆자리에 앉았다.

사람들은 승합차가 너무 온전히 떠났기 때문에 안에 있는 괴한들이 죽었을 거란 생각을 전혀 하지 못했다.

포프도 치프가 보여준 자연스러움에 당황했다.

"노이즈 캔슬러와 무연무섬광 탄환만 있으면 언제든지 일으킬 수 있는 마법이지."

"놈들이 죽는 걸 사람들도 봤을 텐데요?"

"피가 튀거나 신체가 손상되지만 않으면 당장 인지하진 못해. 사람의 죽음이란 건 그만큼 일상과 동떨어진 일이거든. 하지만 조금 뒤엔 알게 되겠지. 그러니 어서 가자."

벤치 뒤쪽으로 팔을 돌려 권총의 탄창을 갈아 끼운 치프는 포프와 함께 일어났다.

그와 함께 걷던 포프는 아까 앉아 있던 벤치를 돌아봤다.

'작년 이맘때였다면 저기서 일어날 수나 있었을까?'

그녀는 자신보다 조금 앞서 걷고 있는 치프를 올려다봤다.

방금 전 사람을 간단히 살해한 사람으로 보이지 않았다. 약간의 실망감과 피로감이 섞인 그의 모습은 일에 약간 지친 영업사원처럼 보일 뿐이다.

포프는 그 괴리감으로부터 엄청난 공포를 느꼈다.

'항상 이런 세계에 살고 계시는 거였어.'

그녀는 치프가 진 플레커와의 싸움에 앞서 조셉의 권총과 단검을 건네줄 때를 떠올려봤다.

당시 치프는 정말 진지했다. 또한 인상적일 만큼 그녀를 걱정했다.

'내가 요 며칠간 하고 싶은 일들은… 가족들 앞에서 해선 안 되는 일이었어.'

포프는 손을 뻗어 치프의 손을 잡았다.

"사장님."

"응?"

"저번에 조셉 아저씨의 권총을 저에게 주면서 말씀하셨잖아요? 제가 그 총을 올바르게 사용할 수 있도록 배운 아이라고 말이죠."

"그랬지."

"사장님께선 몇 명의 허락을 받고 방아쇠를 당기시나요?"

치프는 선글라스를 벗으며 그녀를 돌아봤다.

"내가 지금까지 만나온 사람들 모두."

그 안에는 그가 식민지에서 직접 살해한 수천 명의 아이들도 포함되어 있으리라.

"제 스스로에게 허락 받으려 하지 않을게요."

"이제 다 컸네."

그녀가 책임의 막중함에 대해 눈을 떴다고 느낀 치프는 눈웃음을 지으며 선글라스를 다시 꼈다.

그들의 머리 위로 수송기가 한 대 지나갔다. 치프는 부드럽게 회전하는 그라니트 용역의 수송기를 보며 빙긋 웃었다.

"후, 숨통이 좀 트이겠군."

인근 골목 안쪽에서 바닥이 으깨지는 소리가 났다. 그 골목으로부터 오른쪽 어깨에 망토를 걸친 알타이르 여성이 걸어나왔다.

치프는 그녀를 향해 손을 들려다가 망토에 새겨진 천마(天馬)의 문장을 보고는 손을 스르르 내렸다.

"여사님?"

터번 대신 비녀로 긴 머리를 묶어 고정한 그녀, 헤이파는 포프와 치프의 모습을 살폈다.

"둘 다 몇 시간 만에 꼬질꼬질해졌군."

"고생했다고 말씀해 주시면 안 될까요?"

치프가 칭얼거렸다.

"흠, 첫째 대신 와서 미안하게 됐군. 이번 기회에 레투가 브라브리오 보안국장과 깊게 이야기를 해보고 싶어서 말일세. 물론 자네와 포프도 도울 것이니 걱정하지 말게."

하지만 치프는 헤이파의 허리춤에 매달려 있는 긴 환도를 의심스러운 눈초리로 바라봤다.

"그거 뎃디한테 빼앗아 오신 거죠? 이번 기회에 한번 써보시려고 말이죠."

"……."

정곡을 찔린 헤이파가 움찔했다.

"뭐… 여사님께서 도와주시면 더 안심이죠."

"자네가 참으로 감사하는 것 같아 기분이 좋군."

그녀가 대놓고 비꽜다.

"…아무튼 별의별 놈들이 다 오니까 조심해 주세요."

"그러지. 그런데 이대로 그냥 걸어갈 생각인가?"

"예. 약속 장소까지 그렇게 멀지 않거든요."

헤이파가 눈살을 찌푸렸다.

"그 장소까지 그냥 차를 타고 가면 되지 않나? 설마 그곳에 주차할 곳이 없어서 이렇게 걷는 건 아니겠지?"

"…생각해 보니 그러네요. 잘해야 불법주차 딱지나 견인 처분 인데 말이죠."

치프가 씩 웃자 헤이파는 한숨을 터뜨렸다.

"쯧, 이제 번식욕뿐만 아니라 생각까지 없어졌나 보군."

"에이, 왜 그러세요."

포프의 눈으로 보기에 치프는 데스디아보다 헤이파와 얘기를 나눌 때가 더 자연스러웠다. 치프뿐만 아니라 헤이파도 약간 독 하게 말할 뿐 그를 허물없이 대했다.

'저번에 그 키스 사건이 계기인가?'

그때를 잠깐 떠올린 포프는 엄청난 사실을 깨닫고 말았다.

'어, 지금 모인 세 명은 지구에서 봉변을 당했을 때의 멤버들 이잖아?'

징크스에 대한 포프의 불안감이 다시 활활 불타올랐다.

"실은 자동차로 이동하는 게 더 위험해서 걷고 있는 거예요. 차를 몰고 가는 도중에 습격당하면 정말 방법이 없거든요."

치프가 진지하게 설명했다.

"그보다 자네를 현상금 정도로 보고 있는 그 얼간이들은 대 체 어디서 정보를 얻고 몰려오는 건가? 고자는 고자만의 냄새라도 풍길 수 있나?"

"…고자 얘기는 안 하신다고 했잖아요."

"자네 위치를 정확히 포착할 수단이 그거 말고 또 있나?"

"적어도 말씀하신 그 냄새는 아니에요. 그런 냄새가 난다는 말은 들어본 적도 없고요."

둘은 포프를 가운데에 두고 길을 걸어갔다.

"그래서, 자네 목에 걸린 현상금이 대체 얼마인가?"

"그걸 모르겠어요. 알면 돈으로 깨끗하게 처리했을 텐데 말이죠."

치프가 어깨를 으쓱했다.

"덤벼오는 놈들의 공통점이 바로 생사 여부에 관계없는 현상수배자들이라는 사실이에요. 그렇다면 진짜 조건은 순수한 현금이 아니라 녀석들의 현상수배 해제일 수도 있죠."

팔짱을 낀 채 걸으며 치프의 얘기를 듣던 헤이파가 그를 돌아봤다.

"호오, 생사 여부를 따지지 않는 현상수배자라면 흉악범이란 말인데, 그렇다면 덤비는 놈들을 모조리 죽여도 상관없겠군."

"뭐… 그래도 민간인들한테 시체를 보여주는 상황만은 피해야겠죠."

"물론이지. 걱정하지 말게."

헤이파는 팔짱을 풀었다. 이제부터는 집중하겠다는 뜻이다.

그러나 포프는 치프의 셔츠를 붙들고 늘어질 뻔했다. 헤이파가 놈들을 죽이네 마네 할 때는 왜 그리 자연스럽게 넘어가느냐며 따지고 싶었기 때문이다.

아무튼 셋은 그렇게 한참을 걸었다.

그들은 치프의 일 때문에 순찰을 도는 전투경찰 차량과 세 번이나 만났는데, 그사이에 현상금 사냥꾼들과 마주치는 일은 없었다.

"이야, 다들 여사님이 무서워서 접근을 못하나 보네요."

치프가 농담하듯 그녀를 추켜세웠다.

그러자 헤이파가 코웃음을 쳤다.

"이 위대한 헤이파 트리시아 알타이르 브라토레의 앞길엔 징크스 따윈 아무 의미도 없지."

물론 헤이파도 반쯤 농담을 섞어 말한 것에 불과했다.

하지만 일행은 레투가와 만나기로 약속한 식당에 도착할 때까지도 현상금 사냥꾼은커녕 흉악하게 생긴 사람과도 마주치지 않았다.

"진짜 용하시네요, 여사님."

치프가 진심으로 감탄했다.

헤이파는 싱겁다는 표정으로 칼자루를 만지작거렸다. 반면 포프는 식당 벽에 이마를 댄 채 좌절하여 꼼짝도 하지 못했다.

'내가 모든 일의 원흉인 건가? 자유의 어둠이라는 게 무슨 피뢰침처럼 악당들을 끌어당기는 능력이었나?'

포프는 고민했다. 치프는 그녀의 어깨를 두드려 주며 응원했지만 포프는 헤이파에게 꾸중을 들을 때까지 꼼짝도 하지 않았다.

물론 일은 아직 끝난 게 아니었다.

식당에 들어가기 전에 헤이파는 눈과 귀, 그리고 정령과의 교감을 통해 식당이 있는 건물과 그 주변을 샅샅이 수색했다.

"불온한 기운이 느껴지는군."

그녀가 작은 목소리로 치프에게 말했다.

포프는 더더욱 절망했지만 아까 헤이파에게 대차게 꾸중을 당한 터라 그냥 가만히 있었다.

"하지만 난 그 기운을 명확하게 읽을 수가 없네. 누군가가 우릴 노린다는 사실만이 느껴질 뿐일세."

"처음 겪으시는 상황이라 그러실 거예요. 저에게 맡기세요."

치프는 손목시계를 봤다.

"레투가는 20분 정도 있다가 올 테니 안에서 시원한 거라도 한 잔 드시죠."

"술?"

"…음료요."

"조금 아쉽군. 자네와 술을 마신 적이 없는 것 같은데?"

"술 좋아하세요?"

"그다지."

"……."

헤이파는 두 손으로 치프의 셔츠를 털어주고 옷깃 등을 빳빳하게 다듬어주었다. 데스디아에게 항상 받아온 서비스를 헤이파에게 받으니 치프의 표정이 어색해졌다.

"알타이르 행성인에겐 남의 옷을 다듬어주는 풍습이 있나요?"

"남의 옷 따위엔 신경 쓰지 않는다네. 하지만 가족의 옷은 다르지. 자네가 지저분하면 남들이 나를 어떻게 생각하겠나?"

"지저분한 옷차림의 가족과 함께 있는 여자라고 생각하겠죠."

그가 농담을 하자 헤이파가 팔을 쭉 들어서 그의 이마를 철썩 쳤다.

"딱히 틀린 말은 아니지만 화가 나는군. 아무튼 이건 알타이르 여성의 자존심이 걸린 문제일세. 또한 이 남자가 나에게 있어서 귀중한 존재임을 과시하는 의미도 있지."

치프의 바지까지 깨끗이 다듬어준 그녀는 이어서 포프의 옷도 다듬어주었다.

"저어, 여사님, 저는 여자인데요?"

"그전에 가족이지 않느냐?"

헤이파가 그리 대답하자 포프의 표정이 머쓱해졌다.

대형 식당으로 들어간 치프는 안내 직원에게 예약 좌석을 물었고, 예약 사실을 확인한 직원은 담당 웨이터를 그들에게 소개해 줬다.

"제가 안내해 드리겠습니다."

말끔한 외모의 남자 웨이터가 메뉴판을 들고는 치프가 예약한 곳으로 그들을 안내했다.

원형 테이블은 장정 여섯 명을 거뜬히 소화할 수 있을 만큼 컸고 원목으로 된 의자는 고급스러움을 뽐냈다.

"회사 식당의 인테리어도 이렇게 꾸미면 어떻겠나?"

"일주일도 안 돼서 땔감으로 바뀔걸요? 여태껏 우리만 식당 테이블과 의자를 귀중히 써온 거라고요, 여사님."

"하긴, 대원들이 의자에 걸터앉는 꼬락서니를 떠올리니 그럴 것 같군. 그럼 우리만 쓸 테이블과 의자를 사서 가져가세."

"…마음에 들으셨나 보네요."

"음, 음."

헤이파가 끄덕였다.

"그럼 전 레모네이드를 마실게요."

치프가 자리에서 일어났다. 헤이파와 포프는 의아한 표정으로 그를 봤다.

그는 두 자리 건너에 위치한 빈자리 쪽으로 갔고, 거기서 누군가가 잊고 간 듯한 서류 가방을 들어 식당 밖으로 나갔다.

창밖으로 눈을 돌린 헤이파와 포프는 치프가 승용차에 올라타려는 정장 차림의 남자를 붙잡고는 뒷좌석에 구겨 넣는 것을 목격했다.

치프는 가방의 잠금장치를 간단히 풀고는 가방의 내용물을 그 남자에게 보여줬다.

정장의 남자가 단번에 표정을 바꾸더니 뒷좌석에서 나오려 하자 치프는 무릎으로 그의 턱을 쳐서 손쉽게 기절시켰다.

활짝 연 가방을 트렁크 위에 놓은 치프는 주머니에서 작은 스프레이를 꺼냈다.

스프레이 안에 든 액체질소를 가방 안에 뿌린 그는 고개를 한 번 끄덕인 후 스프레이 캔을 이용해 가방 안에서 뭔가를 거칠게 뜯어냈다.

그가 뜯어낸 장치를 본 헤이파와 포프가 깜짝 놀랐다.

"기폭 장치라고?"

액체질소에 얼어붙은 기폭 장치를 밟아서 완전히 깨뜨린 치프는 폭탄이 든 가방을 기절한 정장의 남자 옆에 놓은 뒤 문을 닫았다.

이어서 아까 승합차를 탄 괴한들에게 사용한 스티커 방식의 해킹 디바이스를 차에 붙이고 단말기를 조작했다.

자율주행 장치를 해킹당한 승용차는 치프가 입력한 장소를 향해 부드럽게 달려갔다.

"쯧."

혀를 한 번 찬 치프는 다시 식당으로 돌아와 자리에 앉았다.

물수건으로 손을 깨끗이 씻은 치프는 조금 뒤 테이블에 놓인 음료 중 레모네이드가 든 유리잔을 입에 댔다.

"폭탄 테러가 있을 것임은 어찌 알았나?"

헤이파가 물었다. 포프도 궁금함에 눈을 반짝 빛냈다.

"식당 주변에 주차된 차량 중에서 저 차만이 유일한 단기 렌터카였죠. 이건 차 번호판만 보면 아는 거고… 차 주인은 우리가 이곳에 들어오는 걸 확인하자마자 식사를 멈추고 바로 나갔죠. 꽤 자연스럽게 나가긴 했는데 가방을 놓고 나갔으니 뭐, 뻔한 얘기 아닌가요?"

"흠… 그럼 자네 뒤에 있는 소년은 누군가?"

치프가 뒤를 돌아보자 권총을 양손에 든 소년이 치프의 이마에 총 끝을 댔다.

"두 손을 위로 들어!"

소년이 외치자 식당 안이 웅성거렸다.

하지만 치프는 가만히 있었고, 손에 든 총을 금세 빼앗긴 소년은 당황했다.

치프는 방금 전 소년의 지시에 따라 손을 드는 도중에 소년의 총을 붙잡고 꺾어서 자기 손으로 옮겼다.

그 갈색 피부의 소년은 자신이 왜 권총을 빼앗겼는지 모르는 표정을 짓고 있었다.

"다음에 권총으로 사람을 노리고 싶으면 상대의 팔이 닿지 않는 거리까지 떨어지도록 해. 손기술이 좋은 사람한테 걸리면 이렇게 되거든."

치프는 자신의 무릎 위에 올려놓은 소년의 권총을 탁탁 두드렸다.

"아무튼 가만히 서 있어봐. 지금부터 손가락이라도 까딱했다가는 네 머리통을 내 무릎 위에 놓아버릴 거니까 조심해."

그의 목소리에 바짝 얼어붙은 소년은 침을 꼴깍 삼키고는 곧장 차렷 자세를 했다.

치프는 그 소년을 향해 자신의 단말기를 가져갔다.

"넌 현상금 사냥꾼이 아닌데? 전과 기록도 없어. 하지만… 네 누나가 현상범이군."

"……."

"날 해치우는 데 성공하면 돈을 받게 되는 거야, 아니면 현상 수배 상태가 해제되는 거야?"

"누나의 현상수배령은 물론 전과 기록까지 모두 없던 일로 해준다고 했어. 수고비도 준다고 했고."

"실버로드가?"

"……."

"흠, 그럼 이걸 잘 봐."

치프는 소년이 쓰려 한 권총을 테이블에 올린 뒤 탄창을 빼고 약실의 총알도 제거했다.

"약실에 든 총알이 첫 번째로 발사될 총알이겠지? 이건 그냥 일반적인 탄환인데, 두 번째 탄이 문제야."

치프는 탄창에서 총알을 뺐다.

"탄두 색이 은근슬쩍 녹색이지? 이건 방사능 탄이야. 발사되어 어딘가에 부딪치면 주변의 모든 물질이 1,000시버트 이상의 방사능 피폭을 당하게 되지. 피폭당한 인간은 온몸의 세포가 부서져서 먼지가 되어버리는데, 나만 먼지가 되면 다행이지만 너랑 내 동료들, 그리고 이 주변의 죄 없는 사람들 모두가 즉사했을 거야."

"사실이야?"

"알고 싶으면 둔치에 가서 이 두 번째 탄을 바닥에 쏴봐. 아, 뭔가 느낄 틈도 없이 죽을 테니 의미가 없을라나?"

"……."

"이 권총은 누가 줬어?"

"공항에서 날 기다리던 사람이 줬어."

"웅크려."

소년이 치프의 의자 앞에 몸을 숙였다.

헤이파는 미간을 손으로 짚은 뒤 자신의 감각을 최대한 예민하게 만들었다.

"건너편 건물 12층. 저격소총의 삼각대가 창틀을 긁는 소리가 났네."

"방 번호는요?"

"음, 1206이겠군."

"그럼 잠시 다녀올게요."

치프는 권총과 탄환을 깨끗이 수습한 후 손을 흔들어 웨이트리스를 불렀다.

건너편 건물에서 웨이트리스와 치프의 모습이 겹치는 것을 조준경으로 목격한 저격수는 욕을 한 사발 쏟아내며 화를 냈다.

"제길, 뭐 저런 놈이 다 있지? 애새끼가 실수한 건 그렇다 쳐! 대체 무슨 수로 두 번째 탄환을 의심한 거지?"

그는 다시 조준경을 봤다.

담당 웨이터와 함께 주문을 받은 웨이트리스는 살짝 굽히고 있던 허리를 펴고 자리를 벗어났다.

그녀에게 가려져 있던 치프의 자리엔 치프 대신 치프를 쏘려 한 소년이 대신 앉아 있었다.

"어? 녀석은?"

당황한 저격수는 바로 옆 창문의 커튼이 크게 흔들리는 것을 눈치채지 못했다.

"총도 그렇고 조준장치도 그렇고 꽤 비싼 장비를 쓰는데?"

등 뒤에서 들려온 목소리에 온몸의 털이 곤두설 만큼 놀란 저격수는 즉각 총에서 손을 떼고 팔을 들어 올렸다.

"마, 말할게! 내가 아는 걸 전부 말할 테니 날 죽이지는 마!"

그의 뒤에 위치한 치프는 아까 빼온 그 녹색 탄두의 총알을 그의 입에 쳐넣었다.

"삼켜."

"읍! 으으으읍!"

그가 반항하자 치프는 단검으로 찌르듯 맨주먹으로 그의 횡격막 부근을 깊숙이 쳤다.

"컥!"

이상한 소리를 낸 저격수는 치프가 입속 깊이 넣은 총알을 그대로 삼켜 버렸다.

"탄환이 네 위산과 반응하면 방사능이 새어 나오겠지. 보니까 꼼꼼하게 잘 만들어진 놈은 아니더라고?"

치프는 당황하여 어쩔 줄 모르는 저격수를 옆에 둔 채 저격수의 총과 장비를 분해하여 아예 못 쓰게 만들어 버렸다.

"살고 싶으면 너희들이 내 위치를 어떻게 알아냈는지 말해."

하지만 저격수는 손가락을 입속 깊숙이 넣어 뱃속에 든 것을 토해내려 했다. 한 번 씩 웃은 치프는 그의 팔꿈치 관절을 꺾는 것으로 대응했다.

그가 두 손으로 팔꿈치 관절을 꺾는 모습은 알약이나 껌을 포장에서 빼는 것처럼 쉬워 보였으나 당한 사람의 입장에선 미칠 듯이 깔끔하고 치명적인 기술이었다.

"말하기 싫다면 다음 사람한테 물어보지, 뭐."

"자, 잠깐! 단말기야! 우린 단말기를 이용했어!"

"단말기라니?"

"이 행성에서 판매되어 사용되고 있는 단말기의 카메라들이 CCTV 역할을 하고 있다고!"

"그럼 그 정보를 취합해서 너희들에게 전달해 주는 자는 누구지? 실버로드인가?"

"실버로드는 아냐!"

"그럼?"

"오라클이라는 자가 있어! 그자가 우리에게 당신의 위치를 5분

단위로 가르쳐 준다고!"

"그래? 그럼 내가 식당까지 무사히 올 수 있던 이유는 뭐지? 저기 갈 때까지 아무도 시비를 안 걸던데?"

"그때는 정보가 오지 않았어!"

"왜일까?"

"모르지! 오라클도 똥오줌은 싸고 식사도 할 거 아냐!"

"그래야 하는 존재라면 그렇겠지. 그럼 오라클에 대한 정보는 있나?"

"이 도시에 있다는 것밖에 몰라! 제길, 뱃속이 뜨거워지고 있어! 제발 살려줘!"

"그렇군."

치프는 저격수를 바닥에 던져 엎드리게 한 뒤 등판을 발로 밟았다.

"쿠억!"

횡격막 근처를 또 타격당한 저격수는 입에서 온갖 것들과 함께 총알을 뱉어냈다.

"죽이진 않을게. 대신 이틀 내로 여길 떠야 할 거야."

총알을 집고 휴지로 닦아낸 치프는 인상을 살짝 쓴 채 저격수가 토해낸 것들을 봤다.

"우유에 시리얼만 먹고 사나? 너무 불쌍하잖아?"

뱃속에 있는 것을 모조리 강제로 뽑혀 버린 저격수는 말할 힘도 없는지 치프를 슬쩍 노려보기만 했다.

방을 한 번 더 둘러본 치프는 자신의 지갑에서 고액의 지폐 몇 장을 꺼내 그의 침대 위에 곱게 올려놨다.

"이걸로 식사하고 기운 차려. 아무튼 이틀이야. 이틀 넘어서도 이 도시에서 어슬렁거리면 이 총알을 네 항문에 처넣고 순간접착제를 들이부어 막아버릴 테니 알아서 해."

"제길, 팔이나 고쳐줘!"

그가 고함을 지르자 치프가 저격수의 단말기를 들어서 그의 코앞에 내려놓았다.

"음성으로 단말기를 깨울 수 있을 거야."

"응?"

단말기로 눈을 돌린 저격수가 머리로 바닥을 들이받았다.

"제길, 이건 이 동네에 와서 대여한 단말기야! 내 목소리 따윈 모른다고!"

그가 치프에게 따지기 위해 고개를 들었다.

하지만 커튼만 펄럭일 뿐 치프의 모습은 어디에도 없었다.

저격수는 떨리는 눈으로 단말기를 봤다.

"이, 일어나. 일어나라고. 난 응급환자란다, 단말기야. 병원에 전화를 하고 싶어!"

그러나 단말기는 '등록되지 않은 음성 신호'라는 문자를 표시한 뒤 바로 꺼졌다.

"빌어먹을! 아아악!"

그는 이마로 바닥을 마구 들이받았다. 공포에서 벗어나는 순간 확 치밀어 오른 분노로 인해 거의 미쳐 버린 저격수는 자신의 토사물로 축축한 바닥에 화풀이를 계속했다.

레투가가 피곤한 표정으로 식당에 도착할 무렵, 저격수는 바닥을 들이받는 소리를 듣고 아래층에서 올라온 주민 덕에 겨우 병원으로 갈 수 있었다.

레투가는 웨이터의 안내를 받아 치프 일행이 있는 자리로 갔다. 며칠 전보다 눈에 띄게 몸이 마른 그는 헐렁해진 자신의 제복을 만져서 최대한 가다듬었다.

헤이파와 포프가 일어나 그를 반겼다. 치프에게 총을 들이댔다가 붙잡힌 소년은 보안국장이 진짜로 나타나자 바짝 얼은 채 가만히 있었다.

"어서 오세요, 보안국장님."

"반갑구나, 포프. 그리고……."

레투가는 자신을 바라보는 알타이르 왕족 여성이 데스디아인지 헤이파인지 헷갈려 인사하기를 주저했다.

"아, 실례했습니다. 오랜만에 뵙습니다, 여사님."

가슴의 크기를 보고 그녀가 헤이파임을 알아본 레투가는 즉시 고개를 숙여 인사했다.

"실례라니요, 별말씀을. 정말 오랜만입니다, 국장님. 제가 이 자리에 참석하는 것을 허락해 주셔서 감사합니다."

"하하, 아닙니다. 앉으시지요."

자리에는 레투가와 헤이파, 포프 순으로 앉았다. 그리고 소년은 테이블 옆에 가만히 서 있었다.

레투가는 그 소년의 벨트 버클과 바지 사이에 권총이 꽂힌 것을 보고 당황했지만 대단히 치프스러운 광경이기도 했기에 결국 웃고 말았다.

"고급 식당에서 조리돌림을 당하는 모습은 처음 보는군."

조리돌림이라는 말에 헤이파는 피식 웃었다. 하지만 단어의 뜻을 모르는 포프와 소년은 고개를 갸웃했다.

"국장님, 조리돌림이 뭔가요?"

"음, 얼핏 요리에 쓰이는 용어처럼 들리겠지만 실은 죄인을 공개적으로 망신 주는 처벌 방식이란다. 바지 앞에 꽂힌 권총이 이 소년의 죄를 뜻하지."

레투가의 경호를 위해 사복 차림으로 식당 안에 들어온 전투경찰들이 슬쩍 일어났다. 하지만 레투가는 손을 들어 그들을 제지했다.

"붙잡은 사람은 치프일세. 그에게 판단을 맡기고 싶군."

전투경찰들이 레투가의 굵고 낮은 목소리에 따라 다시 자리에 앉았다.

"여사님, 치프는 어디에 있습니까?"

"마침 저기 오는군요."

헤이파가 화장실 쪽으로 시선을 돌려 치프의 위치를 알려줬다.

손수건으로 손의 물기를 닦으며 자리로 돌아온 치프는 레투가와 악수 및 가벼운 포옹을 나눈 뒤 자리에 앉았다.

"자네에게서 동물 젖의 냄새가 나는군."

헤이파가 가볍게 지적하자 치프는 후각도 참 좋은 분이라며 쓴웃음을 지었다.

"정확히는 우유죠. 그리고……."

치프가 돌입하여 저격수를 제압한 건물로부터 구급차 한 대가 출발하여 식당 앞을 지나갔다.

"예, 제 앞에서 우유랑 총알을 뱉어낸 친구는 저 구급차에 타고 있을 거예요. 팔꿈치 관절을 제대로 꺾어놨거든요."

"죽이지 않았다고?"

헤이파가 깜짝 놀랐다.

"저 친구 방엔 우유와 시리얼만 있었고, 뱉어낸 것도 그것뿐이었거든요. 불쌍하더라고요."

"왠지 자네답지 않은데? 난 틀림없이 1206호 창문 밖으로 사람이 떨어질 줄 알았는데 말일세."

"제가 겁이 좀 많잖아요."

치프의 그 농담에 헤이파와 포프, 레투가가 잠깐 키득거렸다.

"그보다⋯ 저 꼬마의 권총에 특별한 탄환이 장전됐다는 건 어찌 알았나? 난 그게 가장 궁금하군."

그 부분에 대해 궁금증을 가진 사람은 헤이파만이 아니었다. 포프와 소년, 그리고 방금 도착한 레투가도 흥미를 갖고 있었다.

"아, 그건 쉬워요."

치프는 소년의 바지 앞에 꽂힌 권총을 뽑아 들었다.

"이 권총은 우주연합에서 가장 많이 사용되는 지구의 물건 중 하나예요. 그래서 총의 무게가 제 손에 기억돼 있죠. 총알이 몇 개 남았는지, 안에 든 총알의 종류가 뭔지 알 수 있어요. 근데 아까 총을 빼앗을 때 제 손에 걸린 총의 무게가 이상하더라고요."

치프는 약실에 총알이 없는 그 총을 서부극의 주인공처럼 빙글빙글 돌렸다.

"같은 총알이라도 비싼 것이 있고 저렴한 것이 있는데요, 나쁜 사람들이 어린애에게 총을 쥐어줄 때는 가장 저렴한 총알을 채워주죠. 그런데 무게가 다르다는 건 뭔가 이상한 수작이 걸려 있다는 뜻이거든요."

치프는 호주머니에서 아까 문제가 됐던 녹색 탄두의 총알을 꺼내 테이블 위에 놓았다.

"방사성 물질이 안에 채워진 총알은 값싼 총알에 비해 꽤 무겁죠. 탄두가 인체든 어디든 맞아서 깨지는 것만으로도 핵 연쇄반응에 의한 임계 사고를 일으키도록 만든 녀석이라 비싸기도 하고요."

"칼로 베거나 아예 피해 버려도 소용이 없는 물건이로군."

헤이파가 녹색 총알을 보며 불쾌해했다.

"발사 순간부터 주변의 모든 사람과 물건들이 피폭당하죠. 근데 너무 비싸고, 만들기도 힘들고, 관리하기도 더럽게 불편해서 간이 배 밖으로 나온 놈들이 아니면 갖고 다니지도 않아요."

"그런 물건이 우리 코앞에 있고, 자네는 그걸 저 위층에 있던 저격수의 뱃속에 넣었다 뺀 거군."

"원래는 뒷구멍에 박아주려고 했는데, 그놈이 꽉 끼는 바지를 입었더라고요."

"……."

모두가 침묵하는 가운데 치프가 손에 들고 있던 권총을 다시 소년의 바지에 끼웠다.

"보안국에 가서 솔직히 진술하면 아주 큰 벌을 받진 않을 거야."

"정말?"

소년이 물었다.

"거짓말 아냐. 자신의 잘못을 확실하게 인정하고 뉘우친 뒤에 죗값을 치르면 다시금 떳떳하게 세상을 살 수 있어."

"미안하지만 난 당신 말을 믿기엔 너무 많은 걸 봐버렸어. 우리 고향이 좀 그렇거든."

"음, 그렇구나."

치프는 단말기를 들어서 카메라로 소년의 몸을 살폈다. 소년 자신도 모르게 몸에 폭탄이 심어졌을지도 모르기 때문이다.

"여긴 괜찮을 거야. 많은 사람이 목숨을 걸고 지켜낸 지 얼마 안 된 도시거든."

"당신이 지켜냈다고 자랑하는 건가?"

소년이 이상하게 반항하자 포프가 자리에서 일어날 뻔했다.

"기회는 충분히 줄 테니 오늘은 이만하지. 이젠 저들과 함께 갈 시간이야."

소년을 달랜 레투가는 전투경찰들을 불러 소년을 연행하도록 지시했다. 소년은 바지에 꽂힌 권총을 자기 손으로 경찰들에게 건네준 뒤 그들과 함께 묵묵히 밖으로 나갔다.

레투가는 식당을 떠나는 보안국 차량을 보면서 한숨을 쉬었다.

"꼬마가 아니라 어른이 자네에게 총을 겨눴다면 어떻게 됐을까?"

"날 제대로 조준했으면 척추를 돌렸을 거고, 뭔가 어설펐으면 팔을 부러뜨리는 걸로 끝났겠지."

"죽인다는 말은 안 하는군."

"여긴 뒷골목이 아니라 식당이잖아?"

"으흠."

레투가는 이해했다는 듯 고개를 끄덕였다.

"그보다… 자네 많이 말랐네?"

치프가 레투가를 보며 걱정했다.

"설마 당뇨야?"

"…아니, 그냥 스트레스를 받아서 그런 것일세. 우리 종족은 과도한 스트레스를 받을 경우 근육이 급격히 소진되지. 요즘은 맞는 속옷이 없어서 고민이야."

"혹시 공항 문제야?"

"그렇다네. 멀쩡히 통과하는 범죄자들을 보면 속이 뒤집어질 것 같은데 딱히 방법이 없군. 그렇다고 한명 한명 불시 검문을 하자니 전투경찰의 수가 너무 부족하지."

"그럼 외주를 줘."

"외주? 자네들에게?"

레투가가 조금 놀랐다.

"우린 민간군사기업으로도 등록돼 있으니까 자격에 문제는 없을 거야."

"…공항에서 총격전이 벌어지진 않겠지?"

"우리 대원들을 너무 무시하는군. 걱정 말고 의뢰나 해. 공항에서부터 철저히 틀어막는 게 우리 입장에서도 큰 이득이 잖아?"

"음, 알겠네."

레투가는 단말기를 꺼내어 관련 서류 양식을 검색했다.

"공항의 일부를 내 손으로 민영화하게 될 줄은 몰랐는데 말이지."

"민영화에 대해 거부감이 있나보네?"

"당연하지 않은가? 시민 및 도시의 안전이 걸린 문제를 사적인 이익 창출의 수단으로 바꿔 버리는 것은 내 철학과 대치되는 일일세."

"보수적이시군."

"그런가? 누군가는 나에게 포퓰리즘 중독자라고 하던데?"

"다음부터는 머리가 제대로 된 놈이랑 인터뷰하도록 해. 아니면 단어에 대해 제대로 설명해 주던가."

"하하."

레투가 가볍게 웃었다.

"이제부터 나올 얘기가 문제인데……."

치프가 다시 말했다.

"신체 재구축 치료 말이야. 왜 그게 협박용 수단이 된 걸까?"

질문을 받은 레투가는 주변을 돌아봤다.

그들이 있는 특석 주변은 5분 전에 깔끔히 비워져 있었다. 식당 직원들은 전투경찰들이 쳐놓은 방음벽 뒤쪽에 서서 주문이 들어왔다는 말이 전해지기를 기다리는 중이다.

"누군가가 그것을 무기로 쓸 거라는 생각은 했다네."

"그래?"

"독점이란 그런 것이지. 게이트도 그렇고, 신체 재구축 치료기도 그렇고. 우주연합에서 둘 중에 하나만 막아도 문제가 커진다네. 재구축 치료와 관련된 모든 것은 아주 오래전부터 우주연합 내부에서 논쟁의 대상이었지. 게이트를 이용한 행성의 제제 및 봉쇄에 비하면 아무것도 아니지만."

"논쟁의 대상이었다고요?"

헤이파가 조금 크게 말했다.

"재구축 치료를 받았다는 사실 자체가 무기로 변한 지금에 와서 그렇게 말씀하신다면 우주연합의 모든 관계자들이 혹시 있을지도 모를 위험을 방관했다는 말씀이 아닙니까?"

"가장 크게 반발한 행성은 지구였습니다. 하지만 알타이르에서는 논쟁 자체에 관여하지 않았습니다."

레투가가 차분한 말투로 설명했다.

"제 고향에서 논쟁 자체에 관여하지 않았다니, 무슨 말씀이십니까?"

"알타이르에서는 재구축 치료시설 자체를 아예 받아들이지 않았고, 그 때문에 '우주연합 보건기구 상임이사회'에는 알타이르 행성인의 자리가 없습니다. 주된 논쟁은 모두 상임이사회에서 벌어졌으니 여사님께서 해당 사항에 대해 모르시는 것도 무리가 아닙니다."

"제공을 거부한 자들에겐 정보를 얻을 권리조차 없었다는 말씀이군요."

"행정부 및 보건기구의 방침입니다. 그리고… 이 자리에서 말씀드리기는 그렇지만 알타이르의 쇄국정책도 정보 제공 제한에 한몫하고 있습니다."

"쇄국정책이라고요? 하……."

헤이파는 기가 막혀 한탄했다.

"알타이르에서 우주연합의 요청에 따라 파병을 하고 목숨을 건 싸움을 한 것이 몇 차례인지, 또 몇 년째인지 아십니까? 제 어머님과 저, 그리고 첫째가 대를 이어서 해온 일입니다!"

"여사님, 진정하세요."

치프가 말했다. 헤이파는 인상을 잔뜩 찌푸린 채 그를 응시 했다.

그는 천천히 고개를 저었고, 헤이파는 잠시 후 표정을 풀고 심호흡을 했다.

"보안국장님께 따질 이야기는 아니었군요. 말을 심하게 한 점, 사과드립니다."

"아닙니다, 여사님. 쇄국정책이라는 말을 꺼낸 저를 용서하십 시오."

레투가가 헤이파를 향해 고개를 숙였다.

이어서 치프가 말했다.

"레투가, 혹시 재구축 치료를 받은 사람들에겐 고유번호 같은 게 기록되나?"

"개인 정보 수집이라는 그럴듯한 말로 피시술자의 정보가 기 록된다는 말을 들었네."

"그럼 그 정보는 어디에 있는데?"

"일반적으로는 보건 기구 내에 존재하겠지만… 실버로드라 는 자가 무기로 사용한 이상 다른 곳에 보관되어 있을 가능성 도 크다네."

"그래? 왜?"

"얼토당토않은 곳에 보관해야만 우주연합에서 꼬리 자르기를 확실히 할 수 있을 테니까."

"실버로드가 실패할 경우에 말이지?"

"그렇다네. 드래곤들의 테러 행위로 발표하고 더 큰 짓을 저지를 수도 있다네. 무분별한 흑색선전을 통해서 드래곤들이 죽어 마땅한 존재임을 사람들에게 각인시키고 색출 및 제거를 시행하겠지. 아주 정당하게 말일세."

레투가는 잠깐 여유를 둔 뒤 이어서 말했다.

"그런 이유로 우주연합에선 실버로드의 성공보다는 실패를 기대할지도 모른다네, 치프."

"흠, 나를 빨리 죽이는 게 나을 텐데 말이지."

"후후, 실버로드가 실패해도 쉽진 않을 것이네. 지구와 알타이르, 듀베리아가 드래곤들의 종족 인정에 동의하고 조사에 합의했으니 당장 멋대로는 못할 테니까. 하지만 여론이 악화되면 정말 모르지. 지구와 알타이르는 내수가 좋아서 게이트를 이용한 무역봉쇄를 어느 정도 무시할 수 있네. 반면 듀베리아는 내전의 상처가 아직 가시지 않아서 인력 수출을 통한 외수에 경제를 맡기고 있으니 입장이 달라."

치프에게 설명을 한 레투가가 한숨을 내쉬었다.

"내 고향 다르토리오 행성이 드래곤들의 종족 인정 및 조사에 참여했다면 괜찮겠지만 1,200년 전에 내 고향을 멸망시킬 뻔한 존재가 바로 반달리온이지 않나?"

반달리온의 이름이 레투가의 입에서 나오자 포프가 움찔했다.

"나는 그가 포프를 구하고 신수와의 싸움에도 도움을 줬다는 것을 인정한다네. 하지만 그에게 몰살된 선조님들을 생각하면 가슴이 먹먹해지지. 만약 그 사실이 고향에 알려진다면 고향에선 우주연합과 함께 드래곤의 토벌에 나설 것이네. 특히 반달리온은 박제가 되거나 뼈가 추려져서 박물관에 전시되겠지."

치프는 레투가의 말을 곰곰이 생각하던 도중에 오른손을 번쩍 들었다.

음식 주문을 위해서였다.

"우선 식사를 하고 얘기를 계속하죠, 여사님."

치프의 말에 헤이파가 다시 찡그렸다.

"식사? 방금 전까지 들은 얘기 때문에 속이 뒤집힐 것 같네만?"

"그건 알케온이 만드는 요리를 매일 드셔서 그런 거예요."

"그게 무슨 상관인가? 아니, 그보다 자넨 그의 요리를 싫어하나?"

"분명 최고급이긴 하지만 요즘은 맛에서 매너리즘이 느껴지더군요. 향신료 비율도 똑같고."

헤이파는 매너리즘 같은 소리를 하고 있다며 그를 노려봤고, 포프도 약간 어이없어했다.

그런데 레투가가 거기서 치프를 도왔다.

"이 식당은 알케온 영주가 단 한 번도 사용하지 않은 재료를 마음껏 사용한답니다, 여사님."

"저는 그가 붕어빵인지 뭔지를 만드는 것도 봤습니다만?"

"…붕어빵에는 특별한 재료가 들어가지 않지요. 틀도 없이 붕어빵을 만드는 것은 분명 놀라운 기술이지만 그것은 요리가 아니라 묘기에 속한다고 생각합니다."

묘기라는 말에 포프는 웃음을 터뜨릴 뻔했다.

헤이파는 알케온이 틀 없이 붕어빵을 만드는 모습을 본 적이 있었다.

알케온은 저온 플라즈마를 이용해 틀을 만들고, 그 틀에 직접 만든 반죽과 팥고물, 혹은 고구마 앙금을 넣은 후 플라즈마 형틀의 온도를 조절하여 붕어빵을 완성시킨다.

형틀에서 분리한 붕어빵은 따뜻하게 보관을 하고, 원하는 수량이 만들어지면 붕어빵의 표면을 칼로 곱게 정리하여 모양을 가다듬는다.

그것이 틀 없이 만들어지는 알케온 특제 붕어빵의 비밀이었다.

"묘기라……. 보안국장님께서 내놓으신 해석은 일리가 있군요. 이 식당의 메뉴가 궁금해집니다."

"놀라움과 재미를 느끼실 수 있을 겁니다, 여사님."

레투가가 자신했다.

이윽고 방음벽 뒤에서 기다리고 있던 웨이터가 메뉴판을 들고 그들에게 다가왔다.

"종이로 된 메뉴판이군요."

전자 메뉴판에 질려 있던 헤이파는 즐거운 마음으로 메뉴판을 열었다.

스테이크 전문점이라 메뉴의 대부분이 스테이크였고, 샐러드는 음료 종류와 함께 사이드 메뉴로 밀려나 있었다.

고기의 종류와 원산지를 본 헤이파가 흠칫했다.

"그 특별한 재료가 공룡 고기란 말입니까?"

"예, 저희는 공룡 고기 전문점입니다."

웨이터가 허리를 살짝 굽히며 대답했다.

뜻밖의 재료에 놀란 헤이파의 시선이 레투가 쪽으로 움직였다.

"사냥으로 얻은 고기인지요?"

"빅시티에서 광업 다음으로 가장 각광 받는 사업 중에 하나가 그라니트의 공룡들을 이용한 축산업입니다. 식용으로 사육된 공룡들은 야생 공룡들에 비해 고기의 질이 좋고 기생충의 염려도 없지요. 한 번의 도축으로 얻을 수 있는 고기의 양은 굳이 말씀드리지 않아도 아실 겁니다."

레투가가 자랑스럽게 말했다.

"음, 제 고향에서는 사냥으로 얻은 고기를 더 높게 평가합니다만, 여긴 제 고향이 아니니 신경 쓸 필요는 없겠지요. 식당에 배어 있는 향기와 메뉴의 사진을 보니 흥미와 식욕이 돋는군요. 좋은 요리를 추천해 주시면 감사하겠습니다."

"알겠습니다, 여사님."

레투가가 자신의 메뉴판에 손을 대어 헤이파에게 이런저런 설명을 하는 한편, 치프는 메뉴판을 들고 고민하는 포프에게 자신의 메뉴판 하단을 보여줬다.

"포프, 여기 봐, 여기."

"예?"

"어린이용 스테이크도 있어! 깃발도 꽂혀 있다고!"

"…나중에 동생들에게 보여줄게요."

포프는 쓴웃음을 지었다. 하지만 그의 장난 덕분에 그녀는 잠깐이나마 징크스에 관한 일을 잊을 수 있었다.

모두가 주문을 완료한 뒤 치프는 팔짱을 끼고 레투가를 봤다.

"저기, 울트라 빅빅빅(Big, Big, Big) 스테이크는 뭐야?"

"아, 내가 주문한 것 말인가?"

"요리 이름이 아주 인상적인데?"

"말 그대로 '빅빅빅'한 스테이크지. 난 지금 단백질의 보충이 절실하다네."

"보충제라도 먹어보지?"

"사실 그게 최고지. 내 아내도 추천하고 있네. 하지만 그걸로 몸을 보충하자니 어쩐지 사육을 당하는 느낌이 들어서 말일세."

"음, 그 기분 좀 알 것 같아."

어린 시절 군대에서 단백질뿐만 아니라 여러 가지 정체불명의 성분이 포함된 수프 같은 것을 주식으로 질리도록 먹은 치프는 진심으로 고개를 끄덕였다.

요리가 나오기를 기다릴 겸 레투가가 치프에게 물었다.

"요즘 엠페라투스가 너무 조용하군."

"…그렇긴 하지만 조용한 게 더 낫지 않을까? 내가 세 번이나 상대했다고 해서 그 녀석의 위험성이 모기 수준으로 전락한 건 아니라고."

"실버로드는 드래곤이지 않은가? 자네가 전해준 정보에 의하면 그는 엠페라투스의 추종자일세. 그런데 가만히 있다는 게 너무 마음에 걸리는군."

"음, 지금까지 실버로드가 저지른 일들을 생각하면 엠페라투스가 움직이지 않는 게 당연할지도 몰라. 나와 내 대원들이 놈의 부하들을 싹쓸이하지 않았으면 민간인 피해가 엄청났을 거라고. 엠페라투스는 그게 마음에 들지 않았을 거야."

"엠페라투스가 민간인 피해에 신경을 쓰는 존재였나? 그가 처음 나타났을 때 저지른 파괴 행위는 비록 없던 일이 되긴 했지만 마치 자연재해처럼 그 무엇도 가리지 않았다네."

"바로 그거야."

치프는 앞에 놓인 소금과 후추, 그리고 스테이크용 소스가 든 병을 한 번씩 건드렸다.

"엠페라투스는 파괴 그 자체를 진심으로 즐기는 거고, 실버로드는 최종적인 목표물을 잡기 위해서 민간인들을 건드리려고 했어. 실버로드의 목표는 뚜렷해. 바로 나야."

"그렇다면 실버로드는 매우 거추장스럽고 비효율적인 방법을 쓰고 있군. 자네가 딱히 당할 리가 없지 않나?"

"그 부분만 봐도 엠페라투스와 실버로드의 차이는 확실하지."

치프는 주머니에 손을 넣고 테이블 아래로 다리를 쭉 폈다.

"엠페라투스는 정면으로 공격해 왔어. 민간인들은 거기에 휘말린 거야. 하지만 실버로드는 다른 이들을 건드리는 방식을 쓰고 있지. 그건 공격이 아니라 공략이야."

"공략이라……."

"저번에 내가 실버로드의 테러리스트들… 아니, 전쟁광들을 다소 불법적인 방법까지 동원해서 빠르게 털어버린 건 그 때문이지. 녀석들이 알고 있는 공략 방식의 대부분이 대량 학살로 이어지거든."

그리고 치프와 UNSMC의 '불법적인 방법'을 모두 듣고 묵인한 것이 레투가였다.

치프의 이야기가 이어졌다.

"만약 실버로드의 계획대로 빅시티를 쑥대밭으로 만들면서 나와 우리 회사를 직접적으로 들먹였으면 어떻게 됐을까? 사람들의 공포와 분노는 녀석들에게만 쏠리지 않았을 거야. 나 역시 원망의 대상이 됐을걸?"

"음."

"테러의 진짜 목표는 민간인들이 아니야. 바로 권력자들이지. 테러는 여론을 들끓게 해서 정부를 곤혹스럽게 만들고, 그것을 토대로 자신들의 정치적, 물질적 이득을 취하려는 최악의 수단이야. 권력자들은 겉으로 테러리스트들과의 협상 따윈 없다고 말하지만 일이 터질 경우 당사자들이 정치적으로 받는 타격은 어마어마해. 권력자들은 미디어 등을 이용해서 완화시킬 수 있지만 일개 회사의 사장인 나는 어떨까?"

"사람들이 빅시티의 영역을 벗어나는 위험을 무릅쓰고 자네 회사 앞에서 시위를 벌이겠지."

"맞아."

레투가의 말에 치프는 쓴웃음을 지었다.

"하지만 실버로드가 방식을 바꿨어. 쓰레기 같은 조직으로는 뭔가 안 될 것 같으니 재구축 치료 대상자에게 해를 입힌다는 강수를 뒀지. 이건 정말 위험해. 내가 자네마저 경계할 정도로 말이야."

치프의 마지막 말에 레투가는 재구축 치료로 멀쩡해진 자신의 몸을 내려다봤다.

"실은 아내에게 그 얘기를 했다네. 재구축 치료를 받은 부위가 언제 붕괴되어 죽을지도 모른다고 했지. 자네 때문에 그렇게 되는 거냐고 묻기에 그렇다고 했다네. 그랬더니 그녀가 나에게 무슨 말을 했는지 알고 있나?"

"글쎄?"

"당장 자네와의 관계를 끊고 사표를 낸 뒤 고향으로 돌아가자고 하더군."

"그러지 그랬어?"

"음?"

"난 자네가 나 때문에 해를 입거나 협박받는 모습을 볼 수가 없어. 자네 부인은 날 원수로 여길 거라고."

치프의 걱정에 레투가가 웃었다.

"사실 말일세, 우주연합 행정부에서 자네를 감시하고 자네 회사의 행동 범위를 축소시키라는 명령을 한두 번 받은 게 아닐세. 하지만 난 꾸준히 명령을 무시했지. 파면도 각오했다네. 하지만 자리를 굳건히 지킬 수 있었지. 이유가 뭔지 아나?"

"글쎄?"

"이 행성의 보안국장을 맡겠다는 자가 한 명도 없었거든. 제안을 받으면 아예 사직서로 맞대응하는 자가 대부분이었지. 엠페라투스 덕분이라고 해야 할까?"

"하하."

"후후, 그래서 반 강제로 자리를 유지하고 있다네. 하지만 그것은 잡스러운 이유에 불과하다네."

"그래?"

"너무 낭만적으로 들리겠지만… 난 자네를 처음 봤을 때 이야기 속의 주인공과 마주한다는 느낌을 받았다네."

레투가가 손으로 턱을 괴며 식당의 창밖을 봤다.

"그리고 그 느낌은 자네가 혼자서 엠페라투스와 맞서고 결국 그를 제압할 때 확신으로 변했지. 뒤이어 벌어진 모든 큰일들도 결국 자네와 자네의 친구들이 막아냈고 말이야. 자네는 정말 수많은 사람을 구해냈어."

포프와 헤이파는 아무 말도 하지 않았다. 하지만 심적으로는 레투가의 말에 동의하고 있었다.

"만약 자네의 이야기를 써내려갈 잉크가 부족해진다면 내 피로 그 잉크를 대신하겠네. 그러니 흔들리지 말게, 친구여."

"흠……."

치프는 이 분위기에서 도저히 말을 꺼낼 수가 없었다.

'재구축 치료 문제는 셀리가 해결해 줄 수 있다고 지금 말해 버리면…….'

그는 각오를 단단히 한 레투가의 듬직한 표정과 그의 말에 몰입된 포프, 그리고 헤이파의 모습을 빠르게 살펴봤다.

'그래, 분명 얻어맞을 거야. 분위기 깬다면서 말이지.'

치프는 두 손으로 얼굴을 감싸 자신의 난처한 표정을 감췄다.

"자네는 나에게 있어서 너무 과분한 친구야, 레투가. 그러니 가급적 빨리 우리 회사에 들러줘."

치프는 오글거려 견딜 수 없었지만 분위기를 맞춰주기 위해 그렇게 말했다.

"자네에게서 그러한 답을 들을 줄은 몰랐군. 고맙네, 치프."

"생식기능만 멀쩡했다면 좋았을 텐데 말이지."

헤이파가 감격에 겨운 표정으로 말을 덧붙였다.

"…제발 그만해 주세요, 여사님."

"문제가 있다는 건 사실이지 않나?"

"저는… 어?"

치프가 갑자기 고개를 갸웃했다. 그가 뭔가를 떠올리기 위해 노력하자 헤이파가 조금 당황했다.

"아니, 농담일세. 이제 그쪽 얘기는 삼가야겠군."

"아뇨, 그게 아니라… 누가 저한테 그 생식과 관련된 얘기를 한 것 같거든요."

헤이파뿐만 아니라 레투가와 포프까지 당황했다.

"무슨 얘기였나?"

"제가 알타이르 행성인뿐만 아니라 날개 달린 자까지 임신시킬 수 있다고 하던데요?"

"…누가 그러던가?"

"그게 기억이 안 나요! 누가 그랬는지, 언제 들었는지도 말이에요!"

헤이파는 길게 한숨을 내쉬었다.

"자네가 그처럼 터무니없는 헛소리를 하는 꼴은 처음 보는 것 같군. 알타이르인은 그렇다 쳐도 날개 달린 자까지? 그런데 기억이 안 나? 어이가 없는 정도가 아니라 불쾌하기까지 하군."

그녀는 화를 냈고, 포프는 벌린 입을 다물지 못했으며, 레투가는 오른손으로 눈가를 가린 채 웃음을 참느라 힘겨워했다.

하지만 치프는 자신의 기억에 뭔가 혼란이 있다는 사실을 직감하여 당황하고 있었다.

'뭐지? 뭔가 있는 것 같은데?'

헤이파는 차가운 물을 마시며 인상을 썼다.

"내가 그딴 말을 듣기 위해 그 일에 협조한 건 아닌데 말일세."

"예? 협조요?"

"…아, 회사 일을 말한 것이네."

헤이파는 물이 든 잔을 더욱 높이 들어 표정을 감췄다.

'새벽에 지구로 간 일을 정말 잊고 있군. 자신이 그렇게 될 거라고 나에게 미리 얘기는 했지만 사실이었어. 그럼 방금 전에 말한 그 초인적인 교배 능력이 진짜일지도 모른단 말인가?'

그 어색한 분위기는 주문한 요리들이 나올 때까지 계속 이어졌다.

60
프렌치 키스

헤이파는 오늘 데스디아와 탈리케이아 모두가 오전 7시까지 늦잠을 잔 것을 떠올렸다.

'아주 중요한 일이니 첫째와 탈리를 7시까지 재워달라는 요청을 해왔지. 애들을 늦잠재우는 건 간단한 일이니 받아들였지만……'

그녀는 아직도 고민 중인 치프를 흘끔 봤다.

'치프는 자신이 기억의 일부를 잃을 거라고 했는데, 표정이나 분위기를 보니 자신의 기억에 결손이 생겼다는 걸 이제야 인식한 것 같군. 지구에서 무슨 짓을 했는지 몰라도 저렇게까지 자신을 희생하는 모습을 보니 이번 일도 보통 일은 아니겠지. 내가 이번 일과 얽힌 저 남자의 각오를 너무 가볍게 봤군.'

진중하게 생각해 본 헤이파는 대체 무엇이 그로 하여금 극단적인 행동을 하게끔 만들었는지 생각해 봤다.

'…첫째일 리는 없고, 역시 사만다인가?'

그녀가 데스디아를 자신 있게 후보에서 뺀 이유는 간단했다. 사만다와 달리 데스디아를 표적으로 지목한 자가 아무도 없기 때문이다.

'첫째를 납치해서 인질로 잡는 것은 아주 큰 손해를 각오해야만 하지. 알타이르의 워치프이자 이 헤이파 트리시아 알타이르 브라토레의 첫째 딸을 감히 어떻게?'

거기서 헤이파의 탐구심이 발동했다.

'혹시 적들이 첫째를 목표로 삼는다면 치프는 어떻게 반응할까? 상대가 좋은 장비 따위에 의지하는 건달이 아니라 날개 달린 자인만큼 이야기는 다를 수도 있어.'

결국 그녀가 결심을 하고 물었다.

"자네 혹시 첫째가 납치되어 인질이 된다면 어찌할 건가?"

기억의 혼란 때문에 당황하고 있던 치프가 그 질문을 듣자마자 헤이파를 돌아봤다.

"예? 구해야죠. 여사님께서도 지구에서 봉변을 당하셨는데 뎃디라고 영원히 멀쩡할 리가 없잖아요?"

"그건 당연하지만… 그래, 내가 질문을 잘못했군. 그 아이가 납치되면 기분이 어떨 것 같으냐고 물으려 했네."

"……"

질문을 들은 치프는 꽤 긴 시간 동안 헤이파를 쳐다봤다.

"저기, 여사님, 일단 납치되어 끌려간 사람은 누가 됐든 위험한 상태라고 봐야 해요. 생사에 대한 자유가 박탈당하기 때문이죠."

헤이파는 자신을 바라보며 얘기하는 치프의 상감색 눈동자를 보고 굉장한 위압감을 느꼈다.

"피해자가 만약 피부부터 눈썹까지 초합금으로 된 외계인이라고 해도 계획적으로 납치를 시행한 자들은 그 이점을 어떻게든 뭉갤 수 있으니 일을 저지르는 거예요. 반복해서 말씀드리지만 지구에서 직접 일을 당해보셨으니 아실 거 아니에요?"

"…음, 그렇지."

"그런데 기분을 묻다니, 너무 너무하시네요. 누가 납치됐든 최대한 빠르고 신속하게 구출해야 하는 것이 당연하지 않습니까? 뎃디가 납치당하면 필사적이 돼야 하고, 얼굴 한 번 본 적 없는 할머니가 납치당하면 대충 해야 하나요? 누군가의 목숨이 걸린 일에 기분에 따른 차별을 두는 것 자체가 말이 안 된다고 생각하는데요?"

"아, 정말 실례했네. 내가 술도 안 먹고 실언을 했군."

치프가 그렇게까지 강하게 나올 줄 몰랐던 헤이파는 황급히 사과했다.

치프는 흥분을 가라앉히기 위해 천장을 바라봤다.

"전 차별을 둔 적이 있어요. 지구에서 비행기 납치 사건을 처리할 때였죠. 저와 제 동료들은 1등석에 탄 VIP들을 반드시 구출하고 다른 좌석의 승객들은 그냥 최선을 다하라는 지시를 받았지요. 결국 9명의 VIP는 성공적으로 구출했지만 다른 300여 명의 승객은 비행기 납치범과 함께 사망했어요. 그랬는데 위에서는 우리한테 수고 많았다며 훈장을 주려고 하더군요."

"……."

"아까 기분을 물으셨죠? 그때 제 기분은 어땠을까요?"

"그만하게, 치프."

레투가가 치프의 어깨를 두드렸다. 치프는 눈을 감고 고개를 끄덕였다.

"…하아, 아무튼 뎃디가 납치당한다면 제 기분은 매우 안 좋을 거예요. 여사님과 포프가 납치당했을 때도 그랬지만요."

치프가 약간 가벼운 분위기로 말했다.

헤이파는 고개를 끄덕였지만 마음속은 자괴감으로 엉망이었다.

'그렇군. 여성에 대한 거부감 따위가 아니었어. 수많은 사람에게 수없이 실망해 온 경험이 문제였군. 이제 나 역시 치프를 실망시킨 사람 중에 한 명이 되겠지.'

어른이랍시고 행동할 자신감을 잃은 헤이파는 옅게 웃더니 자신의 혁대 옆에 매달린 주머니에서 단말기를 꺼내 테이블 위에 올려놨다.

치프는 그녀의 행동에서 뭔가 특별한 느낌을 받았다. 헤이파는 최근 단말기에 익숙해지긴 했지만 식사 전이나 도중에는 단말기를 꺼낸 적이 한 번도 없기 때문이다.

그녀가 단말기를 꺼낸 이유는 요리가 나온 이후에 밝혀졌다.

우선 남자 웨이터 두 명이 레투가 앞에 접시를 곱게 놓았다.

그가 주문한 '울트라 빅빅빅' 스테이크는 모두를 경악시킬 만큼 거대하고 두툼했다. 지름만 거의 90㎝가 넘었다.

'고기라는 게… 익히면 좀 줄어들지 않나?'

치프는 자신의 눈을 믿을 수 없었다.

'고래나 코끼리를 해체하지 않고 저만한 양의 통고기를 얻어내는 게 가능해?'

게다가 눈에 보이는 육질은 쇠고기에 가까웠다.

'과연 공룡 고기!'

감탄한 치프는 자신과 헤이파, 포프의 앞에 접시를 놓은 후 각종 부수적인 요리들을 놓으려는 웨이터를 불렀다.

"저기, 보안국장님께서 주문하신 고기는 공룡의 어느 부위인가요?"

"안심입니다. 맛과 식감도 지구의 소 안심과 비슷합니다."

"굉장하네요."

치프가 감탄하는 한편, 헤이파는 단말기의 카메라로 요리들을 정성껏 찍었다.

"뎃디한테 자랑하시게요?"

치프에게 묻자 헤이파는 고개를 저었다.

"알케온 경에게 보낼 것이네. 당장 내일부터 메뉴가 바뀔지도 모르지."

치프는 괜히 그렇게 자극했다가 알케온이 드래곤의 모습으로 사냥에 나서는 꼴을 보는 게 아니냐며 불안해했다.

하지만 헤이파의 촬영 목적은 다른 곳에 있었다.

그것은 일행의 분위기 전환, 특히 치프의 이야기를 듣고 밑바닥까지 가라앉은 자신의 기분을 달래기 위한 행동이었다.

'워치프에 최고 제사장이던 내가 이딴 식으로 자기만족을 하려 하다니……. 내가 하고 있는 짓이지만 도저히 믿을 수가 없

군. 나의 자존심은 대체 어디로 날아간 것인가?'

그녀는 자책을 거기서 멈추고 진심으로 식사를 즐겼다. 레투가는 그렇다 치더라도 치프와 포프의 눈치가 얼마나 좋은지 잘 알기에 억지로라도 그럴 수밖에 없었다.

레투가는 아주 조용하고 꾸준하게 그 빅빅빅 스테이크를 음미했다. 그리고 일행은 자신들과 레투가의 식사가 거의 동시에 끝났음을 깨닫고 진심으로 기겁했다.

"후우, 벨트를 미리 풀어두길 잘했군."

레투가가 만족스레 웃으며 입가를 닦았다.

"자네 몸이 어쩐지 좀 두꺼워진 것 같은데?"

치프가 물었다.

"소진된 근육은 좋은 단백질을 먹으면 즉시 보충되지. 이것 역시 우리 종족의 특성일세."

레투가는 자신의 팔을 만져봤다.

"음, 역시 한 그릇으로는 부족하군. 하지만 갑자기 몸무게가 불어나면 관절에 무리가 가니 조심해야겠지."

치프는 아까 만났을 때보다 조금 두툼해진 레투가를 보고 낙타의 혹을 떠올렸으나 입 밖으로 꺼내진 않았다.

이후 일행은 후식으로 나온 각종 음료와 과일을 즐기며 식사 때문에 끊긴 대화를 계속했다.

"실버로드 말일세."

레투가가 이야기를 시작했다.

"개인적으로 알고 지내는 정보원들에게 물어봤지만 큰 소득은 없었네. 하지만 단 한 명이 묘한 말을 하더군."

"묘한 말?"

"우주연합 군부와 친한 것 같으면서도 행정부의 일까지 처리한다더군. 군부와 행정부의 대립이 암살이라는 수단마저 동원될 만큼 끔찍하다는 걸 생각하면 신기한 일이지."

"음, 양쪽을 가리지 않고 드나든다는 얘기를 듣긴 했어. 얼굴이 밝혀진 것도 최근의 일이고 말이야."

"과연 자네의 정보 수집 능력은 대단하군."

"개인이 전화로 알아보는 거랑 조직이 움직이는 건 다르잖아."

치프는 가볍게 웃었다. 레투가는 고개를 끄덕여 그 말에 동의했다.

"그런데 우주연합 행정부와 군부의 관계는 왜 그 모양이야?"

치프가 그리 묻자 레투가는 물론 헤이파까지도 의아해했다.

"정말 몰라서 묻는 건가?"

레투가가 묻자 치프가 끄덕였다.

"아니, 사이가 안 좋다는 건 알고 있었지만 그 근원까지 알아본 적은 없거든."

"음, 그렇군."

레투가는 커피를 몇 모금 마시며 자신이 알고 있는 것들을 머릿속에서 정리해 봤다.

"행정부와 군부의 충돌은 내가 태어나기 훨씬 전, 그러니까 여사님의 어머님께서 현역으로 파병 활동을 하실 무렵에 시작됐네. 그때 당시만 해도 행정부는 알타이르를 비롯한 수많은 행성에 파병을 요청하여 각종 분쟁을 해결하려고 했지. 지구의 UN에서 평화유지군을 조직하고 움직이는 것처럼 말일세."

"으흠."

치프는 노란색의 망고 주스가 담긴 잔을 입에 댄 채 고개를 끄덕였다.

"그런데 행정부 수장, 그러니까 우주연합 사무총장이 바뀌면서 군부가 조직됐네. 투자 금액이 대단했지. 예산 문제와 관련된 청문회가 매일 열릴 정도였거든. 그리고 여사님께서 세대를 이어 파병 활동을 하실 무렵에는 우주연합 군부의 규모가 선진 행성… 예를 들어 지구 전체의 군사능력을 초월할 정도로 커졌다네."

"군부의 수장도 대를 이어서 바뀌었나?"

"그건 아닐세. 파발리오 아르마다가 처음부터 현재까지 군부 장관의 자리를 유지하고 있다네."

"그렇게 오랫동안 살아왔는데도 아무도 의심하지 않았다고?"

치프가 묻자 헤이파가 헛기침을 했다.

"나의 조모, 그러니까 첫째의 증조할머니께서 비록 총기는 많이 흐려지셨지만 요양 생활에는 문제가 없으시네. 그만큼 수명이 긴 종족은 우주에 우리 알타이르 행성인만이 아니지. 드래곤의 수명도 그렇지 않나? 그러니 아르마다가 신의 잔재라고는 생각도 못했겠지."

"그, 그렇죠. 예."

납득한 치프는 레투가의 말을 기다렸다.

"세력을 완전히 확보한 군부는 자신들의 능력을 과시하기 위해 문제가 됐던 몇몇 행성을 그대로 파괴하는 만행을 저질렀네. 행정부에선 그들을 막기 위해 온 힘을 다했지만 파발리오 아르마다를 데려온 사무총장은 군부를 제대로 막지 않았다네."

"아랫사람들만 고생한 거군."

"행성 파괴 어뢰에 자가용 우주선을 충돌시켜서 한 행성을 지켜낸 사람도 있다네."

"존경스러운 분이네."

"내 할아버지이시지."

레투가가 자랑스럽게 웃었다.

"오, 이런. 미안하군."

"아닐세. 자네가 빈말을 한 게 아니라는 건 알고 있네. 난 돌아가신 할아버지의 이야기를 아버지께 듣고 행정부에 들어갈 결심을 하게 됐지. 나도 후세에 전해줄 이야기 하나쯤은 남겨야 할 텐데 말일세."

"그런 이야기는 해피엔딩으로 정해놓고 쓰도록 해."

치프가 지적하자 커피 잔을 들던 레투가가 큭큭 웃었다.

"결국 사무총장은 만장일치에 가까운 의견 합의에 의해 탄핵되어 현재의 사무총장이 뒤를 이었다네. 이후 행정부와 군부는 아까 말했듯이 암살까지 벌어질 정도의 대대적인 충돌을 일으켰네. 회의장에서 욕을 하고 주먹질을 하는 건 정말 일도 아니지."

레투가의 이야기를 들은 치프는 헤이파에게 시선을 돌렸다.

헤이파는 왜 자신을 보느냐는 표정을 지었고, 그 덕분에 치프는 레투가의 말에 큰 거짓이 없음을 확인할 수 있었다.

"그런데 실버로드가 행정부와 군부 사이를 오가며 일을 했다고?"

"나도 그래서 놀랐지. 이중 첩자가 아니라 양측의 해결사 역할을 했다고 하니… 하아."

"음, 난 그 정보가 그다지 믿기지 않는데 말이지."

"그런가?"

레투가가 자못 놀랐다.

치프는 대답에 앞서 주스를 다 비웠다.

"실버로드의 모든 것이 최근에 밝혀졌잖아? 행정부와 군부 사이를 오가며 일했다는 사실조차도 말이야. 정보부에서는 이제야 알아냈다는 식으로 나에게 알려왔지만… 글쎄? 그 정보를 확정 짓기에는 녀석에 대한 표본이 너무 적지."

"하지만 그는 조직을 이끌지 않았나?"

헤이파가 물었다.

"그걸 봐서는 최근 여기저기서 터진 행성 내전과 관련된 일을 하긴 한 것 같아요. 근데 그게 꼭 행정부나 군부의 도움을 받아야만 가능한 일은 아니거든요. 아무래도 녀석의 친구를 좀 추궁해 봐야겠네요."

"친구? 누구 말인가?"

"반달리온이나 엠페라투스 정도겠죠?"

"자네가 없을 때 반달리온이 와서 얘기를 하긴 했네만?"

"그날 있던 얘기를 전해 들어보니 반달리온이 영양가 있는 얘기를 한 것 같진 않더군요. 캐러멜만 신나게 먹고 갔다고 하던데요?"

"……."

"이제 일어나시죠. 레투가도 바쁘고 우리도 바쁘니까요."

"그러지."

헤이파가 일어난 후 레투가와 치프, 포프가 이어서 일어났다.

"덕분에 좋은 식당을 알게 됐어, 레투가."

"자네가 오늘 건진 것은 식당뿐인가?"

"그럴 리가?"

둘은 껄껄 웃으며 밖으로 나갔다.

그들을 따라 걸으며 창밖을 본 포프는 이제 무사히 돌아가는 일만 남았다며 안도의 한숨을 쉬었다.

하지만 그게 문제였다.

포프가 마지막으로 식당의 문을 나서자마자 거리 곳곳에서 총을 든 자들이 몰려 나왔다.

'아, 젠장.'

포프는 기절하고 싶었다.

근 30명에 가까운 자들이 온갖 중화기를 든 채 부채꼴 모양으로 늘어서서는 식당 입구를 정조준했다.

레투가와 치프, 포프, 그리고 레투가를 호위하기 위해 따라온 전투경찰들이 다시 식당 안으로 들어가 몸을 숨겼다.

"이것이 바로 그 징크스인가?"

레투가가 묻자 포프는 아예 벽 쪽으로 돌아섰다.

그러나 치프에겐 포프를 볼 여유가 없었다.

"잠깐! 여사님!"

치프는 혼자 식당 앞에 서 있는 헤이파를 향해 고함을 질렀다.

"XX, 쏴!"

괴한들 중 한 명이 외치자 그 자리에 모인 모든 이가 방아쇠를 당겼다.

집중사격의 불꽃과 굉음이 거리를 꽉 채웠다. 그럼에도 불구하고 권총을 든 채 헤이파에게서 눈을 떼지 못하던 치프는 입을 살짝 벌렸다.

현상금 사냥꾼들이 쏜 모든 탄환이 헤이파의 주변에 멈춘 채 떠 있었다. 헤이파와 교감한 바람의 정령이 주변 공기의 밀도를 높여 탄환들을 막아버린 것이다.

"누군가의 무례함이 이렇게 반가울 줄은 몰랐군."

헤이파는 데스디아에게서 빌려온 칼을 뽑아 들었다.

"훼손된 나의 명예와 마음을 너희들의 피로 채우마!"

그녀의 두 눈이 새파랗게 빛났다.

"여사님, 안 돼요!"

치프가 급히 뛰쳐나와 헤이파의 오른쪽 어깨를 잡았다.

오른손에 칼을 들고 있던 헤이파는 어깨에 느껴지는 그의 손길에 오싹했다.

남성의 손길이라서 그런 게 아니었다.

칼을 다루기 위해 사용되는 근육과 인대들을 치프가 정확히 눌렀음에도 불구하고 헤이파 자신은 앞서 반응하지 못했다.

'내가 이 남자의 접근과 접촉을 눈치채지 못했다고?'

만약 치프가 나쁜 마음을 먹고 날붙이를 휘둘렀다면 헤이파는 꼼짝없이 근육과 인대를 잘렸을 것이다.

치프는 당황한 헤이파를 데리고 급히 엄폐했다.

그 자리에 모인 현상금 사냥꾼 모두가 헤이파의 살기에 짓눌

렸고, 그중에서 절반이 선 채로 방뇨를 하는 상황이었다. 그런데 치프가 갑자기 헤이파를 후퇴시키고 말았다.

'뭐지? 그 여자가 우릴 다 죽일 줄 알았는데.'

현상금 사냥꾼들은 어리둥절했지만 기회를 잡았다 생각하고 총알의 비를 뿌려댔다.

헤이파는 치프에게 안긴 듯한 자세로 벽 뒤에 앉아 있었다. 그녀는 자신의 허리를 두 팔로 단단히 두른 채 등판에 이마를 대고 있는 치프를 이해할 수 없었다.

"이게 무슨 짓인가? 저런 놈들은 나 혼자 정리할 수 있단 말일세!"

"알아요! 하지만 그래선 안 돼요! 수십 명의 시체가 한곳에 쌓여 있는 모습만큼은 이 도시의 사람들에게 보여줄 수 없다고요!"

시체와 그 시체의 부산물들, 그리고 각종 냄새 등은 놀라울 정도로 오래간다. 게다가 최강의 알타이르 행성인이 마검이나 마찬가지인 칼을 분노한 채 휘두른다면 시체가 무사할 리 없었다.

헤이파는 방금 자신이 뜻밖의 테러를 저지를 뻔했다는 사실을 깨닫고는 왼손으로 자신의 이마를 눌렀다.

"자네는 여자에게 창피를 주는 재주가 있군."

"예?"

"음, 아닐세. 흥분해서 미안하이."

사과를 하고 마음을 진정시킨 헤이파는 문득 누군가의 시선을 느끼고 고개를 돌렸다.

포프가 매우 머쓱한 표정으로 그녀와 치프를 바라보고 있었다.

"포프, 네가 우리를 보고 무슨 생각을 하는지 대충 알겠구나. 하지만 나와 치프가 이 자세 그대로 바지와 속옷을 벗을 일은 없을 거란다."

"죄, 죄송해요!"

포프가 다시 벽 쪽으로 고개를 돌렸다.

헤이파는 고개를 뒤로 젖혀 자신의 뒤통수로 치프의 머리를 두드렸다.

"방법이 있다면 얘기하게. 아니면 자네 혼자서 어떻게 해보던가."

"제가 가진 능력으로 시험해 보고 싶은 게 하나 있어요. 원래는 그것 때문에 뎃디를 부르려고 했지만 여사님이 오셨으니 어쩔 수 없죠."

"호오, 아주 미안하군."

헤이파가 쓴웃음을 지었다.

"아니, 오히려 여사님이 오셔서 다행이에요."

"어째서?"

"비록 사고이긴 하지만 저랑 여사님은 신체 접촉을 한 적이 있잖아요?"

"자세의 과격함으로만 따지자면 지금이 그때 이상이네만? 자네의 물건이 내 둔부 사이에서 끼어 있는데도 불구하고 아무런 변화도 일으키지 않는 것은 무슨 의미인가?"

"제 정신이 본능을 능가하고 있다는 의미죠. 아무튼 제 얘기

를 들어주세요, 여사님. 여사님은 이제부터 저와 교감하셔야
해요."

"호오, 젝스가 평소에 보던 소설과 만화영화에서 자주 나오
는 상황이로군."

"진지하게 들어주세요!"

치프는 헤이파를 붙든 팔 중에 오른팔을 들었다.

그의 손이 백금색으로 서서히 달아올랐다.

"제가 기계장치의 도움 없이 프린팅을 할 수 있다는 건 모두
가 알고 있죠. 하지만 프린팅을 하려면 일단 금속을 입자로 바
꿔야 해요."

"그래서?"

"녀석들의 총을 입자로 바꿀 거예요. 하지만… 아까부터 시
도해 보고 있는데 목표를 확실히 잡아낼 수가 없어요."

헤이파는 엄폐물로 삼은 벽의 옆을 흘끔 봤다. 차량 몇 대와
유리창의 금속새시가 만화에서 나오는 치즈처럼 구멍이 숭숭
뚫려 있었다.

"그렇군. 그럼 내 역할은?"

"제 힘은 셀리와 운캄타르에게 받은 힘이니 여사님과의 교감
이 가능할 거예요."

"그러한가?"

"뎃디가 셀리와 교감하는 상태를 참고로 해봤어요. 둘이 교
감할 때, 우선 셀리가 살아 있는 에너지의 형태로서 뎃디와 결
합되죠. 피부, 근육, 뼈를 포함한 뎃디의 신체 곳곳에 셀리가 깃
드는 거예요."

"그렇지."

파울라와 교감을 해본 헤이파는 치프의 말에 동의했다.

"셀리는 신체의 강화뿐만 아니라 몸이 요구하는 모든 에너지를 공급하는 역할도 해요. 그 때문에 교감 상태의 뎃디는 우주 공간에서도 호흡할 필요 없이 움직일 수 있죠. 하지만 셀리의 역할은 딱 거기까지예요. 강화된 신체의 컨트롤은 전적으로 뎃디가 맡는 거죠."

"제법 정확히 알아봤군. 그렇다면 난 자네와 교감한 뒤 밖에 있는 놈들의 무기들을 표적으로 삼고 그것들을 입자로 바꾸면 되는 것인가?"

"그렇죠."

"그럼 해보세. 그런데 자네와는 어떻게 교감하지? 자네가 내 가슴을 주무르면 되는 건가?"

"그걸로 해결됐으면 진작 만졌겠죠."

"흠, 그럼 어쩔 수 없지."

헤이파는 바로 일어나서 돌아서더니 치프의 허벅지 위에 앉아 얼굴을 마주했다.

"이제 힘을 발휘하게. 어서! 힘의 위치는 내가 파악하겠네!"

"예, 여사님!"

치프의 팔과 다리, 그리고 오른쪽 눈이 빛을 냈다.

치프와 밀착한 채 힘의 흐름을 파악하던 헤이파가 눈을 부릅뜨고는 그의 오른쪽 눈에 자신의 입을 댔다.

치프는 반사적으로 눈을 감았지만 헤이파는 집중력 탓에 무섭게 보이기까지 하는 표정을 유지한 채로 교감을 시도했다.

치프의 눈에서 가장 강력한 힘이 발휘되는 것을 감지한 헤이파는 눈꺼풀 위에 혀를 대어 교감을 해보려 했다.

그것으로 그녀는 교감까지의 실마리를 잡았지만 성공하진 못했다.

'거리가 멀어. 뭐가 문제지?'

헤이파는 자신의 침으로 번들거리는 치프의 눈꺼풀을 바라보다가 이내 인상을 구겼다.

"역시 이건 좀 아니야."

"네?"

대답하느라 입을 벌린 치프의 입술 사이로 헤이파의 혀가 불쑥 들어왔다.

당황한 치프가 혀를 뒤로 물리려 하자 헤이파는 주먹으로 그의 옆구리를 친 뒤 치프의 혀를 쭉 빨아들였다.

그와 동시에 치프의 눈과 팔, 다리에서 빛나는 빛이 헤이파의 몸으로 번졌다.

'이거야!'

교감에 성공한 헤이파는 즉시 입을 떼고 포프를 돌아봤다.

"포프, 지금 이 상황을 단말기로 촬영해라! 어서!"

"예에에에?"

"힘의 움직임을 살피기 위한 거다! 중요해!"

그리고 헤이파는 다시 치프의 입에 혀를 밀어 넣었다.

포프는 덜덜 떨리는 손으로 단말기를 들었다가 이내 정신을 바짝 갈아세웠다.

'이건 일이야, 일!'

그녀는 무릎을 세우고 그 위에 단말기를 대어 흔들림을 최소화한 뒤 치프의 빛이 헤이파에게 옮겨지는 모습을 확실히 촬영했다.

'…움직임이 여러모로 대단해!'

포프는 입술이 바짝바짝 말랐다.

헤이파는 그런 상황을 전혀 알지 못했다.

'파울라 장로 때보다는 불편하지만 이 정도면 충분해!'

예상이 맞아떨어지자 헤이파가 왼팔로 치프를 꽉 끌어안은 채 일어났다. 신장의 차이 때문에 위로 번쩍 들린 치프의 두 발이 헤이파의 무릎 근처에서 달랑달랑 흔들렸다.

치프에게 받은 힘을 오른손에 집중시킨 헤이파는 자신의 초감각을 동원하여 적들의 무장을 모조리 포착했다.

그러고는 엄폐물 밖으로 나오며 자신의 빛나는 손을 휘둘렀다.

적들이 손에 쥐고 있던 무기들이 모조리 금속 입자로 분해됐다. 분해된 금속 입자는 사파이어 가루처럼 빛을 내다가 땅으로 우수수 쏟아져 금속 분말로 바뀌었다.

예비용 권총과 단검 등, 금속으로 만들어진 장비 전부가 그렇게 사라지자 현상금 사냥꾼들은 탄환이 헤이파 앞에서 멈추는 걸 본 때보다 더 놀랐다.

여전히 치프와 입을 맞춘 채 혹시 놓친 무기가 있는지 확인해 본 헤이파는 이윽고 치프를 붙든 왼팔을 풀었다.

힘이 빠진 치프는 땅에 내려오자마자 뒤로 쓰러졌다.

헤이파는 왼손으로 손수건을 꺼내 입가에 뭉글뭉글하게 묻은 침을 깔끔히 닦아냈다.

"흠, 스테이크의 향신료 냄새가 두 배가 됐군. 놈들을 체포하지요, 국장님."

"예? 아, 그렇지요!"

포프만큼이나 당황하고 있던 레투가는 전투경찰들과 함께 식당 밖으로 뛰쳐나갔다. 전투경찰들은 비에 젖은 전단지처럼 바닥에 쓰러져 있는 치프를 한 번씩 쳐다봤다.

헤이파는 도주하려는 자들을 초고속으로 따라잡아 주먹 등으로 타격하여 기절시켰다. 레투가와 전투경찰들은 총으로 그들을 위협하여 한군데로 몰아넣고 바닥에 엎드릴 것을 요구했다.

들소처럼 생긴 행성인 하나가 자신의 거구를 믿고 저항하려 했다. 그러나 그는 자신보다 훨씬 작은 헤이파의 주먹에 맞아 몸이 1미터 정도 떠오르는 것을 끝으로 부질없는 저항을 마쳤다.

치프의 옆을 지키고 있던 포프는 치프의 입가를 보고 당황했다.

헤이파의 '흡입' 때문에 치프의 입술 및 입가의 모세혈관이 터져서 벌겋게 부어오른 것이다.

'민망해!'

그녀는 헤이파와 치프의 입술 사이에서 혀가 오락가락 꼬이고 왕복하는 모습을 선명하게 목격했다.

당시 헤이파의 표정은 얼음처럼 냉정하고 변함이 없었으나 치프는 당혹스러운 표정을 지은 채 딱히 저항도 하지 못했다.

'동영상이랑 실제는 박력이 달라! 다시 떠올리기도 부끄러워!'

포프는 두근거리는 가슴을 진정시키기가 힘들었다.

"아……."

치프가 눈을 희미하게 떴다.

"사장님, 괜찮으세요? 말씀은 할 수 있으신가요?"

포프가 그의 어깨를 흔들며 물었다.

"뭔가… 많은 것을 빼앗긴 느낌이야."

치프는 마라톤을 마치고 들어온 사람처럼 제대로 드러누웠다.

비록 축 늘어지긴 했지만 치프가 의식을 회복하면서 그의 입가도 빠르게 재생되었다.

전투경찰들이 대형 차량을 동원하여 현상금 사냥꾼들을 모두 실어간 뒤 헤이파는 음식점 사장과 보상 문제에 관해 협의하는 레투가의 곁에서 물러났다.

그녀는 포프와 함께 의자에 앉아 쉬고 있는 치프에게 다가갔다. 치프의 옆에는 식당에서 제공해 준 탄산음료 일곱 캔이 텅 빈 채 테이블에 놓여 있다.

여덟 번째 탄산음료를 마시던 치프가 헤이파를 보며 힘없이 웃었다.

"제가 생각하던 방법이 제대로 통했네요, 여사님."

"흠……."

헤이파는 고개를 좌우로 갸웃거렸다.

"하지만 자네가 너무 지쳤군. 이건 무기로서 사용하기엔 부적절하다고 생각되네만."

"예, 저 혼자서는 정확히 사용할 수도 없고 말이죠. 연습을 해보는 게 나을 것 같네요."

"연습이라……."

헤이파는 치프 옆에 앉아 있는 포프에게 손을 내밀었다.

"아까 그 영상을 좀 보고 싶구나, 포프. 부탁하마."

"예, 여사님."

포프는 헤이파의 당당하고 엄격한 모습에서 존경심을 느꼈다.

'만약 나였다면 부끄러워서 아무것도 못했을 거야. 부사장님이나 탈리케이아 워치프께서도 나와 달리 서슴없이 일을 하셨겠지. 알타이르의 워치프는 정말 아무나 되는 게 아니구나.'

그녀는 헤이파가 원하는 부분의 영상을 준비했다. 포프는 견본 이미지만 봐도 얼굴이 화끈했지만 꾹 참고 단말기를 내밀었다.

헤이파는 포프의 단말기를 들고 영상을 재생했다. 그녀는 치프의 팔다리 및 눈에 맺힌 빛이 자신의 몸으로 옮겨가는 모습을 묵묵히 지켜봤다.

치프는 단말기에서 들려오는 거친 숨소리를 이겨내지 못하고 고개를 푹 숙였다. 얼굴도 과연 그 치프가 맞는지 의심스러울 만큼 상기되어 있었다.

하지만 포프는 앞으로 더한 일을 볼 수도 있다는 생각에 굳건히 자세를 지켰다.

"음, 흠, 다음에는 주의해야겠군. 연습도 무기한 보류일세, 치프."

헤이파가 왼손으로 얼굴을 가린 채 포프에게 단말기를 내밀었다.

"그 영상은 당장 지우도록 해라, 포프."

"네?"

그 지시에 포프가 깜짝 놀라며 고개를 들었다.

헤이파는 얼굴은 물론 목과 귀까지 빨개진 채 당황하여 허둥지둥하고 있었다. 다른 이의 눈으로 본 자신과 치프의 모습이 그 정도일 줄은 몰랐던 것이다.

"……."

포프는 각자 얼굴을 가리느라 정신이 없는 헤이파와 치프 두 어른을 허망하게 지켜봤다.

'결과는 뭐… 좋았으니까.'

포프는 미처 영상을 지우지 않고 단말기를 주머니에 넣었다.

가게 주인과 얘기를 마치고 전투경찰들에게 몇 가지 지시를 내린 레투가는 복부에 손을 댄 채 치프 쪽으로 다가갔다.

갑작스러운 공격으로 인해 놀란 그는 가벼운 복통을 느끼고 있었다.

"치프, 자네 괜찮나? 얼굴이 지나치게 붉군."

"응? 아아, 뭐……."

치프는 캔에 든 탄산음료를 홀짝 마셨다.

그의 분위기가 너무 어색하자 레투가는 혹시나 하여 헤이파를 봤다.

헤이파의 시선은 단말기의 화면에 꽂혀 있었지만 그것만으로는 얼굴과 귀뿐만이 아니라 손까지 빨개진 자신의 신체 상황을 감출 수는 없었다.

"……."

잠깐 말을 잃은 레투가는 포프를 봤다. 레투가와 얼굴을 마주하진 않았지만 포프 역시 몹시 민망해하고 있었다.

'여사님은 그렇다 쳐도 치프는 왜 저러지? 저 친구 설마 이성 경험이 아예 없나?'

그가 헤이파를 이해한 이유는 알타이르 행성인의 특징을 알기 때문이다.

알타이르 왕족의 경우 남성의 역할은 후세를 만드는 계기에 불과할 뿐이며, 정자은행 및 인공수정 기술이 도입된 이후로는 왕족 여성들과 남성들이 특별히 접촉할 일도 없어졌다.

'여사님께선 오랜 세월 동안 파병 생활을 하며 온갖 것을 다 목격하셨을 텐데……'

그렇게 생각하던 레투가가 문득 창문 쪽을 봤다. 현상금 사냥꾼이라는 이름의 괴한들이 공격하기 전까지만 해도 멀쩡하던 창문들이 지금은 셔터로 단단히 막혀 있었다.

"창문들은 자네가 막은 건가?"

레투가가 치프에게 물었다.

"아냐. 포프가 대신 처리했어. 혹시 모를 저격에 대비해야 한다고 펄펄 뛰더군."

치프가 지친 얼굴로 미소를 지었다.

처리라는 표현을 듣고 레투가는 내심 쓴웃음을 지었다.

'포프의 판단은 분명 훌륭하지만… 일반적인 아이들은 저격에 대한 대비책 따윈 모르고 살아간다고.'

레투가는 치프와 그 주변의 '아저씨들' 덕분에 평범하지 않은 시야를 갖게 된 포프를 물끄러미 바라봤다.

'작년과는 다른 아이가 되어버렸어. 말려야 하는 걸까?'

그는 포프가 누려야 할 일상이 과연 무엇인지 고민해 봤다.

"여사님, 회사로 복귀하셔야 할 것 같습니다."

레투가는 이 상황의 수습부터 해야겠다고 판단했다.

"아, 저는 괜찮습니다, 보안국장님."

"저희가 부담스러워서 그렇습니다, 여사님. 치프가 빅시티에 도착한 이후 단 몇 시간 동안 움직인 전투경찰들의 머릿수와 출동 횟수가 비정상적입니다. 이러다가는 이쪽 인원이 모두 지쳐서 대응하기가 불가능해질 겁니다."

"……"

"즉시 회사로 복귀해 주십시오. 빅시티 보안국장으로서의 부탁입니다."

진심이 담긴 공식 요청이기에 헤이파의 상태도 진정됐다.

"공식적인 요청은 사장에게 해주십시오. 복귀는 제 권한을 넘어선 일입니다."

"알겠습니다."

레투가는 치프를 돌아봤다.

"혹시 볼일이 남았나, 치프?"

"백화점에 들를 건데."

"……"

치프의 대답은 레투가뿐만 아니라 뒤에서 대기 중인 전투경찰들까지도 허탈하게 만들었다.

"거긴 왜? 빌어먹을, 왜? 뭔가 필요한 게 있다면 내가 보내주겠네!"

"걱정하지 마. 이제 자네랑 보안국 직원들을 고생시키지 않을 테니까."

치프는 남은 음료를 마저 마셨다.

"그보다 공항 보안 용역 건은 어쩔 거야? 지금이라도 당장 사인해 주면 즉시 팀을 보낼게."

"바로 계약하세."

"좋아, 공짜로 해줄까?"

"공짜로 했다가는 행정부에서 무슨 트집을 잡을지 모른다네. 파견되는 인원 모두에게 시간당 표준 금액을 지불하도록 하겠네."

"다들 용돈이 생겼다며 좋아하겠군."

레투가는 단말기에 용역 계약서를 띄워 보여줬고, 치프는 손을 내밀어 지문을 찍었다.

"공항에는 에코 스쿼드와 시에라 스쿼드를 보내면 되겠지."

치프는 자신의 단말기를 들었다.

"아, 뎃디? 여사님께서 오셨던데."

—그래, 당신이 나에게 준 칼을 가져가셨지. 별일 없었나?

데스디아의 목소리가 치프의 단말기에서 들려오자 헤이파가 다시 머쓱해했다.

"좀 지쳐서 그러는데, 안드레이에게 알파, 델타, 에코, 시에라 스쿼드를 준비해 달라고 전해줘."

—안드레이가 마침 옆에 있으니 직접 통화하는 게 어때?

"괜찮다면."

단말기에서 덜컥거리는 소리가 났다.

—안드레이입니다, 원사님. 사장실에서 죠니, 켐리와 함께 포티의 신체 변화를 관찰하고 있었습니다.

"포티의 신체 변화?"

—공동대표님께서 포티의 재구축 치료 부위를 살펴주셨습니다. 그 결과 재구축된 신체 부위의 모든 세포가…….

"아, 미안. 포티가 무사한지부터 얘기해 줘."

—포티는 무사합니다. 앞으로 협박을 위한 수단으로서 동원될 일도 없을 겁니다.

"다행이군."

치프는 옆에 있는 포프의 등을 툭 두드려 줬다. 포프 역시 안도하여 가슴을 쓸어내렸다.

"그에 대한 세부 사항은 회사에서 듣는 걸로 하지. 그보다 알파와 델타, 에코, 시에라 스쿼드를 준비시켜서 이쪽으로 와줘야겠어. 알파와 델타는 이쪽으로, 에코와 시에라는 공항으로."

—임무를 말씀해 주십시오.

"알파와 델타는 내 경호이고, 에코와 시에라는 빅시티 공항의 검문검색이야. 에코와 시에라의 무장과 장비는 착실하게 부탁해."

—에코는 찰스, 시에라는 토미에게 맡기겠습니다.

"그리고 델타는 자네가 맡아."

—예, 원사님. 30분 정도 기다려 주십시오.

"뎃디도 바꿔주고."

—알겠습니다, 원사님.

이어서 데스디아의 한숨 소리가 단말기 스피커에서 들려왔다.

—공항의 검문검색? 자원봉사인가?

"아냐, 방금 레투가랑 계약했어. 그보다… 뭐 갖고 싶은 거라도 있어?"

—갖고 싶은 것? 하아, 심하게 고생했나 보군. 아까 출발할 때 똑같은 질문을 한 걸 잊었나? 사주고 싶은 물건이 있으면 당신이 한번 사서 가져와 보라고 말했을 텐데?

"그건 아는데, 내가 뭘 살지 고민하며 시간을 보냈다가는 레투가와 그의 부하들이 날 때릴 것 같거든."

—그럼 이불과 베개를 사다 주면 좋겠군. 색과 디자인, 재질은 어머님께 맡겨.

"알았어. 저번에 그 백화점으로 가면 되나? 메이&노드?"

—맞아. 전화로 시간을 낭비해선 안 될 것 같으니 이만 끊지.

"있다가 보자고."

통화를 마친 치프는 잠깐 망설이다가 용기를 내어 헤이파 쪽을 봤다.

"여사님, 뎃디가 이불과 베개를 골라달라고 하네요."

"그, 그런가? 해진 곳이 보여서 얼마 전에 바느질을 해주긴 했네만."

"예… 뭐, 새것이 갖고 싶었나 보죠. 그럼 알파와 델타 스쿼드가 올 때까지 기다리도록 하죠."

빈 캔을 놓고 일어난 치프는 직원들을 안심시키고 있는 식당 주인에게 다가갔다.

"죄송하게 됐습니다. 식당 수리비는 저에게 청구해 주세요, 사장님."

"예? 무슨 말씀이십니까?"

검은색 나비넥타이를 매고 콧수염을 곱게 기른 식당 사장이 두 팔을 활짝 펼치며 기뻐했다.

"오늘 부로 저희 식당은 빅시티 최고의 명물이 됐습니다! 다른 분도 아니고 사장님께서 직접 악당들을 물리치신 곳 아닙니까?"

"…그런가요."

"게다가 뎃디… 아니, 데스디아 브라토레 부사장님과의 그 뜨거운 포옹과 키스! 두 분의 사랑은 악당들의 흉기마저 쇳가루로 만드는 기적을 일으켰지요! 그 모든 것이 저희 식당 안팎에서 이뤄졌습니다!"

치프의 안색이 흙빛으로 변했다.

"아, 그 키스는……."

"저번에 병원에서 선언하실 때는 키스라기보다 아동들의 뽀뽀 같았습니다만 오늘은 아주 제대로더군요! 상대의 염통마저 빨아들일 것만 같은 그 움직임이 저를 흥분시켰습니다!"

"…네."

치프는 어쩐지 일이 커질 것 같다는 느낌을 받았다.

"저어, 사장님, 사실 그게 특별한 감정이 있어서 저지른 일이 아니거든요?"

"후후, 알고 있습니다. 기자들이 와서 질문을 해도 당신들의 사랑과 정열을 발설하지 않겠습니다."

식당 사장이 상큼하게 윙크를 했다.

'영원히 발설하지 못하게 만들까? 왠지 그래야 할 것 같은데?

안드레이라면 깔끔하게 해치워 줄 거야!'

치프는 속으로 별생각을 다 했으나 겉으로는 밝게 미소를 지으며 식당 사장과 악수를 나눴다.

조금 뒤, UNSMC에서 사용하는 검은색 헬리콥터 넉 대로부터 경장갑 전투복을 입은 대원들이 껑충껑충 뛰어내렸다.

그들이 강하를 시도한 높이는 20층 정도의 건물보다 높았는데, 중력식 완충장치 덕분에 몸을 다치는 사람은 아무도 없었다.

반면 그들이 떨어져 내려오는 것을 구경한 보안국 전투경찰들은 정말 겁도 없는 사람들이라며 진심으로 감탄했다.

검은색 선글라스와 무광 검정 코트 차림의 안드레이가 마지막으로 뛰어내린 후, 헬기 넉 대가 기체 하단에 매달고 있던 차륜형 장갑차들을 떨어뜨리고는 허공에서 슥 사라졌다.

치프가 기다리고 있는 식당 안으로 안드레이가 성큼성큼 들어왔다. 그는 치프 앞에 자리를 잡고 손을 들어 경례했다.

"안드레이 오티스 이하 전원, 무사히 도착했습니다."

"응. 급하게 불러서 미안해."

"아닙니다, 원사님… 아니, 사장님."

"음."

자신보다 키가 훨씬 큰 안드레이의 뒷목을 손으로 주물러 준 치프는 식당 사장과 직원들에게 인사를 한 뒤 밖으로 나갔다.

치프는 식당 밖에 대기하고 있는 대원들을 보고 팔을 흔들었다.

"여어, 식사는 하고 왔나?"

"샌드위치 냄새만은 잔뜩 맡고 왔습니다."

저격소총을 든 대원 중 한 명인 로빈이 비꼬듯 답했다.

"무리하게 불러서 미안해. 아무튼 잠깐이면 되니까 협조 좀 해줘."

"대체 누가 원사님… 아니, 사장님을 지치게 만든 겁니까?"

또 다른 대원이 물었다.

"찰스 병장이 징크스 어쩌고 하던데요."

델타 스쿼드 쪽의 병사가 물었다. 그 말에 포프는 힘이 빠졌지만 헤이파가 그 작은 소녀의 머리를 만져주었다.

"너무 그러지 마. 나쁜 징크스는 아니라고."

치프가 어깨를 으쓱했다.

"아무튼 목적지는 메이&노드 백화점이야. 그 주차장에 우리 장갑차들이 들어갈 수 있을까?"

"충분합니다, 사장님."

일반 대원들 중에서 안드레이만큼 키가 큰 대원, 강습팀 팀장 더스틴이 대답했다.

"그럼 나와 여사님은 알파 스쿼드의 차량에 타도록 하지. 포프는 안드레이와 함께 델타 스쿼드의 차량에 타도록 해."

"네, 사장님."

포프가 안드레이 쪽으로 걸어갔다.

"죄송하지만 이 정도 인원이 동원돼야 할 필요가 있습니까?"

대원 한 명이 묻자 치프가 쓴웃음을 지었다.

"그게 말이지……."

그때였다.

"네놈의 목을 가지러 왔다, A—1730!"

현상금 사냥꾼 세 명이 골목 밖으로 튀어나오며 권총을 뽑아 들었다.

거리를 꽉 채운 알파와 델타 스쿼드 총 50여 명이 그들을 향해 일제히 고개를 돌렸다.

"어……."

현상금 사냥꾼들은 당황했고, UNSMC 대원 전원은 등에 거치한 자동소총을 손에 들고 그들을 제대로 노렸다.

"저 친구들, 폐점 할인을 노린 아줌마들처럼 뛰어나오네요."

대원이 농담을 던졌다.

"오늘 내내 이런 분위기였어."

치프가 대답했다.

"이제 이해했습니다, 사장님."

안드레이가 치프의 앞을 지나 현상금 사냥꾼들 앞에 섰다.

누군가가 겁에 질려 총을 쐈지만 탄환은 안드레이의 손바닥에 튕겨 다른 곳으로 날아갔다.

그는 사냥꾼들에게 빼앗은 권총들을 꽈배기 뜯듯 좌우로 뜯고 비틀었다.

금속은 물론 강화플라스틱 소재의 권총들이 그딴 식으로 망가지는 것을 처음 본 현상금 사냥꾼들은 잘 구워진 참숯처럼 바짝 굳어졌다.

권총들을 완전히 망가뜨린 안드레이는 그들의 어깨에 팔을 걸쳤다.

"잠시 걷지."

이어서 현상금 사냥꾼들에게 가해진 힘은 가히 중형 트럭의 그것에 가까웠다.

치프는 현상금 사냥꾼들을 끌고 어디론가 걸어가는 안드레이의 뒷모습을 그냥 두고 볼 수가 없었다.

"안드레이, 그 친구들을 지옥까지 바래다주고 싶은 마음은 이해하지만 지금은 그냥 보안국에 맡기도록 해."

"사장님?"

안드레이가 그를 돌아봤다.

"이 분위기면 백화점까지 총격전을 벌이며 가야 할지도 모른다고. 자네가 일일이 털어대다가는 백화점이 폐장할걸."

"백화점엔 내일 가시면 안 됩니까?"

안드레이가 불만을 토했다.

"이봐, 안디."

치프는 안드레이의 어린 시절 별명을 부르며 좀 봐달라는 표정을 지었다.

"…알겠습니다."

아쉬운 목소리를 낸 안드레이는 자신이 잡은 자들을 전투경찰 곁으로 끌고 온 뒤 한 명씩 차례로 가격하여 아스팔트 위에 쓰러뜨렸다.

전투경찰들은 흉터가 가득한 안드레이의 얼굴과 큰 키, 그리고 떡 벌어진 어깨에 질려 꼼짝도 못했다.

"이들을 부탁드립니다."

"아, 예."

외모와 달리 안드레이의 태도는 매우 신사적이었다.

치프는 자신의 곁으로 돌아오는 안드레이에게 손을 내밀었다. 악수가 아니라 하이파이브를 하자는 뜻이었는데, 안드레이는 무뚝뚝하게 손을 마주친 뒤 델타 스쿼드가 탈 장갑차로 향했다.

　"자, 어서들 타자고. 여사님, 가시지요."

　치프는 알파 스쿼드에게 배정된 장갑차의 문을 직접 열었다.

　"어쩐지 피를 잔뜩 뒤집어쓰고 백화점에 들어갈 것 같네만."

　"우리가 쓰는 장갑차는 방수도 잘 되니 걱정 마세요."

　"하아."

　헤이파는 고개를 저으며 장갑차 안으로 들어갔다.

　"안에 거울은 없나?"

　"예, 뭐… 없지만 어떻게든 될 거예요."

　치프가 이어서 탑승했다. 주변 경계를 하던 알파 스쿼드가 빠른 몸놀림으로 장갑차 안으로 들어갔다.

　"여기 스테이크는 괜찮습니까?"

　대원 중에 로빈이 물었다.

　"고기가 공룡 고기라서 생존 훈련의 기억이 날 것 같았는데, 정말 괜찮아."

　치프가 대답했다.

　"뱀보다는 맛있다는 말씀이시군요."

　"우리가 생존 훈련 때 먹은 뱀은 날것이었잖아? 저건 스테이크라고."

　"아, 그때랑 달리 기생충 걱정은 안 해도 되겠군요."

　이윽고 넉 대의 장갑차가 도로 위를 달렸다.

치프는 단말기 대신 통신병이 건네준 헤드셋을 귀에 꼈다.

"알파 리더가 알파 호크 하나(1)에게. 들리나?"

—여기는 알파 호크 하나. 원사님의 목소리가 맑게 들립니다. 오늘 드신 스테이크 냄새까지 나는군요.

지금 치프와 통신하는 자는 병사들과 장갑차를 실어 나른 헬리콥터의 조종사였다.

"하하, 나중에 배 터지도록 사줄게. 하늘에서 우리를 잘 살피면서 따라오도록."

—목표의 위험 수준을 설정해 주십시오.

"안면 인식 프로그램을 사용할 수 있나?"

—이미 실행하고 있습니다.

"살인이나 전쟁, 인간 사냥과 관련된 전과자가 권총 이상의 물건을 들고 있으면 내 단말기 쪽으로 정보를 보내줘."

—아… 그렇다면 단말기는 진동으로 해두십시오, 원사님.

"왜?"

—현재 프로그램에 잡힌 대상이 너무 많습니다.

헝클어진 머리를 어떻게 만질까 고민하던 헤이파와 장갑차에 같이 탄 대원들이 일제히 치프를 돌아봤다.

치프는 고개를 옆으로 기울인 채 잠깐 생각해 봤다.

"정보의 신뢰성은?"

—예?

"우리가 언제부터 종합정보수집 장치가 제공하는 결과물을 믿었지? 적들은 군용 수준 이상의 ECM(Electronic Counter Measure) 장비를 사용하고 있을 가능성이 있어."

—현상금 사냥꾼들 따위가 우리를 속일 만한 장비를 사용한단 말입니까?

"아, 내가 얘기를 안 했군. 적들은 내가 풍기는 스테이크 냄새를 맡고 오는 게 아니야. 누군가가, 정확히는 전자전 전문가가 제공해 주는 정보를 바탕으로 날 추적해 오고 있다고. 그러니 진지하게 상대해 줘.

—알겠습니다, 원사님. ECCM에 의한 ECM 패턴 분석. 목표물의 숫자가 급격하게 줄어들고 있습니다.

치프는 자신의 단말기를 들었다.

"좋아, 확인했어. 움직임도 잘 분석해 봐.

—예, 원사님. 이거 대체 누가 저지르는 겁니까?

"글쎄? 혹시 오라클이라는 별명의 전자전 전문가를 알고 있나?"

—아… 그쪽 업계에선 너무 흔한 별명이라는 것 정도만 알고 있습니다.

"흠, 미안. 알파 리더, 통신 종료."

—알파 호크 하나, 통신 종료.

치프는 잠깐 숨을 돌린 뒤 자리에서 일어나 장갑차 내부에 설치된 스크린을 내려 헤이파 앞에 놓았다.

"이건 뭔가?"

"거울이 필요하다고 말씀하셔서 말이죠."

치프는 스크린을 켠 뒤 스크린 위의 버튼을 조작했다.

조금 뒤 스크린에 헤이파의 얼굴이 떠올랐다. 치프는 그것을 거울처럼 쓸 수 있도록 거리와 촬영 각도를 조절했다.

"호오, 괜찮군."

헤이파는 비녀를 뽑고 풀어낸 머리를 만졌다.

그 모습을 보는 대원들의 생각은 하나같았다.

'정말 가슴 크기 말고는 부사장과 똑같으시군.'

반면 치프의 시선은 비녀에 가 있었다.

"그 은색 비녀 말인데요."

"음?"

"그거 보통 물건이 아니죠?"

"워치프가 된 전사에게만 지급되는 물건일세. 그 시대의 최고 제사장들이 정령들과 교감하여 만들어내지. 불의 정령과 땅의 정령이 백금을 바탕으로 비녀를 만들고, 바람의 정령이 표면을 깎아 무늬를 만들며, 물의 정령이 표면을 다듬는다네. 다른 행성에선 꿈도 못 꾸는 귀한 물건이지."

비녀에 대한 설명을 들은 치프는 데스디아와 처음 만난 때를 떠올렸다.

당시 데스디아는 아르마다와 접촉한 뒤 빅시티로 오는 길에 자신의 비녀를 어딘가에 집어 던졌었다. 치프는 그때 자신이 본 데스디아의 표정과 분위기를 아직도 잊지 못하고 있었다.

"정말 둘도 없는 물건이군요."

"워치프의 상징이나 마찬가지일세."

"혹시 그 비녀를 분실하거나 홧김에 던져 버리면 어떻게 되나요? 혹시 자격을 박탈당하거나 불명예를 당하는 건 아니겠죠?"

"워치프가 된 전사에게 그런 일은 있을 수 없네."

헤이파가 딱 잘라 말했다.

'아, 제길. 그걸 찾아다 줘야 하나?'

치프는 고뇌했다.

그를 관찰하던 헤이파가 잠시 후 피식 웃었다.

"내 말을 잘못 해석했군."

"예?"

"비녀 때문에 워치프의 자격이 박탈당하고 불명예를 뒤집어쓰는 일 따윈 없다는 뜻이었네. 비녀 따윈 새로 지급 받으면 된다네."

"…생각보다 얘기가 쉽군요."

"화가 나서… 그래, 자네들 표현으로는 열 받아서 비녀를 냅다 집어 던지는 워치프들이 역사상 꽤 많았거든. 나만 해도 열댓 번 던졌지."

"……"

"물론 비녀를 다시 지급 받으려면 아주 자세한 경위서를 작성해야 하네만, 그냥 화가 나서 그랬다고 솔직히 적어도 처벌 받진 않네. 스트레스를 받는 자리라는 건 사실이니 여왕폐하께서도 봐주시거든."

"좋네요."

"음… 하지만 첫째는 얘기가 좀 다르지."

치프가 움찔했다.

"예?"

"그 애는 고향에 돌아오자마자 워치프의 자리 자체를 때려치우겠다고 선언했거든. 물론 그 자리에서 나에게 얻어맞고 여왕폐하께도 꾸중을 들어서 말은 거뒀네만… 아무튼 첫째 스스로의 기분이 풀리기 전엔 어림도 없을 것이네. 설령 자네가 그 아이의 비녀를 다시 찾아준다고 해도 말이지."

"그렇군요."

치프가 아쉽게 한숨을 쉬었다.

한편, 인생 상담은 델타 스쿼드의 차량 내에서도 시작되려 하고 있었다.

포프는 단말기를 이용하여 각종 사진을 살펴보는 안드레이의 모습을 흥미롭게 지켜봤다.

"그동안 수집하신 정보인가요?"

포프가 묻자 안드레이가 가만히 있다가 선글라스를 벗었다. 포프는 선글라스의 다리 부분이 그의 관자놀이 아래에 튀어나온 기계로부터 분리되는 것을 똑똑히 목격했다.

"이건 그냥 취미일 뿐이란다, 포프."

"취미요?"

"빅시티는 빅시티만의 분위기가 있고 그라니트의 자연은 두말할 나위 없이 아름답거든. 어느 쪽이든 사진으로 담고 싶은 욕심이 생기지."

"그렇다면 더 좋은 사진기로 찍으시는 게 낫지 않나요?"

"단말기는 단말기만의 낭만이 있단다."

단말기를 왼쪽 허벅지 위에 올려놓고 손을 덮은 안드레이는 다시 선글라스를 장착했다.

"아무튼 포프, 내가 원사님을 대신하여 너를 맡기로 했어. 내 마음대로 말이지."

"예?"

"원사님은 여러모로 바쁘시기도 하고… 인간관계 면에서 약간 어설프시거든."

포프는 치프가 인간관계 면에서 어설프다는 안드레이의 말을 이해하기 힘들었다.

"사람들한테 잘 대해주시잖아요?"

"문제는 마무리야. 그분은 죽은 전우를 배웅하거나 누군가를 죽여서 인간관계를 끊는 것에는 익숙하신데 그 외의 이별 방식에는 익숙지 않으셔. 그래서 깊게 알수록 어설프신 분이라는 사실을 알게 될 거야."

포프는 자신이 꽤 살벌한 이야기를 들었다는 느낌을 받았다.

"원사님께서는 네 행동을 극단적으로 염려하고 계시지. 오늘 네 몸 상태와 각종 장비의 소비 수준을 봐서는 원사님 혼자서 모든 기습을 막아내신 것 같더군."

"…예, 중사님."

포프는 속이 상했다.

"원사님께서는 네가 사람을 죽이는 것을 원치 않으시지. 아이들과 관련된 고집만은 완고한 분이라 오늘과 같은 상황에서 네가 그분과 '전우'로서 어깨를 나란히 할 일은 없을 거야."

"……"

"하지만 그게 가능하도록 내가 도울 수는 있어."

안드레이는 장갑차의 관물함에 미리 넣어둔 물건을 꺼냈다.

그것은 철제 가방이었고, 그 안에는 경찰봉처럼 생긴 물건이 들어 있었다.

"이러한 무기를 써본 적은 없겠지?"

"예, 연습은 조금 해봤지만 실전에서 다룬 적은 한 번도 없어요."

"그럴 수밖에. 넌 처음부터 잘못 배웠어."

"네?"

안드레이의 냉정한 말에 포프가 당황했다.

"너를 단련시킨 사람은 진 플레커야. 그녀는 너에게 단검을 시작으로 온갖 무기를 이용한 암살 기술을 가르쳤어. 네 움직임, 호흡을 비롯한 모든 것이 누군가를 살해하기 위한 준비 단계 그 자체야."

포프는 안드레이가 자신과 대련해 본 적도 없는데 어떻게 그렇게 잘 아는지 궁금했다.

"혹시 제가 훈련하는 영상을 보셨나요?"

"난 진 플레커와 싸웠어. 비록 그녀를 처리하진 못했지만 그 과정에서 그녀의 움직임을 분석했고, 그 자료는 너의 평소 움직임과 거의 일치했지. 네가 죠니 상사님과 조셉, 딕슨에게 뒤늦게나마 UNSMC 스타일의 격투술을 배우게 된 것도 그 때문이야."

안드레이는 가방을 닫고는 그 위를 손끝으로 두드렸다.

"나에게 오로지 호신과 제압만을 위한 훈련을 받으면 헌터로서의 생활에는 도움이 될 거야. 이건 좁고 안전한 길이지."

"……."

"하지만 넌 이미 큰 길을 걷고 달려버렸어. 진 플레커를 이기고 자신이 마스터 어쌔신의 자격이 있는 자임을 스스로 깨닫게 됐지. 과연 나의 가르침이 너를 만족시킬까?"

"음… 아, 켐리랑 함께 배우면 안 될까요? 켐리는 덩치도 크니

많은 분들께 도움이 될 것 같은데요?"

포프는 말을 돌리기 위해 악어 머리 켐리를 거론했다.

하지만 안드레이의 반응은 영 좋지 않았다.

"그래, 켐리에겐 분명 전사로서의 재능이 있지."

"그렇죠?"

"푸드 파이터라든가, 키보드 워리어라든가."

"……."

포프는 침묵했다. 장갑차 곳곳에서 대원들의 웃음소리가 작게 터졌다.

"켐리는 자신의 길을 찾아낼 거야. 시간은 많으니 잘 생각해 보렴, 포프."

가방을 소녀에게 건네준 안드레이는 다시 단말기를 들었다.

"백화점에 도달하기까지 6분 정도 남았군. 전원 전투 준비."

대원들이 일제히 총을 들고 장비를 점검했다.

포프는 안드레이가 건네준 가방과 자신이 지금 장비하고 있는 단검 사이에 놓인 거리감에 고민했다.

61
라샤이드

안드레이는 두 자루의 특수 합금 손도끼를 양손에 들고 날을 점검한 뒤 소매 안에 집어넣었다.

도끼들이 소매로 들어갈 때 '찰칵' 하는 금속음이 들리자 포프가 움찔했다.

"내가 사이보그라는 사실을 자주 잊는구나, 포프."

중얼거린 안드레이는 코트에서도 도끼를 뽑아 들었다. 소매에 들어간 도끼보다 날이 훨씬 크고 무게감이 있는 형태의 물건이다. 그 도끼 역시 두 자루였고, 안드레이는 묘기를 부리듯 도끼를 현란하게 돌리며 무게중심을 측정했다.

뒤이어 나온 것은 개머리판이 없고 총열도 짧은 산탄총이었다.

"주로 쓰시는 총인가요?"

"아, 이건 열쇠야."

"네?"

"산탄총의 이름 자체가 마스터키(Master Key)지. 문을 부수고 들어갈 때 주로 써. 물론 사람의 몸을 부술 때도 쓰지만."

"…우리가 가는 곳이 백화점 맞죠?"

"음, 백화점 안에서 이걸 쓸 일이 없기를 기원해야지."

안드레이는 마지막으로 권총을 점검했다. 그것은 최근 치프가 사용하고 있는 노이즈 캔슬러 장착 사양의 신형 권총이었다.

"사장님께서는 예전에 다른 권총을 쓰신 것 같은데 말이죠."

"과거 물건의 강화 복제품을 쓰셨겠지. 신형을 쓰신다는 것은 이제 취향을 따질 분위기가 아니라는 뜻이야."

"그렇군요."

그 권총도 안드레이의 소매 안으로 들어갔다.

포프는 권총을 넣기 전에 영화 주인공처럼 손가락으로 총을 빙빙 돌리는 안드레이의 모습을 보고 약간 당황했다.

"……."

안드레이 역시 움찔했다.

"아, 미안. 우리 집 애들이 이걸 좋아해서."

"……."

"멋있다고 하더라고."

"아뇨, 진짜 멋있었어요. 예."

포프는 안드레이가 '알고 보면 엄청나게 재밌는 사람'일지도 모른다는 느낌을 받았다.

장비 점검을 끝낸 그는 단말기를 다시 들었다.

"도착 5분 전."

중얼거린 그는 선글라스의 다리 부분을 눌렀다.

"안드레이입니다. 제가 먼저 주변을 정리하겠습니다, 원사님."

—벌써?

"적들이 ECM을 사용하여 우리를 방해한 시점에서 이쪽의 위치 정보가 제공되고 있다는 사실이 분명해졌습니다. 위험 요소를 미리 배제할 필요가 있습니다."

—아, 부탁해. 그리고 백화점 근처 지하 주차장에 있는 물건은 신경 쓰지 마.

"알겠습니다. 입구에서 뵙겠습니다."

안전벨트를 풀고 자리에서 일어난 안드레이가 장갑차 위쪽 출입구를 열었다.

출입구를 향해 뛰어올라 장갑차 위에 선 안드레이는 상공에서 뒤따라오고 있는 UNSMC 헬리콥터의 종합 정보 수집 장치와 자신의 각종 감지기들을 연결했다.

그의 눈앞에 펼쳐진 증강현실의 바다 속에서 저 멀리 위치한 위험 요소들이 떠올랐다.

'저격수 셋에 권총 및 경기관총 소유자 일곱, 의체 사용자 둘, 그리고⋯ 흠, 공항의 관리가 정말 엉망이군.'

안드레이는 백화점 인근 지하 주차장에 위치한 것으로 감지된 '어떤 물건'의 존재를 믿을 수 없었다.

'⋯저것이 가장 위험한 물건이지만 원사님께서 신경 쓰지 말라고 말씀하셨으니 어쩔 수 없지.'

안드레이가 장갑차 위에서 도로 저편의 건물을 향해 뛰어올랐다. 그의 도약과 동시에 장갑차가 크게 흔들리자 포프가 깜짝 놀랐다.

"방금 뭐죠?"

소녀가 묻자 바로 옆에 앉은 대원이 손을 움직여 포물선을 그렸다.

"피융."

"…네?"

"중사님의 특기지. 부사장님은 그보다 더 멀리 뛰시잖아?"

"아……"

포프는 두뇌까지 교체한 사이보그 군인의 능력이 어느 정도인지 아직 알지 못했기에 그냥 굉장하다고만 느꼈다.

초고속으로 건물들을 밟으며 이동하던 안드레이가 능동위장 장치로 자신의 모습을 감추며 소매에 넣어둔 소형 손도끼를 꺼냈다.

그가 첫 번째 목표로 삼은 저격수는 안드레이가 옥상 바닥을 짓이기며 착지하는 소리 및 착지 충격에 의한 진동을 느끼지 못했다. 노이즈 캔슬러가 포함된 능동위장 장치는 모습만이 아니라 그러한 상황 자체를 능동적으로 감출 수 있었다.

손도끼로 상대의 총을 자른 안드레이는 대퇴부를 밟아 그의 두 다리를 부러뜨렸다.

"히이이익!"

비명을 지르며 꽉 깨문 저격수의 치아 사이로 거품이 부글부글 새어 나왔다.

안드레이는 보안국에 전화해서 자수하라는 말을 해줄까 하다가 다음 목표물을 향해 이동했다.

'알아서 하겠지.'

이후 두 명의 저격수가 똑같은 방식으로 총을 잃고 다리가 부러졌다.

'다음은 권총 및 경기관총 소유자 일곱… 아니, 한 명이 더 늘었군. 여덟.'

다시금 건물과 건물 사이를 빠르게 뛴 안드레이는 그들이 숨어 있는 골목으로 들어갔다.

단말기 화면이나 단말기와 연결된 스마트 콘택트렌즈 등으로 치프의 장갑차를 추격하던 일당은 자신들 뒤쪽에 안드레이가 착지하는 것을 역시나 느끼지 못했다.

도끼를 쓸까 하다가 생각을 바꾼 안드레이는 간단한 체술로 그들을 기절시킨 뒤 여덟 명 전원의 발목을 부러뜨리고 총과 단검을 부쉈다.

'마지막으로 의체 사용자 두 명이군.'

생각 중이던 안드레이의 몸이 주인의 의사와 관계없이 움직였다.

안드레이의 머리가 있던 곳으로 고압전류가 맺힌 드릴이 휙 지나갔다. 안드레이는 자신의 방어기능 중 하나인 자동회피 기동이 작동한 사실에 진심으로 놀랐다.

'의체 사용자? 내가 저자의 접근을 인식하지 못했다고?'

상대는 팔뚝과 가슴 아래, 그리고 다리 등이 기계로 대치된 자였다. 안드레이보다 훨씬 큰 키와 몸집을 자랑하는 그 사내는 고대 로마의 검투사를 연상시키는 두꺼운 헬멧으로 얼굴을 가리고 있었다.

"하하! 내가 어떻게 접근했는지 궁금한가 보군!"

그가 소리치자 골목 근처를 지나던 시민들이 움찔했다.

안드레이가 앉은 채로 빙글 돌아 뒤로 물러난 뒤 똑바로 일어났다. 마치 브레이크댄스의 동작에 가까웠지만 절도가 있었다.

"그 고철을 머리에 쓴 채로 여태껏 길바닥을 돌아다녔단 말인가? 귀하의 어디에서 그러한 용기가 샘솟았는지 궁금하군."

"하!"

안드레이의 도발에 한 번 크게 웃은 의체 사용자는 두 주먹을 드릴로 바꾼 뒤 전류를 충전시키며 골목을 뛰었다.

발목이 부러진 채 신음하던 현상금 사냥꾼들이 그의 금속제 발에 깔려 터지고 즉사했다.

'저 남자는… 죽일 수밖에 없겠군.'

그렇게 판단한 안드레이는 코트 안쪽에 장비한 대형 도끼 두 자루를 꺼내 들며 돌진했다.

안드레이의 도끼가 상대의 드릴을 날렸다. 위로 튕겨 건물 벽에 박힌 드릴 날에서 연기가 피어올랐다.

두 자루의 도끼가 의체 사용자 앞에서 현란하게 움직였다.

의체 사용자의 팔, 어깨가 잘리고 가슴 아래의 장갑판이 쪼개졌다. 마지막으로 무릎 관절이 잘리면서 의체 사용자가 쓰러졌다.

"네놈……?"

헬멧 속에서 의체 사용자의 눈동자가 떨렸다.

도끼를 거둔 안드레이는 오른팔을 들었다. 소매에서 두꺼운 금속판이 튀어나와 안드레이의 손을 완전히 덮었다. 살상용 전자 너클이었다.

"평화로이 녹슬어 잠들기를."

너클이 의체 사용자의 머리에 꽂혔다. 헬멧을 깨고 이마를 부순 전자 너클에 고압전류가 흘렀다. 의체 사용자의 머릿속을 포함하여 그의 기계 육체 단면으로부터 전기불꽃이 번쩍번쩍 새어 나왔다.

상대의 사망을 확인한 안드레이는 즉시 전자 너클을 거두고 선글라스에 손을 댔다.

'남은 한 명의 의체 사용자는?'

상대를 추적하려 하던 안드레이는 갑자기 쏟아지는 방해 전파에 얼굴을 찡그렸다.

'ECM? 이쪽에선 ECCM으로 대응하고 있을 텐데? 이쪽의 ECCM을 능가하고 있단 말인가?'

정보를 받을 수 없게 된 안드레이 앞에 또 다른 의체 사용자가 나타났다.

"네가 우리 첫째 형을 죽였지?"

"안타깝게도."

그는 남은 한 명의 의체 사용자가 자신에게 와서 다행이라 생각했지만 그 험상궂은 사내 뒤로 세 명의 의체 사용자가 또 나타났다.

'그래, 이번에 포프와 차를 탄 사람은 나였지. 과연 징크스의 소녀로군.'

쓴웃음을 지은 안드레이의 양손에 대형 도끼 두 자루가 다시금 쥐어졌다.

한편, 알파 스쿼드와 함께 백화점 앞에 내린 치프는 ECM에 의한 전파 방해 때문에 제대로 된 정보를 얻지 못하여 답답해하고 있었다.

"아, 이거 큰일이네요. 단말기고 뭐고 완전 먹통이에요."

치프가 옆에 서 있는 헤이파에게 말했다.

헤이파가 눈을 휘둥그레 뜨더니 그에게 말했다.

"스보림, 타흐 다 야르 넴(사장, 이게 무슨 일인가)?"

"예?"

치프가 깜짝 놀랐다.

'제길, 번역기도 먹통이야!'

그의 반응에 헤이파도 이 상황을 알아차렸다.

"스보림, 나르… 치프. 사 탈토네터 바스 케르타. 타르 린 야르린(사장, 아니… 치프. 번역 장치가 망가진 것 같네. 어쩌면 좋지)?"

헤이파의 말에서 치프가 '당장' 알아들은 것은 '치프'라는 자신의 별명뿐이었다. 치프는 자신의 대원들을 돌아봤지만 모두가 주변 경계에 집중한 상태여서 장갑차 안에 있는 운전병만이 그의 시선에 반응했다.

운전병은 팔을 교차시켜 자신도 알아듣지 못했다는 뜻을 전달했다.

'알타이르의 언어야.'

치프는 손바닥의 밑 부분으로 자신의 이마를 툭툭 건드린 뒤 다시 헤이파를 봤다.

"나르 블레세르, 세르뉴. 바움 마. 스페블레 코레스(괜찮아요,

여사님. 저를 믿으세요. 집중하시고요)."

그가 알타이르의 언어로 이야기하자 헤이파가 마치 포프처럼 눈을 동그랗게 뜨고 그를 바라봤다.

"호오, 바 캇툼 타 사 로얄 알타이르. 마르카(호오, 알타이르인에 가까운 발음이군. 멋진데)?"

"아, 아트스 마……(아, 그게요……)."

그가 데스디아를 만난 이후 알타이르 언어를 진지하게 배웠다고 설명하려는 찰나였다.

치프가 느낄 새도 없이 뛰어오른 헤이파가 공중에서 몸을 돌린 뒤 뭔가를 향해 다리를 길게 내뻗었다.

치프를 노리고 위에서 뛰어내려 오다가 헤이파에게 요격당한 존재는 장갑차에 충돌하여 바닥에 떨어졌다.

"후후, 사 스티게르(후후, 손님이군)."

헤이파가 손의 관절을 풀며 자신에게 걷어차인 그 존재에게 다가갔다.

치프는 아까 떨어진 그 존재를 확인한 뒤 대원들에게 손짓했다.

"모두 물러나! 의체 사용자다! 저 녀석은 여사님께 맡기고 민간인들 보호에 집중해!"

같은 지구인이기에 번역기가 필요 없는 알파 스쿼드는 빠른 발놀림으로 이동하여 대열을 재정비했다.

다시 일어난 의체 사용자가 눈 대신 안면에 박혀 있는 여섯 개의 카메라로 치프를 찌릿 노려봤다.

"녀석? 난 여자다, A—1730."

의체 사용자는 약간 어설픈 지구의 말을 사용했다.

그 의체 사용자의 온몸에서 크고 작은 칼날이 펼쳐졌다.

"그거 참 미안하군. 남성이 여성형 의체로 몸을 바꾸고 속옷 가게로 들어가는 모습을 내가 한두 번 본 줄 알아?"

"그러니까, 지금의 난……."

의체 사용자의 몸에서 펼쳐진 칼날들이 땅에 후두두 떨어졌다.

첫째 딸에게서 '빌려온' 환도로 의체 사용자의 칼날들을 모조리 잘라 버린 헤이파는 왼손으로 의체 사용자의 머리를 움켜쥐었다.

"레뉴 팔라스 버즈(마지막으로 할 말은)?"

"퍼크, 퍼크, 퍼크, 퍼크, 퍼크!"

고향의 말로 뭐라 소리치던 의체 사용자는 머리가 구겨지는 것으로 생을 마쳤다.

헤이파는 왼손에 묻은 액체를 보며 인상을 구겼다.

"쯧. 와트 더 빠크."

헤이파가 알타이르의 말이 아닌 다른 말을 하자 치프가 '혹시 지구의 언어를 쓰신 거 아니냐'는 표정으로 대원들을 봤다.

대원들은 신경 끊고 집중이나 하라는 수신호로 대응했다.

'잠깐, 이게 끝이 아닐 텐데?'

치프가 고개를 갸웃했다.

그리고 역시나 인근 건물 지하 주차장으로부터 굉음이 들리더니 거대한 쇳덩어리가 45도 이상의 각도로 몸을 치켜든 채 흙먼지를 헤치며 튀어나왔다.

앞에 정차된 택시를 그대로 짓누르며 땅에 자리 잡은 그 물건은 아까 안드레이가 지하 주차장에 존재한다는 정보를 보고 놀란 '그 물건'이었다.

"표적 확인! 원사님, 알파 호크 하나가 잡아낸 정보대로 VM—147A 주력 전차입니다!"

"알아! 그래봤자 2세대 전의 고철이야!"

치프의 오른쪽 눈이 밝게 빛났다. 그는 새 버전의 데토네이터를 프린팅하여 적 전차와 맞설 생각이었다.

하지만 그가 어쩌기도 전에 적 전차의 주포 포신이 잘려 떨어졌다.

전차 위에는 환도를 든 헤이파가 야수처럼 웅크리고 앉아 있었다.

백화점 안팎의 시민들은 아스팔트 위를 구르는 전차 주포의 포신을 넋 놓고 바라봤다.

하지만 치프와 UNSMC 대원들은 긴장의 끈을 놓지 않았다.

중화기 담당 대원들은 건하운드를 꺼냈지만 주변에 깔린 민간인의 수가 너무 많았기에 프린팅을 하지 못했다.

위장을 한 채 하늘에 떠 있는 헬리콥터들도 대전차 미사일들을 준비하기만 했을 뿐 쏘지 못했다. 지금 상황에서 한 발이라도 날렸다가는 표적이 된 전차는 물론 민간인들까지 가루가 될 게 뻔했다.

치프가 다급히 헤이파에게 소리쳤다.

"나르, 세르뉴! 티츠 바스 다 드보링 페리 메인 배틀 탱크(안 돼요, 여사님! 그건 보행 방식의 주력 전차라고요)!"

치프의 경고가 터지기 무섭게 헤이파가 밟고 있던 전차가 꿈틀했다. 헤이파는 즉시 뛰어내려 전차와의 거리를 뒀다.

전차의 하단부가 이리저리 접히고 무한궤도 부분이 꺾이면서 튼튼한 두 다리가 완성됐다.

생긴 것은 장갑판에 덮인 오리의 발처럼 보이고 실제로 뒤뚱뒤뚱 걷는 것도 가능했지만, 실제로는 도심에서 고속으로 움직이기 위해 설계된 공중부양 장치였다.

그사이 주포 포대가 좌우로 나뉘어 전차 양쪽에 재설치됐다.

왼팔로 보이는 것은 전차 주포를 그대로 이용한 무장이었고, 오른팔로 보이는 것은 기관포와 초소형 미사일로 무장된 대인용 무장이었다.

헤이파는 치프를 흘끔 보고는 오른손에 든 환도를 아스팔트 위에 박은 뒤 자신을 향해 기관포를 내미는 보행 전차 VM―147A를 노려봤다.

그 전차는 치프가 말한 대로 지구에서는 2세대 전의 물건, 그러니까 약 40년 전에 실전에서 쓰인 무기였다.

그리고 헤이파는 지구의 장갑차량에 대한 대응 방법을 잘 알고 있었다.

그녀가 양손을 좌우로 펼친 뒤 소리가 날 만큼 강하게 합쳤다. 전차를 보는 그녀의 눈동자는 붉게 빛났고 굳게 깍지를 낀 손 사이에서는 보라색의 빛이 올라왔다.

치프를 비롯한 모든 이가 수십 톤이 넘는 전차가 바짝 굳어지더니 공중으로 살짝 뜨는 것을 목격했다.

더불어 주변 200여 미터 이내의 모든 차량이, 심지어는

UNSMC의 장갑차까지 약 1미터의 높이로 일제히 떠올랐다.

'저건……?'

치프는 지구에서 그와 똑같은 광경을 본 일이 있었다.

데스디아가 헌터 면허를 취득하는 과정에서 지구 자기장을 이용해 입체 영상의 맹수를 붙잡았을 때와 거의 동일한 현상이다.

"원사님! 알파 불(Bull) 하나, 불 둘, 전부 작동 불가능입니다!"

보고를 받은 치프는 장갑차 쪽으로 고개를 돌렸다. 방금 전의 보고는 장갑차 안에 타고 있던 병사가 탑승용 출입구를 수동으로 열고 나와서 고함을 지르는 것으로 전달되었다.

치프는 그 원시적인 상황에 경악했다.

'저게 주력 전차만이 아니라 기계류 전반을 묶을 수 있는 기술이었단 말이야? 아무 손상도 주지 않고?'

도로에서 여유롭게 칼을 뽑은 헤이파는 전차의 뒤쪽으로 천천히 걸어갔다.

차량들이 붕 뜬 와중에 왼손에 보라색 빛을 거머쥔 채로 혼자 길을 걷는 그녀의 모습은 벌써 해가 진 도시의 야경과 어우러져 신비롭게 보이기까지 했다.

"라샤이드. 아트스드 모센 바스 나르티 워치프(라샤이드. 그 이름의 그 진정한 뜻은 워치프 따위가 아니야)."

중얼거린 헤이파는 훌쩍 뛰어 전차에 올라탄 뒤 특정 부위에 칼을 푹 꽂았다.

"드라우 모센 바스……(진정한 뜻은……)."

칼이 꽂힌 장소에서 터진 굉음이 헤이파의 목소리를 도중에 묻어버렸다.

헤이파가 동력 전달 부위의 핵심을 찔러 파괴하고 비상 동력용 배터리까지 잘라 날리는 것을 본 치프와 UNSMC는 큰 피해 없이 끝났다는 것에 안심했다.

땅에 내려온 헤이파는 보라색 기운이 맺힌 왼손을 풀었다. 그러자 전차는 물론 차량들까지 아주 천천히 땅에 내려왔다.

땅에 내려온 전차는 솥에서 푹 익은 게처럼 바닥에 엎드리고는 꼼짝도 하지 않았다. 동력의 근원이 완전히 파괴됐으니 어쩔 수 없는 상황이었다.

반면, 전차와 마찬가지로 헤이파가 불러온 이상 자기장에 의해 마비되어 떠올랐던 다른 차량들은 언제 그랬냐는 듯 깔끔하게 정상 작동했다.

헤이파는 코웃음을 친 뒤 치프 쪽으로 걸어갔다.

그녀의 모습에 감탄하는 사람은 치프만이 아니었다.

백화점 인근의 고층 건물 옥상에서 그 모습을 본 은발의 남자 실버로드는 고개를 한 번 가로젓고는 쓰디쓴 미소를 지었다.

"아르마게일의 창조물은 정말 터무니없는 괴물이군. 우주연합에서 만든 통합 번역체계에 장난을 쳐놓길 잘했어. 라샤이드의 '라'는 신이나 그에 준하는 위대한 존재, 즉 날개 달린 자들을 뜻하지. 그리고 '샤이드'는 도살자란 뜻이야. 그것들을 지구의 말로 제대로 바꿀 경우 워치프처럼 돌도끼스러운 단어가 나올 수는 없어. 실제로는 드래곤 슬레이어지. 하지만 알타이르 행성인들도 최근까지는 정확한 뜻을 몰랐을 거야."

그는 자신의 단말기를 꺼냈다.

"얼마 전에 메이건이 알타이르 행성에서 깨어났다고 했지. 알타이르인들은 메이건과 메이건을 봉인한 탈란바토르의 조합을 신룡의 유적… '라 알트리뷰트'라고 불렀지. 하지만 엠페라투스 님 덕분에 메이건은 깨어났고 상황은 대혼란… 후후, 저 계집은 아무래도 그 시점에서 라샤이드의 진정한 뜻이 드래곤 슬레이어임을 깨달은 것 같군."

즐겁게 혼잣말을 하는 실버로드의 단말기에 나무의 뿌리와 같은 그림이 떠올랐다.

"저 계집은 분명 아르마게일이 만들어낸 슬레이어의 완성품일 거야. 그렇다면 이번에는 다른 방법을……."

"오늘은 그만하게."

실버로드의 옆에 짙은 보라색 정장을 입은 남자가 걸어와 멈춰 섰다.

그를 돌아본 실버로드의 표정이 차가워졌다.

"저를 그저 지켜봐 주십사 부탁을 드렸습니다만?"

"호오, 진짜 뜻은 닥치고 가만히 있으라는 말이었나?"

"그렇습니다, 엠페라투스 님."

그와 마주 선 남자 엠페라투스는 자신에게 밀려오는 실버로드의 불쾌감을 즐겁게 만끽했다.

"이제 와서 할 이야기는 아니네만… 난 어째서 자네가 내 추종자로 분류됐는지 이해할 수 없었지."

"그것은 저도 마찬가지였습니다, 엠페라투스 님. 저는 그저 저일 뿐인데 말입니다."

"음, 난 그게 마음에 들어서 자네를 가만히 놔뒀다네. 자네가 추종자들 사이에서 운캄타르의 가면을 벗긴 자라며 칭송받고 괴로워하는 꼴이 너무 보기 좋았거든. 자네는 자네의 '증명'이라는 욕구를 충족시킨 것뿐인데 말이지."

"……."

"아무튼 오늘은 이쯤 하게나. 이대로 계속 진행된다면 운캄타르의 도구가 나에게서 관심을 끊어버릴 것 같거든."

"하하."

엠페라투스의 말을 들은 실버로드가 자신의 탁한 은발을 손으로 쓸어 넘겼다.

"여전히 욕심이 크시군요. 저도 녀석을 통해 만족하고 싶습니다, 엠페라투스 님!"

"흠?"

엠페라투스가 의아해하자 실버로드는 머리카락을 쓸던 손으로 자신의 가슴을 강하게 쳤다.

"전 알고 있습니다! 당신께서는 저 녀석이 진심으로 분노하는 모습을 아직 보고 싶지 않으시겠지요? 당신은 녀석의 분노와 마주할 순간을, 그때 느낄 희열을 이 세상 최후의 보물처럼 아끼고 계시지 않습니까?"

"……."

"하지만 저는 당장 보고 싶습니다! 직접 느끼고 싶습니다! 녀석의 관심과 분노가 오직 저에게만 쏟아질 그 순간을 말입니다!"

그러자 엠페라투스는 김이 빠진 표정을 지으며 한숨을 터뜨렸다.

"자네… 운캄타르에게 얻어맞을 때도 이런 식이었지?"

"그게 뭐가 나쁩니까?"

"당연히 나쁘지. 자네는 나보다 앞서 운캄타르의 분노를 산 존재야."

"……."

"그리고 이번에도 새치기를 하려 하고 있지."

"굼벵이처럼 늦는 당신이 무능하신 겁니다. 때 묻지 않은 과일의 첫맛은 빠르고 유능한 자의 몫이지요."

실버로드가 대꾸하자 엠페라투스가 그를 가만히 보다가 이윽고 폭소했다.

"하하하하! 역시 자네에겐 무례를 저지르는 재주가 있어!"

실버로드도 지그시 웃었다.

"이제 당신께서 저에게 분노하실 차례입니까? 그것 또한 괜찮지요. 이 우주에 하나밖에 없는 존재는 A—1730만이 아니니까요."

"됐으니 오늘은 집어치우게. 그렇지 않으면 자네가 아끼는 그 '오라클'의 얼굴 가죽을 자네 머리에 씌워주지."

"…냉정해지셨군요. 원래 그러셨지만 말이죠. 오라클, 모든 걸 멈춰."

단말기를 거두는 실버로드의 표정과 목소리는 상당히 안정적이었다.

"우주연합의 수도가 운캄타르의 도구에 의해 똥통이 됐다고 했지? 녀석이 과연 똥통으로 끝냈을까?"

그의 질문에 실버로드가 싱긋 웃었다.

"수도에 남아 있는 사람들의 99%가 지구에서 군용으로 개량한 탄저균에 감염된 상태입니다. 일명 '똥통 사건' 이후 상수도 오염이 있을지 몰라서 대형 생수 회사에 식수를 납품 받았는데, 그 회사의 식수가 탄저균에 오염되어 있었죠. 오히려 수돗물이 깨끗하고 말이죠. 저 녀석이 단말기의 버튼만 누르면 탄저균이 잠복을 풀고 활동할 거고, 수도는 똥통에서 납골당으로 변할 겁니다."

"다들 아는 일인가?"

"오라클이 알아냈죠. 오로지 저와 오라클만 알고 있는 사실입니다."

"자네는 그 사실을 알면서 이러고 있단 말인가?"

"당신께서 우주연합 수도에 살고 있는 하등동물들을 걱정하실 줄은 몰랐군요."

그의 지적에 엠페라투스가 쓴웃음을 지었다.

"그 탄저균이라는 것은 일종의 거름망이겠지. 군용 생물학 병기에도 죽지 않는 자들은 신의 잔재이거나 날개 달린 자일 테니까. 그러면 일이 너무 간단히 끝나지 않겠나?"

"…당신께서 무슨 의도로 저를 말리시는지 모르겠지만 이번만은 알아 모시겠습니다, 엠페라투스 님. 하지만 제가 더 **빠를** 겁니다. 무조건 말이죠."

실버로드의 몸이 탁한 은색의 빛으로 변해 구름 속으로 들어갔다.

드래곤의 모습을 한 실버로드가 빅시티에서 벗어나는 모습을 지켜본 엠페라투스는 저 멀리 지상에서 주변을 경계 중인 치프와 헤이파를 봤다.

"그래, 무조건. 하지만 네가 경험하게 될 건 녀석의 분노 따위가 아닐 거야."

엠페라투스가 보라색의 안개로 변했다.

"넌 네가 하등동물이라 칭하는 자들의 방식으로 놈을 자극하고 있어. 그런데 놈은 그런 방식에 질릴 대로 질려 있지. 그런 건 건드리는 게 아니야."

엠페라투스의 안개가 흩어져 사라졌다.

번역기가 작동하지 않는 문제 때문에 백화점 안팎의 혼란이 더 가중되는 가운데, 치프는 안드레이가 자신에게 다가오자 겨우 안심했다.

"바빴나 보군."

치프는 살짝 그을린 그의 코트 소매를 눈짓으로 가리켰다.

"플라즈마 방사 장치를 젖꼭지에 숨겨둔 놈이 있었습니다."

"…혹시 여성형 의체 사용자였나?"

치프가 인상을 찡그렸다.

"남성형 의체 사용자였습니다만… 흉하긴 마찬가지였겠군요. 아무튼 모두 처리했습니다."

"음……."

치프는 헤이파에게 당해 길바닥에 쓰러진 전차를 가리켰다.

"자넨 저게 이해가 되나?"

"여사님의 능력을 말씀하시는 겁니까, 아니면……."

"아니, 주력 전차의 밀반입 말이야. 아무리 공항의 상태가 막장이라고 해도 저건 좀 아니잖아?"

"그렇게 치자면 의체 사용자들도 마찬가지입니다. 녀석들은 겉모습부터 너그럽게 봐줄 수가 없는 외형의 의체를 대놓고 사용했습니다."

"젖꼭지?"

"…강조하시는 이유를 모르겠군요."

마침 델타 스쿼드와 함께 도착한 포프가 치프 쪽으로 다가갔다. 하지만 그녀는 치프가 무슨 말을 하는지 알 수 없었다. 그래서 그녀도 인사조차 할 수 없었다.

그 일대의 번역기에는 아직 문제가 있었다. 하지만 차츰 나아지는 중이다.

치프와 안드레이는 그와 관계없이 얘기를 계속했다.

"공항 말고 저런 걸 반입할 수 있는 수단이 있나?"

"보행 전차 같은 물건을 부품 단위로 들여와서 조립하려면 아주 긴 시간이 필요합니다. 오늘처럼 때맞춰 등장시키는 것은 아주 장기적인 계획을 짜지 않고서는 불가능합니다."

"그럼 무슨 수를 쓴 걸까? 난 도무지 감이 안 잡히는데?"

"잘 모르겠습니다."

안드레이는 솔직히 대답했다.

치프는 주변의 목소리가 점점 통일되는 것을 느꼈다.

'번역기가 작동하는군. 이제 시비 거는 게 질렸나, 아니면 시비를 걸 만한 상황이 아닌가?'

그는 자신의 옆에서 망토를 정돈하고 있는 헤이파를 돌아봤다.

"여사님, 제 말 들리세요?"

"음? 아, 번역기의 기능이 회복됐나 보군. 자네가 우리말을 하는 모습을 첫째가 봤다면 나처럼 기뻐했을 텐데 말이지."

헤이파가 아쉬움이 섞인 목소리로 대답했다.

"기쁘셨어요?"

"응? 아… 뭐, 우린 기계를 싫어하니까."

헤이파는 슬그머니 눈을 피했다. 그 모습을 똑똑히 본 포프는 설마 하는 생각에 경악을 금치 못했다.

"그럼 이제 물건이나 사러 갈까요?"

"괜찮겠나?"

"이불이랑 베개를 고르는 데 오래 걸리진 않을 거 아니에요?"

"테이블과 의자도……."

둘 사이에 정적이 돌았다.

"음… 예, 어떻게든 되겠죠."

어깨를 으쓱인 치프는 포프에게 손짓했다.

"같이 가자, 포프."

"저도요?"

"네 징크스는 아무래도 나만 감당할 수 있는 것 같거든."

코트에 손상을 입은 안드레이가 코웃음소리를 냈다. 포프는 뜨거워진 자신의 얼굴을 두 손으로 가리며 치프를 따라갔다.

그들이 백화점으로 들어간 이후 그들을 습격하는 자는 아무도 없었다.

우연히 백화점 근처에서 서성대다가 안드레이와 델타 스쿼드에게 끌려간 현상금 사냥꾼, 혹은 현상수배범들이 몇 명 있었지만 치프가 백화점에 있다는 사실을 알고 접근한 자는 아무도 없었다.

그들의 단말기를 압수하여 조사해 본 안드레이는 단말기 내에 특별한 프로그램이 깔려 있거나 물리적으로 설치된 것이 없음을 확인했다.

하지만 공통적으로 사용된 애플리케이션이 하나 있었다.

'빅시티 음식 배달 도움 서비스?'

보안국에서 무료로 제공하는 음식 배달 서비스 프로그램은 배달업체와 배달부, 그리고 사용자 사이를 보안국에서 이어주는 애플리케이션이다.

그 애플리케이션은 보안국 본부 건물로서 숨어 있던 신이 죽으면서 약 나흘 정도 서비스가 중단됐는데, 당시 공항 보안 대책에 고심 중이던 레투가는 해당 서비스를 재개해 달라는 민원이 해일처럼 폭주하는 것을 보고 '민심이 이런 것이냐'며 경악했다.

'이건 공공기관에서 제공하는 서비스 애플리케이션이라 단말기에 강제로 설치되진 않아. 그런데도 붙잡힌 자들 전부가 이걸 설치하고 있군.'

그는 압수한 단말기들의 사용 기록을 전부 조사해 봤다.

'애플리케이션은 항상 열려 있었지만 사용된 적은 없군. 지나치게 깨끗해.'

하지만 안드레이는 그러한 깨끗함이야말로 진정한 지저분함의 공통적 포장 방법임을 잘 아는 자였다.

'이 애플리케이션을 이용하여 원사님의 좌표를 전달했겠지. 좌표는 전달 직후 특별한 방법을 통해 삭제됐을 거야. 이걸 보

면서 달리느라 다들 바빴겠군.'

그는 오라클이라는 존재가 궁금했다.

"자네들, 오라클을 만나본 적이 있나?"

안드레이는 지하 주차장 구석에 잔뜩 묶여 있는 용의자들을 향해 물었다.

그가 치프를 추적한 방법을 물을 줄 알았던 현상금 사냥꾼들은 대부분 실소 내지는 쓴웃음을 지었다.

"그렇다면 주소를 잘못 찾으셨소. 우리는 단말기만 보면서 이 도시를 달리던 떠돌이들이오. 그래서 우리에게 정보를 보내주는 자가 오라클이라는 별명을 쓴다는 것 정도만 알고 있소."

얼굴 반쪽을 문신으로 채운 듀베리아 남성이 대표로 말했다.

"별명 이상의 고급 정보를 접한 자들이 있긴 있다는 건가?"

"그렇소."

"…그렇군."

안드레이는 그렇게 말한 뒤 그들에게서 등을 돌렸다.

현상금 사냥꾼들과 델타 스쿼드는 안드레이가 최소한 폭력을 동원하여 정보를 쥐어짤 거라 생각했다. 하지만 무심하게 지나치려 하자 대단히 의아해했다.

"중사님, 괜찮으시겠습니까?"

"저들이 상대를 잘못 골랐다는 건 자네들도 다 아는 사실이지 않나?"

"아… 역시 또 그런 흐름이군요."

델타 스쿼드의 대원들은 한숨을 쉬었다.

현상금 사냥꾼들은 저들이 대체 무슨 소리를 하는지 알고 싶었지만 델타 스쿼드는 이따금씩 사람만 잡아올 뿐, 그들 앞에서 특별한 말을 하지 않았다.

델타 스쿼드와 안드레이가 가만히 있는 이유는 현상금 사냥꾼들의 태도 때문이었다.

'소문만 듣고 온 자들의 정보량이 저 정도라면 오라클이라는 존재는 내일이나 모레 정도에 붙잡히겠지. 가장 큰 정보를 원사님께서 직접 얻으셨으니까. 어이가 없을 만큼 일을 못하는 자들이군.'

안드레이가 고개를 갸웃했다.

"압도적인 능력을 가졌음에도 불구하고 짧은 생각과 행동으로 일을 망치는 아마추어를 뭐라고 불러야 할까?"

그가 옆에 있는 대원에게 물었다.

"좆같은 아마추어겠죠."

"음, 과연."

안드레이가 끄덕였다.

지하 주차장 저편에서 시끄러운 소리가 났다. 델타 스쿼드 대원 몇 명이 누군가를 또 붙잡아 온 것이다.

안드레이는 코트 주머니에서 손을 꺼내고는 상대에게 저벅저벅 다가갔다.

그들이 그렇게 수고하는 한편, 치프와 헤이파, 포프는 능동위장 장치를 이용해 겉모습만 평상복 차림으로 바꾼 알파 스쿼드의 호위를 받으며 쇼핑을 즐기고 있었다.

헤이파와 포프가 침구류 판매장에서 이것저것을 따지며 고르는 한편, 지칠 대로 지친 치프는 판매장 밖에 있는 벤치에 앉은 채 꼼짝도 하지 않았다.

"음료라도 하나 뽑아올까요?"

곁에 있던 대원이 묻자 치프는 고개를 저었다.

"이건 당분으로 해결될 문제가 아닌 것 같아."

"예?"

"음… 내가 오늘 왜 빅시티에 나왔는지 혹시 알고 있나?"

"보안국장님을 만나실 겸 포프와 식사를 하러 나오신 게 아닙니까?"

"응, 그렇지. 그런데 그 정보가 대체 어떻게 새어 나갈 수 있을까?"

치프는 자신의 단말기를 들어 살펴봤다.

"이 단말기가 도청당할 확률이 얼마나 될 것 같아?"

"남의 손을 거치지 않는 한 불가능하지 않습니까? 원사님께서 일반 통신 회사의 일반 기지국을 사용하신다 해도 지금까지 알려진 도청 방식으로는 통화 내용을 엿들을 수가 없습니다. 통화 내용 대신 치킨, 감자튀김, 우동, 햄버거, 베이컨… 이런 말만 잔뜩 나오지요."

"그래, 듣는 사람의 혈관마저 막아버릴 기세로 말이지."

치프는 다시 단말기를 주머니에 넣었다.

"전문가들에게 물어봐야겠군."

"전문가라 하시면……?"

"비상식적인 도청이 가능한 자들 말이야. 우리 회사에 좀 있잖아?"

그와 대화하던 대원은 그게 누구냐는 듯 고개를 갸웃했다.

이윽고 헤이파와 포프가 백화점에서 제공하는 상품 운반용 로봇에 짐을 맡기고 치프 쪽으로 다가갔다.

"이제 가구를 보러 가세. 잘 다듬어진 나무 냄새가 나를 유혹하는군."

"예, 여사님."

치프가 헤이파의 뒤를 따라갔다.

여기저기 배치되어 있던 알파 스쿼드 대원들이 한 명씩 자연스럽게 그들을 뒤따랐다.

헤이파가 6인 이상이 쓸 원목 테이블을 고르는 한편, 포프는 자신의 단말기를 가만히 바라보며 생각에 잠긴 치프를 한참 동안 지켜봤다.

"사장님."

"응?"

포프가 진지한 표정으로 그의 앞에 섰다.

"혹시 위치추적을 당한 게 아닐까요?"

"우리?"

"예."

"정말 그렇게 생각해?"

"예. 가능성이 높다고 생각해요."

"흠, 우리 회사의 미스 베르자르는 다행히도 첩보에 재능이 없군."

"……."

무안을 당한 포프는 멋쩍은 표정을 지었다.

그 멋쩍음은 그로부터 1시간 뒤에 분노로 바뀌었다.

쇼핑이 무사히 끝난 뒤 가구와 침구류, 그리고 장갑차들까지 밑에 연결한 헬리콥터 넉 대가 빅시티에서 일제히 솟아올랐다.

치프는 이제야 집에, 아니, 회사에 돌아갈 수 있게 됐다는 안도감에 취한 채 아무 생각도 않고 가만히 앉아 있었다.

하지만 건너편에 앉아 있는 포프는 참지 못하고 분노를 터뜨렸다.

그녀는 자신의 옆에 앉은 헤이파에게 자못 큰 소리로 물었다.

"여사님, 저희는 오늘 위치추적을 당한 게 분명해요!"

"응?"

비녀로 고정한 머리를 풀고 뒷목 부근부터 정돈하던 헤이파는 움찔하여 눈을 크게 떴다.

자존심이 상하여 상기된 포프의 얼굴과 그걸 보고 실룩 웃는 치프의 표정을 차례로 본 헤이파는 무슨 상황인지 눈치를 채고 부드럽게 웃었다.

"그렇지 않단다, 포프."

"예? 그럼 어떻게 된 거죠?"

"그냥 네 징크스라고 생각하렴."

헤이파까지 그렇게 나오자 포프는 그대로 쓰러져 기절하고 싶었다. 하지만 어른들은 그 이상의 이야기를 절대 꺼내지 않았다.

*　　　　　*　　　　　*

회사로 돌아온 이후 포프는 치프와 얘기도 하지 않았다.

안타깝게도 치프는 포프에게 신경 쓸 거를이 없었다. 그가 이틀 동안 했던 행동은 사만다의 곁을 따라다니는 것, 식사, 그리고 단말기의 구경뿐이었다.

그가 사장실 안에서까지 단말기를 쳐다보고 있자 결국 데스디아까지 표정을 구겼다.

"당신, 모바일 게임으로 현실 도피 중인가? 아니면 주식?"

"응? 아냐, 일에 집중하고 있지."

"단말기로?"

그녀가 캐묻자 치프는 단말기에 눈을 둔 채 빙긋 웃었다.

"이게 네 얼굴만 봐서 해결될 문제라면 천국이 따로 없겠지."

사장실에 자신만이 아니라 셀레스티아, 사만다, 헤이파, 포프, 그리고 죠니와 안드레이까지 있는 상황에서 그런 말을 들어버린 데스디아는 헛기침을 하며 유리벽 밖으로 고개를 돌렸다.

"자네들 상관은 왜 여태껏 결혼을 못한 건가?"

헤이파가 죠니와 안드레이에게 물었다. 두 남자는 그냥 웃을 뿐 아무 말도 하지 않았다.

"뎃디, 미안한데 난 지금 굉장히 화가 나 있어. 그러니 있다가 저녁에 돌아와서 자세히 얘기해 줄게."

"……."

"셀리, 시간 좀 내줄래?"

치프가 단말기 화면을 끄고 일어났다.

"나?"

"너랑 나랑 단둘이 빅시티에 갔다 와야 할 것 같아."

치프는 사장실에 있는 자신의 관물함에서 권총과 탄약 등을 충분히 꺼냈다.

"기분 좋은 일로 가는 건 아닌가 보네?"

셀레스티아가 조금은 아쉽다는 투로 물었다.

"아니, 기분 풀러 가는 거야."

그는 자동차의 열쇠를 바지에서 꺼내 빙글빙글 돌렸다.

"거기 주차장에 차를 놔두고 왔거든."

"으응?"

셀레스티아가 고개를 옆으로 기울였다.

반면 포프는 이틀 전에 자신과 치프가 단둘이 차를 타고 갔다가 헬리콥터로 돌아왔음을 기억해 내고는 자신도 모르게 벌떡 일어났다.

"돌아오시면 저한테도 얘기해 주세요, 사장님!"

"…그래, 알았어."

치프는 활짝 웃었다.

*　　　　　*　　　　　*

빅시티의 어느 3층 다세대주택.

드래곤로크 당시 크게 망가진 이후 사람이 살지 않게 된 그 주택은 1주 전만 해도 부랑자들의 소중한 안식처였다.

하지만 지금은 중무장을 한 용병들이 그들을 몰아내고 반쯤 요새화를 한 상태였다.

그 주택의 3층에는 커다란 헤드폰을 머리에 쓴 소녀가 넓은 판 위에 손을 댄 채 초대형 모니터를 바라보고 있었다.

모니터 안에 떠 있는 것은 빅시티의 지도였다.

지도에는 온갖 색깔의 점들이 무수히 돌아다니고 있었고, 소녀는 인간이라 생각할 수 없는 속도로 눈동자를 움직여 그 모든 점들을 읽어냈다. 더불어 손을 올려둔 철판, 아니, 입력기를 이용해 자신이 읽어낸 자료를 초고속으로 정돈했다.

그녀가 문득 모든 작업을 중단하고 헤드폰을 벗었다. 주택 밖에서 지저귀던 새들의 소리가 그녀의 작은 귀에 들어왔다.

그녀가 방문 쪽으로 고개를 돌렸다.

"들여보내."

"예, 오라클 님."

검은색 셔츠를 입은 용병이 문을 열고는 누군가를 안내했다.

"여, 여어, 오라클. 잘 지냈어?"

방에 들어온 사람은 이틀 전 치프에 의해 방사능 탄환을 강제로 먹고 고문을 당한 그 저격수였다.

소녀 오라클이 한숨을 쉰 뒤 무테안경을 썼다.

"탈골된 팔은 괜찮아?"

"아직 좀 아파."

그가 배시시 웃었다.

"무슨 일로 왔지?"

"이 행성을 나가고 싶어. 그라니트 용역 쪽에서 공항의 검문 검색을 맡은 뒤로는 공항 근처에도 못 가고 있다고."

"적당히 속여서 나갈 수 있는 게 당신 아니었어?"

"그게… 워치프 탈리케이아가 검문검색을 지휘하고 있어. 능동위장 장치를 써서 들어오려고 하던 놈들 모두가 그 계집한테 들켜서 떡이 됐다고. 그건 네가 더 잘 알잖아?"

"탈란바토르… 아니, 브리치를 이용하고 싶으면 실버로드 님께 허락부터 받고 와. 그건 나 혼자 결정할 수 있는 문제가 아니야."

"크……."

저격수는 머리를 긁으며 짜증을 냈다.

오라클은 창밖을 봤다. 새 한 마리가 창틀에 앉아 그 위에 뿌려진 빵가루를 부리로 쪼아 먹고 있다. 새들을 보기 위해 일부러 빵가루를 뿌린 그녀는 문득 깨달았다.

창문을 경계로 아무 소리도 들려오지 않았다.

그렇지 않아도 창백한 편인 소녀의 얼굴에서 핏기가 완전히 빠졌다.

"노이즈 캔슬러!"

그녀가 외치며 저격수 쪽으로 고개를 돌렸다.

그러나 저격수는 건물 안의 다른 용병들과 마찬가지로 숨이 끊겨 쓰러졌다.

저격수의 관자놀이에 총을 쏴 즉사시킨 치프는 그의 뒷주머니에서 지갑을 꺼냈다.

"거액 단위의 지폐는 개척행성에서 당장 꺼내 쓰기가 불편하지. 위조지폐를 쓰는 놈으로 의심받기 딱 좋거든."

치프는 자신이 그 저격수에게 준 지폐를 지갑에서 뽑아낸 뒤 오라클에게 건네줬다.

그녀는 지폐 안쪽에 숨어 있는 전파 발신 회로 패턴을 맨눈으로 인식해 냈다.

"…그가 나와 접촉할 수 있는 인물인 걸 어떻게 알았지?"

"놈이 먹던 시리얼과 우유. 둘 다 빅시티에서 팔지 않는 것들인데 토해낸 것들을 보니 오로지 그것만 고집스럽게 먹었더군. 사용하는 총과 조준장치 등은 초고가의 물건이었고 정비도 잘되어 있었어. 그렇다면 시리얼과 우유는 강박 장애의 흔적이 아니라 일에 앞선 '절차'라고 봐야겠지. 그건 나를 습격한 어중이 떠중이와 달리 상당한 실력의 프로페셔널이라는 증거야. 무엇보다 거짓말을 너무 잘하기도 했고."

"……."

오라클이 피식 웃었다.

"그래서, 나도 쏠 건가?"

"설마, 난 여자아이를 대충 다루는 성격이 아니야."

권총을 거둔 치프는 날이 잘 선 군용 나이프를 꺼냈다.

"화도 많이 났고 말이지. 옷 다 벗어. 어서."

오라클을 노려보는 치프의 상감색 눈동자는 마치 얼음의 단면처럼 차가웠다.

치프의 요구에 오라클은 쓴웃음을 지었다.

"당신… 당연히 A─1730이겠지? 당신이 소아성애자라는 얘기는 들은 적이 없는데?"

"됐으니까 빨리 벗어."

치프는 오른손에 든 단검의 끝을 까딱까딱 움직였다.

오라클이 입은 복장은 아주 단순했다. 그냥 흰색의 긴팔 스웨터 한 장을 원피스 드레스처럼 입고 있을 뿐이다.

안경을 벗은 그녀는 스웨터를 확 벗어서 자신의 침대 위에 던졌다.

그녀는 체형에 맞게 어린이용 속옷을 입고 있었는데, 치프는 뚜벅뚜벅 다가가서 그녀의 왼팔을 잡고 살짝 비틀었다.

작고 붉은, 혹은 분홍색을 띤 분화구 같은 것들이 그녀의 팔과 어깨, 그리고 등판에 무수히 나 있다.

치프는 그것이 담뱃불에 의한 화상임을 손쉽게 알아봤다.

"나야말로 실버로드에게 이런 취미가 있을 줄은 몰랐는데?"

그가 실버로드를 거론하자 오라클이 인상을 찡그렸다.

"이건 그분께서 저지르신 일이 아니야."

그녀는 힘을 주어 치프의 손을 뿌리치려 했지만 깡마른 그녀의 팔로는 불가능한 일이었다.

"그렇다면 너와 실버로드는 오랜 친구가 아니로군."

"무슨 뜻이지?"

"네 몸에 난 화상의 대부분은 최소 2년 전의 것이야. 실버로드에 대한 네 태도를 보아하니 너와 실버로드의 인연은 잘해야 2년 안팎이겠지. 누군가에게 학대당하던 너를 실버로드가 구해줬나?"

"……."

치프는 소녀의 팔다리를 살펴봤다.

"흠, 용케도 뼈가 부러진 흔적은 없군. 몸에 특별한 수술 흔적도 안 보여."

오라클은 한 번 더 팔을 움직였지만 치프의 손은 꿈쩍도 안 했다.

"불임수술을 당하고 업소에서 일을 할 뻔한 적은 있어."

그녀의 대답에 치프는 쓴웃음을 지었다.

"그다지 듣고 싶지 않은 이야기네. 그럼 저 옷은 뭐지?"

"실버로드 님께서 나에게 주신 선물이야."

"날 제대로 노려보면서 말하는 걸 보니 소중한 선물인가 보군."

"나에겐 소중해!"

"그럼 그 소중한 옷에 어떤 마법에 걸려 있는지 보여주지."

치프는 자신의 단말기를 꺼낸 뒤 특정 주파수를 내도록 맞춘 후 화면을 눌렀다. .

그 흰색 스웨터에서 하얀 연기와 함께 코를 찌르는 듯한 냄새가 퍼졌다. 이윽고 스웨터는 물론 스웨터가 놓여 있던 침대까지 스웨터 모양으로 녹아 바닥에 눌어붙었다.

오라클은 당황했고, 치프는 어깨를 으쓱했다.

"네가 입고 있던 스웨터의 털실은 저런 짓을 벌일 수 있게 만든 물건이야. 주파수에 반응해서 산성 혼합물을 뿜어내지. 아마 금조차 산화시킬걸?"

"…그걸 어떻게 알았지?"

"그런 종류의 털실은 햇볕을 받으면 특이한 색을 띠거든. 게다가 대부분이 흰색이었어."

"흰색이었다는 건……."

"저걸 입은 채 날 부둥켜안으려고 한 여자들이 꽤 많았거든. 그리고 다들 저 침대 꼴이 됐지."

"……."

오라클은 착잡한 표정으로 자신의 옷과 함께 녹은 침대를 바라봤다.

"그 속옷도 실버로드에게 선물 받은 거라면 지금 당장 벗는 게 어때? 물론 위에 걸칠 옷을 빌려줄 용의는 있어."

엄지손톱 끝을 깨물며 고민하던 소녀는 치프를 다시 노려봤다.

"벗는 모습을 당신에게 보이란 소리야? 적어도 내 팔은 놔줘야 할 거 아냐?"

"아, 도와주겠다고 얘기한다는 걸 깜박했네."

치프가 단검을 들어 강조했다.

"벗을 생각이 있다면 일어나서 똑바로 서봐. 내가 무사히 벗겨주지."

"나에게 수치를 줄 생각이군!"

"됐으니까 수작 부릴 생각은 하지 마. 난 최악의 경우까지 상정하고 온 사람이라고."

"최악의 경우?"

"실버로드가 영원히 널 이용할 수 없도록 폐기하는 거지. 내가 이 건물에서 만난 녀석들처럼 말이야. 하지만 아까 그 스웨터 덕분에 생각이 바뀌었어. 피해자 같아서 말이지."

치프는 브래지어와 팬티의 재봉 선을 정교하게 뜯었다. 그냥 휙 자르지 않는 이유는 도중에 존재할지도 모를 부비트랩을 피하기 위해서였다.

작업하는 사이, 치프는 눈동자를 움직여 그녀의 발을 확인했다.

"흠, 신발까지 빌려줘야 하나?"

그녀는 맨발이었다.

"날 끌고 갈 생각이야?"

말로 반항해 본 오라클은 자신의 팬티가 다리 사이로 툭 떨어지자 입을 꾹 다물고 눈을 질끈 감았다.

"이왕이면 보호라는 말을 써주지 그래?"

"내 앞에서 내 지인을 살해한 주제에 뭐라고?"

"지인? 이틀 전에 넌 현상금 사냥꾼들을 동원해서 나와 내 친구를 죽이려 했어. 웨어러블 건하운드의 사용자는 물론 보행 전차까지 동원됐지. 그 일에 민간인이 제대로 휘말렸으면 어떻게 됐을 것 같아? 사람 몇 명이 도망치는 도중에 넘어져서 무릎이 까지는 걸로 끝나진 않았을걸."

이어서 브래지어도 툭 떨어졌다.

작업을 끝내고 단검을 거둔 치프는 그녀의 팔을 놓아준 뒤 자신의 셔츠를 벗었다. 그가 셔츠 안쪽에 검은색의 기능성 민소매 속옷을 입고 있는 것을 본 오라클은 내심 안도했다.

"좀 크겠지만 이걸 입어. 싫으면 벗은 채로 있던가."

오라클은 순순히 그의 셔츠를 입고 단추를 채웠다.

"그럼 실례를 하지."

치프는 미리 가져온 케이블타이로 그녀의 엄지손가락과 엄지발가락을 꽉 묶고는 그녀를 번쩍 들어 어깨에 짊어졌다.

"날 어디로 데려갈 생각이지?"

"우리 회사. 안심해. 네 노림수에 맞춰서 실버로드보고 들으라고 하는 얘기거든."

소녀가 움찔했다.

치프는 컴퓨터 옆에 놓인 흰색 고릴라 인형을 손에 쥐었다.

"어이, 들리나? 배짱 있으면 우리 회사로 찾아와 봐. 네 턱뼈를 뽑아서 회사 정문에 걸어주지!"

그는 엄지로 인형의 목을 꺾었고 인형 목에서 뭔가가 뿌직 부러지는 소리가 났다.

인형에 심은 마이크가 부서지는 것을 확인한 오라클은 뭐 이런 인간이 있느냐는 표정을 지으며 모든 걸 포기했다.

"너무 대놓고 꼬치꼬치 캐물으면 의심을 사는 법이야."

중얼거린 치프는 그녀를 데리고 방을 나갔다.

머리의 방향이 치프의 앞쪽을 향한 채로 어깨에 얹힌 오라클은 방 밖의 상황을 믿을 수 없었다.

자신의 방을 지키는 자들은 그냥 머리에 구멍이 나 있었으나 아래층으로 갈수록 분위기가 험해졌다.

치프보다 훨씬 큰 거구의 남자가 방바닥에 머리를 박은 채 거꾸로 세워져 있다.

천장 조명이 뒷목을 관통하여 죽은 자도 있고 변기에서 얼굴을 빼지 못해 익사한 자도 있었다.

"저 세 명은 어떻게 된 거지?"

"마침 탄창이 비어서 말이야."

그의 말을 증명하듯 그 셋 말고는 전부 권총에 맞아 즉사한 상태였다.

"변기에서 익사한 건 이해가 안 되는데?"

"척추를 분지르면 허리를 못 펴는 게 당연하잖아?"

치프는 건물 밖으로 나오자마자 오라클을 내려놓았다.

오라클은 뜨겁게 달궈진 아스팔트 바닥에 맨발을 대자마자 인상을 찡그렸지만 발을 동동 구르는 등의 행동을 하진 않았다.

"이 아이가 오라클이야?"

흰색 옷차림의 여성이 오라클을 양손으로 들어 올렸다.

오라클은 깜짝 놀랐다.

실버로드가 최고 중요인물이라고 지목한 그녀 셀레스티아가 눈앞에 있었기 때문이다.

"어라? 치프, 이 아이는 요르엘과 똑같은 신체 구조를 갖고 있어. 엠피레오 행성 출신이겠지?"

"그거까진 모르고 왔는데?"

치프는 약간 당황했다. 오라클 역시 마찬가지였다.

'내가 엠피레오 행성인이라고?'

오라클의 표정을 가만히 살피던 치프는 뒷머리를 긁적였다.

'해군 정보부의 정보망에 걸리지 않은 이유를 조금은 알 것 같군.'

그가 오라클이 있던 주택 쪽으로 돌아섰다.

"쟤가 쓰던 안경을 놓고 왔군. 내가 갔다 올 테니 잘 돌봐줘, 셀리."

"응."

치프가 다시 집으로 들어간 뒤 오라클은 주변을 한참 둘러 봤다.

'이상해. 노이즈 캔슬러의 효과가 이 주택을 전부 덮을 만큼 강력하게 발동돼서 대형 기계가 동원됐을 거라고 생각했는데 아무것도 없어.'

그녀는 자신을 껴안고 있는 셀레스티아를 흘끔 봤다.

'실버로드 님께서 재구축 치료를 받은 자들에게 간섭하신 것처럼 왕녀 역시 노이즈 캔슬러 효과를 고출력으로 흉내 냈을 거야. 분명해.'

자신의 옷이 침대를 녹이는 광경을 봤음에도 불구하고 실버로드에 대한 오라클의 마음은 아직 굳건했다.

"응?"

셀레스티아가 하늘을 봤다. 오라클은 그보다 조금 늦게 뭔가를 감지했다.

"실버로드 님!"

하늘 저 끝에서 반짝거리던 물체가 일순간 한 줄기의 빛으로 변하더니 셀레스티아와 오라클 앞으로 고요히 내려왔다.

서둘렀는지 조금 지친 표정의 실버로드는 오라클을 안고 있는 셀레스티아를 분노에 찬 눈으로 노려봤다.

"오라클을 이렇게 빨리 찾아내시다니, 놀랐습니다. 제가 당신을 너무 무능하게 봤군요, 왕녀 전하."

"무능하게 보일 만한 행동을 계속해 왔지요. 아무튼 첫 만남이군요, 실버로드."

"됐으니 오라클을 내놔! 그 아이가 없으면 난 아무것도 할 수 없어!"

실버로드는 흥분하여 고함을 질렀다. 주변 주택의 주민뿐만 아니라 오라클의 방에 있던 치프까지 창밖으로 고개를 내밀 정도로 큰 목소리였다.

"당신이 그토록 이 아이에게 의지하실 줄은 몰랐군요. 하지만 저는……."

"닥치고 내놓으라고!"

실버로드가 달려들며 오른팔을 내뻗었다. 그 속도가 워낙 빨라서 주변의 민간인들은 물론 치프까지도 제대로 반응하지 못했다.

하지만 셀레스티아는 실버로드의 표정과 기세, 그리고 자신을 향한 그의 손을 보고 당황했다.

실버로드는 반달리온이 그리했듯 자신의 오른팔을 드래곤의 것으로 바꿨다. 게다가 그 손톱은 셀레스티아뿐만 아니라 또 다른 무언가를 분쇄시키기 위해 초 진동을 일으키려 하고 있었다.

'이 아이를 구하려는 게 아니야!'

그렇게 판단한 셀레스티아의 오른손이 아주 빨리 움직였다.

실버로드가 돌격한다는 사실만 인식할 수 있던 치프는 순간 둔탁한 소리와 함께 실버로드의 모습이 사라진 것을 보고 깜짝 놀랐다.

"뭐야?"

62
메이&노드

치프는 뽑으려 했던 권총을 다시 넣으며 주변을 살폈다.

그는 셀레스티아가 바라보는 방향의 공기가 압축되어 이글거리는 것을 보고 대강의 상황을 깨달았다.

'얻어맞고 날아갔나? 그렇게 고속으로 실버로드를 날려 버릴 정도의 타격이었다면 그 반동 때문에 이 동네가 난장판이 됐을 텐데?'

의아해하던 치프는 셀레스티아가 직접 압축된 공기, 아니, 대기의 불균형을 완화시키는 모습을 보고 휘파람을 불었다.

'셸리가 모든 현상을 제어하고 있어. 작년엔 뭐 하자고 여기에 있는 공주님인지 궁금했는데 이제는 능력의 한계가 어디까지인지 궁금하군.'

창문을 닫은 치프는 오라클이 사용하던 컴퓨터를 단말기로 촬영하며 그대로 통화 버튼을 눌렀다.

"죠니, 보이나?"

─잘 보입니다, 원사님. 화면이 꺼졌군요.

"귀신처럼 먹통이 됐어. 오라클이 어떻게든 시스템을 부순 것 같아."

─뭐, 본체는 아주 뛰어난 시스템이 아니지만 모니터만큼은 훌륭한 물건입니다.

"어떻게 훌륭하지?

─화면에 직접 현미경을 대고 작업을 할 수 있는 초고밀도 디스플레이죠.

"내가 왔을 때는 저 화면에 빅시티의 지도가 떠 있었어.

─적어도 빅시티 운영 시뮬레이션 게임을 하기 위해 그걸 구입하진 않았을 겁니다.

"으흠."

─여담이지만 그 게임은 재미가 없습니다.

"아, 진짜 있어? 그런 게임이?"

─재해가 너무 잦아서 진행이 어렵더군요. 시작한 지 20분도 안 돼서 엠페라투스 비슷한 보라색 괴수가 나타나더니 제가 세운 작은 마을을 짓밟았죠. 작년 생각이 떠오르는 바람에 바로 때려치우고 환불 받았습니다.

"너무 현실적인 게임은 재미가 없지."

치프는 책상에 놓인 오라클의 안경을 들었다.

"이 안경에 뭔가 특별한 게 보이나?"

─없습니다. 온갖 광선 영역으로 조사했는데 딱히 뭐가 나오

진 않네요.

"좋아, 그럼 난 자동차를 몰고 회사로 돌아가지. 혹시 뭐 필요한 거 있어?"

─그냥 무사히 돌아오십시오.

"하하, 그럴게."

다시 집 밖으로 나온 치프는 셀레스티아의 등에 업힌 오라클을 향해 안경을 흔들었다.

"여어, 아가씨. 이거 필요해?"

오라클은 고개를 휙 돌렸다.

"하아… 셀리, 좀 걸을까?"

"응? 자동차가 이쪽으로 와주는 게 아니었어?"

셀레스티아가 묻자 치프가 아쉽게 웃었다.

"그 차는 자율주행 기능도 없고 무엇보다 내가 직접 주차장에 가서 이틀 동안 밀린 주차 요금을 정산해야 하거든."

"그럼 택시를 부르자."

"…속세에 익숙해지셨네요."

치프는 콜택시를 부른 뒤 이어서 보안국의 전투경찰 쪽에 신고를 했다. 주택 내의 시체들을 처리하기 위해서였다.

"실버로드는 어떻게 됐을까?"

"음, 죽진 않았을 거야. 본체가 아니었으니까. 빅시티 밖에서 깨어나거나 누군가에게 발견되겠지."

셀레스티아가 안타까움이 섞인 표정으로 대답했다.

그들이 택시에 탈 무렵, 빅시티의 영역 경계선에 떨어진 실버로드의 하반신을 향해 회색의 드래곤이 날개를 펄럭이며 내려왔다.

그 드래곤 반달리온은 조금씩 재생되고 있는 실버로드의 육체를 살핀 뒤 인간의 모습으로 변했다.

"꼴을 보니 왕녀에게 당했군. 겁 없는 놈 같으니."

근처 바위 그늘 아래에 자리를 잡고 앉은 반달리온은 코트에서 단말기를 꺼내 게임을 하며 시간을 보냈다.

*　　　　　*　　　　　*

실버로드가 육체와 의식이 회복되기까지 걸린 시간은 약 40분 정도였다.

눈을 뜨고 상체를 일으킨 실버로드는 근처 바위 그늘 아래에서 게임 중인 반달리온을 발견했다.

"자네가 내 곁을 지켜줄 거라고는 생각 못했는데 말이지, 반달리온이여."

"널 고통스럽게 죽이고 싶었지만 이미 통증을 느낄 수 없는 상태로 여기에 꽂혀 있더군."

실버로드는 주변을 살폈다. 그는 주변 지형을 통해 자신이 빅시티의 영역 경계선 근처에 있음을 깨닫고는 한숨을 터뜨렸다.

"…내 낙하 위치는 어떻게 알았나?"

"엠페라투스 님께서 알려주셨지."

반달리온은 자신의 옆자리를 손으로 두드렸다. 이쪽으로 와서 앉으라는 뜻이다.

쓴웃음을 지은 실버로드는 머리카락에 묻은 흙을 털어낸 뒤 바위 그늘 속으로 들어가 반달리온의 옆에 앉았다.

"몸이 격파된 채로 날아온 걸 보니 왕녀에게 얻어맞는 것 같은데, 맞나?"

"방심했지."

"방심? 자살이 아니라?"

실버로드는 반달리온이 시비를 걸듯 농담을 하자 인상을 찡그렸다.

"…왕녀가 인간의 모습으로도 그렇게 강력할 줄은 몰랐어."

실버로드의 대답을 들은 반달리온은 코웃음을 쳤다.

"아주 오래전에도 그와 똑같은 말을 들은 것 같은데?"

"그래, 운캄타르에게 얻어맞은 뒤의 일이었지. 자넨 나에게 미쳤냐고 물었고 난 방심했다고 대답했어."

"그때 내가 네놈에게 한 충고를 기억하나?"

"그건 방심이 아니라 병신 짓이라고 했지. 이번에도 딱히 다르진 않을 것 같군."

"그래, 이번에도 충고하러 왔다네, 실버."

"…그렇겠지, 리온."

둘은 서로를 약칭으로 부르며 분위기를 가라앉혔다.

"저번에 나를 공격한 이유를 듣고 싶은데?"

반달리온이 묻자 실버로드는 웃음소리를 흘렸다.

"자네 정도 되는 존재가 오파로아의 계집들에게 홀려서 허우적거리는 꼴이 너무 추했거든."

"나 정도 되는 존재란 어떤 존재지?"

"자네가 추종자들의 행동대장이었잖아? 실질적인 우두머리였고."

"그런가?"

"그들은 엠페라투스 님을 추종하는 것과는 별도로 자네를 잘 따랐어. 그 돌대가리 헬터스크도 자네 앞에선 찍소리 못했지. 자네에겐 다른 이를 이끄는 힘이 있었어. 우리가 방황하지 않게 길을 잡아줬거든. 마치 별자리처럼 말이지."

실버로드의 말을 들은 반달리온은 가만히 있다가 손을 들어 자신의 파뿌리 같은 머리를 만졌다.

"엠페라투스 님의 추종자들… 하, 추종에 대한 대가는커녕 다른 동포들로부터 소외된 자들이었지. 뭔가 좀… 그래, 행동양식과 가치관이 다르다는 이유만으로 사회에 녹아들지 못한 자들이었어. 난 그게 불공정하다고 생각했고, 그들을 군이 내치시지 않는 엠페라투스 님이 옳다고 생각했지. 그건 지금도 마찬가지야."

반달리온이 그때를 추억하며 말했다.

"리온, 자네는 그 소외된 자들을 두고 볼 수 없었을 거야. 이 행성을 떠돌던 3세대 드래곤들을 수습해서 이끈 것만 봐도 그건 자네의 천성이라 할 수 있겠지. 사실 자넨 추종자라기보다는 바라쿠스처럼 조금 거친 운캄타르 측 동포에 가까웠어."

"…그건 잘 모르겠군."

"자네는 여러모로 바라쿠스를 닮았지."

파울라의 부친이자 자신의 스승인 바라쿠스의 이름이 실버로드의 입에서 연거푸 나오자 반달리온은 인상을 찡그렸다.

"여기서 내 스승의 이름이 왜 계속 나오나?"

"정말 닮았다니까? 자기 눈에 밟히는 걸 용납 못하지. 우유부단해! 바라쿠스는 장애를 가진 자신의 부인과 어린 딸을 모두 지키기 위해 자신의 그 용맹함과 막강한 힘을 떨칠 기회를 잃어 갔다네. 그렇게 추해지느니… 부인 정도는 자기 손으로 죽여서 묻어버리고 명예를 이어나가는 게 낫지 않았을까?"

"……."

순간 화가 치밀어 할 말을 잃은 반달리온은 자신의 옛 친구를 한참 동안 노려봤다.

실버로드는 그럴 줄 알았다는 듯 씁쓸히 웃었다.

"그래, 그 눈빛. 역시 자네들은 날 이해 못해."

"이해하기 어려운 것과 이해하기 혐오스러운 것의 차이를 모르나 보군."

"그런가?"

반달리온의 지적에 실버로드가 한숨을 터뜨렸다. 반달리온은 그를 정말 때려죽이고 싶었으나 동족상잔만은 하기 싫었기에 꾹 참고 가만히 있었다.

"리온, 자네는 A—1730에 대해서 어떻게 생각하지?"

실버로드가 물었다.

"녀석과는 접점이 부족해서 잘 모르겠군. 어쨌거나 이해하기도 싫고 마주치기도 싫어."

"그래? 그렇다면 A—1730과 난 비슷한 존재인가 보군."

반달리온은 실버로드가 어쩐지 기뻐하는 기색을 보이자 헛웃음을 터뜨렸다.

"착각하지 마, 실버. 엠페라투스 님과 비슷한 자야."

"어떤 면에서?"

실버로드의 표정이 단숨에 바뀌자 반달리온은 어이가 없었다.

"음, 자넨 변한 게 없군. 그래, 녀석은 즐기는 것에 굶주려 있어."

"즐긴다 함은?"

"말 그대로 즐기는 것이지. 자신에게 닥치는 모든 상황을 말이야. 하지만 녀석은 잘 훈련되어 있는 것 같더군. 특별히 건드리지 않으면 위험하진 않아."

"그것만 가지고 엠페라투스 님과 비슷한 자라고 판정하다니, 잘 모르겠군."

"얼굴이나 행동에 티가 나는 것이 비슷해."

"그런가?"

"엠페라투스 님께서는 지나치게 식상하거나 실망스러운 일을 앞두셨을 때 그 감정을 대놓고 드러내시지. 그런데 A—1730도 마찬가지야. 이틀 전인가? 네가 보낸 쓰레기들을 녀석이 처리하는 모습을 구경했는데, 녀석은 지겹고 따분해서 미치려고 하더군."

"그건 녀석을 저격수가 있는 곳으로 유인하거나 아예 도시에서 쫓아내려고 한 내 계획이라고. 도중에 녀석이 죽거나 정말 미쳐 버렸다면 더 좋았을 거라고!"

"하아."

반달리온이 한숨을 쉬었다.

"실버, 충고를 하지."

"뭔가?"

"왜 자네가 군이 하등동물들이 쓰는 수단을 고집하는지 모르겠지만 A—1730은 그러한 수단의 정점에 선 놈이야. 오늘만 해도 그렇지 않나? 자네는 녀석에게 오라클이라는 계집을 빼앗겼어."

"왕녀가 그곳에 없었다면 녀석을 죽일 수 있었어!"

"자네가 올 걸 알고 왕녀를 준비시켰다는 생각은 안 드나? 녀석은 빅시티에 있는 신을 잡을 때도 철저히 준비해서 제법 손쉽게 박살 낸 놈이야. 그런데 자네가 오라클을 되찾으러 올 거라는 사실을 예상 못했을까?"

"……."

"고집은 이제 그만 부리게, 실버. 상대가 너무 안 좋아."

"웃기게 변했군, 반달리온!"

실버로드가 고함을 지르며 바위 그늘 밖으로 나갔다.

"이틀 전의 일들을 구경했다고 했지? 그건 A—1730을 감시하기 위해서가 아니라 포프 베르자르의 신변이 걱정돼서 간 거겠지! 자네라면 그러고도 남아! 정말 죽이고 싶을 정도로 추하더군!"

반달리온이 미간을 좁혔다.

"요즘 힘들어서 잊은 것 같은데, 자넨 나를 정말로 죽이려 했어."

"제기랄!"

반달리온의 이성적인 대답에 오히려 화가 난 건 실버로드였다. 그는 땅 위의 돌멩이를 걷어차며 이를 갈았다.

"자네 말대로 난 하등동물들의 수단을 사용하고 있어! 생명체의 정점에 선 날개 달린 자로서 말이야! 내가 진짜로 녀석보다 우월한 존재라면 똑같은 수단을 썼을 때도 우월함을 잃지 말아야 하는 게 정상 아닌가?"

그의 말에 반달리온은 콧김을 뿜었다.

"정말 개소리를 하는 재주만큼은 여전히 으뜸이군. 다 집어 치우고 신들에게 받은 탈란바토르의 사용 권한을 포기하게, 실 버로드여. 엠페라투스 님께서 자네를 매우 걱정하시더군."

"걱정? 엠페라투스 님은… 그 오래된 존재는 내가 A-1730을 가로챌까 두려워하고 있을 뿐이야! 그와 운캄타르의 시대는 오 래전에 끝났다고!"

"…그래, 자네 말대로 그분들의 시대는 오래전에 끝났지. 근 데 난 그때가 더 재밌었던 것 같아."

"뭐라고?"

"자네와 나, 헬터스크가 추종자들을 몰고 다니고, 메이건은 이리 붙었다 저리 붙었다 하면서 모두를 골탕 먹이고, 운캄타르 쪽 녀석들과 패싸움도 하고… 그땐 나름대로 필사적이었는데 지금 생각해 보니 정말 젊은 놈들의 즐거운 놀이에 불과했던 것 같아."

"바라쿠스의 죽음이 그 놀이를 끝내 버렸지."

실버로드가 지적했다.

"…으음."

반달리온이 끄덕거렸다.

"어느 날이었지. 엠페라투스 님께서 진짜 놀이를 해보자며 내 스승을 죽이셨어. 스승은 필사적으로 맞섰고, 엠페라투스 님을 말리려 했지만 결국 죽었지. 그 일을 기점으로 우리 추종자들은 동포들을 공격하기 시작했어. 그전엔 잘해야 말다툼이나 몸싸움이었는데 서로를 죽이는 전쟁으로 변한 거야. 그리고 대살육이 일어났어. 모두가 죽어갔고… 자네 말대로 그 시대는 끝났다네."

반달리온은 바위에 등을 기댔다. 그늘이 만든 차가움이 옷깃과 머리카락 사이에 노출된 반달리온의 뒷목을 기분 좋게 식혀주었다.

"엄밀히 따지자면 우리의 시대도 끝난 거야. 헬터스크는 엠페라투스 님께서 부활하시면 뭔가 될 거라고 생각했고 나도 그랬는데… 글쎄? 지금은 잘 모르겠군. 괜히 이 땅의 3세대만 괴롭힌 게 아닐까 싶어."

"자네 시대나 끝났겠지!"

실버로드가 외쳤다.

"날개 달린 자들은 과거에도 우월했지만 앞으로도 우월해야만 해! 그 누구도 우리보다 우월해선 안 된다고!"

"그래서 탈란바토르의 사용 권한을 신들에게 얻어냈나?"

"사용할 수 있는 수단을 사용하는 건데 뭐가 잘못됐단 말인가?"

"…내가 보기에 현 시점에서 가장 우월한 동포는 루할트라는 영주 같은데? 녀석이 가진 회사의 주가가 떨어지는 걸 못 봤거든."

"무슨 헛소린가?"

"우리 시대에서 우월함을 판가름하는 기준은 오로지 하나, 바로 무력이었어. 몸싸움만 잘하면 최고였지. 실제로 신을 어떻게 잘 죽이느냐, 사냥을 얼마나 잘하느냐가 우리 시대의 기준이었거든. 하지만 지금은 아니야. 싸움을 제대로 하려면 많은 것이 필요하지."

"필요? 혹시 돈을 얘기하는 건가?"

"자금은 일부일 뿐이야. A—1730을 생각해 봐. 녀석은 최정예 인재들과 최첨단의 전쟁 도구, 그리고 그걸 다뤄온 노하우를 기반으로 움직이고 있어. 그 결과 자네가 꾸린 부하들은 A—1730의 부하들에게 순식간에 갈려 나갔지. 하루 걸렸나? 믹서 안에 들어간 바나나보다는 오래 버텼군."

"……."

"똑같은 방식으로는 놈을 절대 이길 수 없어. 결국 자네는 오늘 오라클을 빼앗겼고 셀레스티아 왕녀에게 얻어맞은 후 나와 이야기하는 신세가 됐지."

"하, 신경질이 나는군. 네가 나에 대해서 뭘 알아!"

실버로드의 두 눈이 분노로 인해 밝게 빛났다.

"내가 동원할 수 있는 수단은 무궁무진해! 난 녀석의 방식으로 녀석을 짓밟고 내가 놈에게 빼앗긴 것을 되찾을 거야!"

"오라클 말인가?"

"그딴 계집은 얼마든지 조달할 수 있어!"

반달리온은 '그럼 빼앗긴 게 뭐냐'는 표정으로 실버로드를 바라봤다.

"이제 날 방해하지 말게, 반달리온이여. 한 번만 더 그러면 진심으로 죽여 버릴 테니까!"

실버로드가 하늘로 솟구친 후 드래곤으로 변해 저 멀리 날아갔다.

반달리온은 머리를 긁적이며 바위 그늘에서 걸어나왔다.

"저번에도 진심이었던 것 같은데 말이지."

그는 자신의 주머니를 뒤적였다.

"…캐러멜이나 사러 가야겠군."

빅시티 쪽으로 걷던 그의 모습이 바람처럼 사라졌다.

*　　　　*　　　　*

오라클을 업은 셀레스티아와 함께 주차장으로 들어간 치프는 주차 요금을 정산한 뒤 개운한 표정을 지으며 한숨을 내쉬었다.

"이제 좀 여유가 생기겠군. 이틀 동안 단말기만 보느라 눈이 빠지는 줄 알았어."

"그래도 사만다를 따라다니는 건 잊지 않던데?"

셀레스티아가 눈웃음을 지으며 물었다.

"뭐, 그건 그거고 이건 이거고."

차가 있는 곳에 도착한 치프는 뒷좌석의 문을 열었다.

"아가씨들은 뒤에 타도록 해. 아, 그리고… 그래, 오라클이라고 하지. 혹시라도 이상한 생각은 하지 마. 저 공주님한테 잘못 걸리면 우주 밖으로 날려갈 테니까."

"……."

인상을 찡그린 소녀 오라클은 양털처럼 굽슬굽슬한 자신의 흰색 머리를 만지며 뒷좌석에 올랐다. 셀레스티아는 그녀의 옆에 앉았고, 뒷좌석 문을 닫은 치프는 바로 운전석에 앉아 시동을 걸었다.

운전대를 잡기 전에 데스디아가 사준 선글라스를 끼는 것도 잊지 않았다.

"치프, 곧장 회사로 갈 거야?"

셀레스티아가 물었다.

"오래 있을 이유가 없잖아? 이 시대의 아저씨들은 한시라도 빨리 집에 돌아가서 쉬려는 습성이 있지. 그리고 난 그 아저씨들 중에 한 명이야. 나에겐 평화와 안식이 필요해."

"……."

셀레스티아가 그의 뒷모습을 한참 바라보더니 뭔가 결심한 듯 아랫입술을 깨물었다.

"나도 백화점에 갈래! 메이&노드!"

"…저기요?"

치프가 당황하여 그녀를 돌아봤다.

치프는 이 상황에서 어떻게 행동해야 할지 고민했다.

"저기, 셀리, 나랑 여사님이 이틀 전에 그 백화점 앞에서 무슨 일을 했는지 알지?"

"응."

"그때 비싼 물건을 잔뜩 샀기에 망정이지, 그냥 음료수 한 병 사서 나갔다가는 매장 직원들에게 두드려 맞았을 거라고! 장사 영원히 접는 줄 알았다고 한마디씩 했단 말이야!"

"……."

"백화점 직원뿐만 아니라 빅시티 사람들 전부가 날 그렇게 보고 있어! 분위기가 그래! 주차장 관리요원 아저씨까지 '오늘은 누굴 때려잡으러 왔는지 모르겠지만 주차장만은 봐달라'고 나한테 애원했을 정도라고! 너도 들었잖아?"

"그건 그렇지만……."

셀레스티아의 표정이 침울해졌다.

"그래도 싫어! 나도 메이&노드! 꿈과 희망이 가득한 우리의 쉼터 메이&노드!"

셀레스티아는 그 백화점의 CM송까지 부르며 치프를 압박했다.

"우리가 거기 가면 다른 사람들의 꿈과 희망이 전부 증발된다니까?"

"메이&노드!"

그녀는 꼭 쥔 두 손을 몸에 바짝 붙인 채 몸부림을 쳤다. 치프는 난감함에 어찌할 바를 몰랐다.

떫은 표정으로 셀레스티아를 바라보던 오라클이 더욱 험하게 인상을 썼다.

"얌전히 당신들을 따라다닐 테니까 그냥 한번 가지? 메이&노드."

그녀의 말에 선글라스 뒤로 보이는 치프의 눈살이 찌그러졌다.

"너도 거기 가고 싶어? 메이&노드?"

오라클이 고개를 픽 돌렸다.

"딱히 그렇진 않아. 하지만 한 번도 가본 적은 없어. 메이&노드."

"오, 잘됐군. 일이 다 끝나면 나중에 같이 가자고. 메이&노드."

둘이 말장난을 하자 결국 셀레스티아의 눈시울이 뜨거워졌다.

"언제 또 빅시티에 올지 모르잖아!"

"아니, 그렇긴 하지만……."

치프가 부정적인 반응을 누그러뜨리지 않자 셀레스티아의 마음이 결국 폭발했다.

"치프 눈에는 포프의 기분만 보이는 거야? 뎃디랑 사만다의 기분도 잘만 살피면서 나는 왜 안 보는 건데? 가슴에 뭔가가 쌓이고 누군가와 함께 돌아다니고 싶은 건 걔들만이 아니야! 헤이파 여사님하고도 함께 쇼핑했으면서……!"

"아……."

치프는 할 말을 잃었다.

'이 상황은… 하아, 내가 셸리에게 신경을 안 쓰긴 했지. 근데 왜 하필 나야?'

치프는 선글라스를 벗고 안전벨트를 푼 뒤 아예 돌아앉았다.

"셸리, 미안하지만 오라클이 여기 있는 이상 실버로드가 언제 어떻게 습격해 올지 알 수가 없어. 물론 또 습격해 오면 네가 쫓아버릴 수 있겠지. 하지만 녀석이 백화점 안에서 난동을 부린다면 얘기가 달라져. 민간인들이 휘말릴 거야."

"……."

셀레스티아는 고개를 푹 숙인 채 가만히 있었다. 나름대로 고집을 부리는 모양새였다.

하지만 치프는 다른 이의 목숨이 걸린 일이기에 절대 물러날 수가 없었다. 그는 돌아앉은 자세를 유지한 채 가만히 셀레스티아를 바라봤다.

오라클에게는 그 모습이 꽤 인상적이었다.

"당신은 남의 목숨을 가볍게 생각하는 사람인 줄 알았는데?"

오라클의 말은 치프가 실버로드의 용병들을 벌레 죽이듯 처리한 것에 바탕을 두고 있었다.

"정말 가볍게 생각했다면 네 머리에 먼저 구멍이 났을 거야. 그 집에선 네가 제일 죽이기 쉬운 목표물이었거든. 그러니 말조심해."

"……."

"…하아, 좋아. 방법을 생각해 보지."

치프가 손을 뻗어 셀레스티아의 어깨를 두드렸다.

"가는 거야? 메이&노드?"

셀레스티아의 얼굴이 조심스레 밝아졌다.

"그래, 가자고. 메이&노드. 하지만 다들 바쁘다고 하면 어림없어."

자리에 똑바로 앉은 치프는 단말기를 꺼냈다.

"나야, 루할트. 혹시 지금 시간 있나?"

―시간? 친구여, 중요한 일인가?

"딱히 그렇진 않은데… 셀리가 백화점에 가고 싶다고 하네."

―셀리가 누구지?

"셀레스티아 왕녀 전하."

―아… 아? 왕녀 전하께서 백화점에?

"응. 일 때문에 빅시티에 왔는데……."

―내가 무엇을 하면 되는지 말해주게.

이야기가 쉽게 풀리자 치프가 눈썹을 으쓱했다.

"지금 셸리 말고 중요한 인물을 한 명 더 데리고 있어. 그런데 실버로드가 그 인물을 되찾으러 올 가능성이 있거든. 백화점에서 싸움이 났다가는 큰일이잖아?"

─목숨을 걸고 왕녀 전하와 백화점을 지키도록 하지.

"아니, 뭐… 바쁘면 거절해도 돼."

─잔말 말고 어느 백화점인지 말하게.

"메이&노드."

─곧 가지.

"응, 도착하면 연락할게."

통화를 마친 치프는 어쩔까 하다가 안전을 위하여 인원을 추가하기로 했다.

"알케온, 지금 바빠?"

─자네 부하들이 점심부터 닭튀김을 먹고 싶다고 하더군. 지금 튀김옷을 입히느라 바빠.

"아… 그래? 그럼 안 되겠네."

─무슨 일인가?

"셸리가 백화점에 가고 싶다고 하네."

─백화점? 실버로드의 부하를 잡으러 빅시티에 간 게 아니었나?

"확보할 사람은 확보했는데, 우리 공주님께서……."

─하아… 왕녀 전하께선 공사 구분을 못하시는군. 실버로드가 부하를 되찾기 위해 난동을 부린다면 큰일이지 않나?

단말기에서 들려오는 알케온의 지적에 셸레스티아의 얼굴이 빨개졌다.

　—나 혼자서는 어려울 것 같군. 장로님과 함께 그곳으로 가도록 하지. 어느 백화점인가?

　치프는 뭔가 쑥쑥 잘 풀린다는 표정으로 고개를 끄덕였다.

　"메이&노드. 루할트도 곧 거기로 갈 거야."

　—알겠네.

　"닭튀김은 어쩌지?"

　—켐리에게 맡기면 돼. 마침 옆에서 돕고 있거든.

　치프는 켐리를 고용하길 참 잘했다고 생각했다.

　—팀장님, 그게 무슨 말씀이세요? 튀김옷을 안 입힌 닭이 몇 조각인지 아세요? 쌓인 것만 해도 팀장님 키를 넘는다고요! 위스콘신 전함에 보낼 닭은 아직 자르지도 않았고요!

　단말기에서 켐리의 저항이 들려왔다.

　—충성심으로 채워진 나의 눈에 그런 것이 보일 것 같나?

　—그럼 백화점에 가시는 김에 안경점에서 시력 검사 좀 해보세요! 이걸 저 혼자 어떻게 하라고요!

　—어떻게든 해!

　통화는 거기서 끝났다. 알케온 측에서 일방적으로 통화를 종료한 것이다.

　치프는 통화 종료음이 들리는 단말기를 가만히 보다가 셀레스티아 쪽을 돌아봤다.

　"회사에 돌아가면 켐리한테 사과해."

　"…응."

　셀레스티아가 고개를 끄덕였다.

오라클은 참으로 불편하게 사는 사람들이라는 표정으로 둘을 노려봤다.

"그럼 공항부터 들르자고."

치프가 클러치와 기어 핸들을 조작하여 천천히 차를 움직였다. 오라클은 난생처음 보는 5단 수동 기어를 신기하다는 표정으로 바라봤다.

"공항? 왜?"

"거기서 쟤한테 입힐 옷을 사려고. 거기엔 탈리랑 다른 대원들이 있으니 만약의 사태에도 대비할 수 있잖아."

"나도 위험에 대비할 수 있는데……."

"네가 알고 있는 위험이랑 내가 계산에 넣어야 할 위험은 방향이 좀 달라서 말이지. 이해해 줘."

도로로 나온 치프의 자동차가 우렁찬 엔진 소리를 내며 거리를 달렸다.

달리고 달려 빅시티 공항에 도착한 치프는 공항 출입구 앞에서 경비를 서고 있는 자신의 대원들에게 손짓했다.

"별일 없어?"

"예, 원사… 아니, 사장님. 이곳은 아무 문제 없습니다. 검문검색 및 통관을 맡은 친구들이 고생이죠."

머리뿐만 아니라 얼굴 전체를 가린 헬멧을 착용한 대원이 착실히 보고했다.

"다행이네. 그럼 내 차를 좀 맡아줘. 한 시간 내로 볼일 보고 나올 거야."

치프가 열쇠를 꽂은 채 내리려 하자 대원이 바짝 긴장했다.

그 대원을 포함한 다른 대원들까지 차에서 내리는 사람들을 살폈다.

치프에 이어 오라클을 업은 셀레스티아가 차에서 내리고 문이 닫히자 그들 모두가 폭탄이라도 제거한 사람들처럼 한숨을 터뜨렸다.

"왜들 그래?"

치프가 묻자 대원들이 차렷 자세를 했다.

"아닙니다."

그들이 왜 그랬는지 생각을 해본 치프는 이내 한숨을 흘렸다.

"포프가 없어서 다행이라고 생각한 거지?"

"……."

"너무 그러지들 마. 애한테 원망 들어."

대원 중 한 명의 등을 두드려 준 치프는 오라클을 업은 셀레스티아와 함께 공항 안으로 들어갔다.

한 명이 치프의 차를 근처 주차장으로 옮기는 한편, 다른 한 명은 목에 찬 통신기를 손으로 눌렀다.

"시에라 여덟이 에코 게스트에게. 알파 리더가 현장에 방문. 에코 게스트, 들리십니까?"

—지금 바빠.

"아, 예. 시에라 여덟, 통신 종료합니다."

탈리케이아의 짜증 섞인 목소리를 들은 대원은 조심스럽게 통신기에서 손을 떼었다.

곁에 있던 대원이 어깨를 으쓱했다.

"또 누가 잡혔나 본데?"

"폭음이 들리지 않는 걸 보니 가벼운 일이겠지."

그러나 그들의 생각과 달리 공항 저 너머에서 육중한 폭음이 터졌다.

"아, 이런."

잠깐 하늘을 쳐다본 대원들은 등에 거치하고 있던 자동소총을 손에 들었다.

공항 안쪽의 옷가게로 향하던 치프는 공항 출입국 관리 시설 쪽에서 폭음이 들리자 반사적으로 자세를 낮췄다.

원래 공항을 맡은 보안국 전투경찰들은 하나같이 피곤한 표정을 지었고, 공항 이용객들은 황급히 움직였다.

멀쩡히 서 있는 사람은 셀레스티아뿐이었다.

"이건 또 뭐야?"

치프는 주변을 둘러봤다.

공항 내 안전을 맡은 시에라 스쿼드가 여기저기서 움직이는 것이 그의 눈에 들어왔다.

그와 눈을 마주친 대원이 수신호로 현재 상황을 알렸다.

"중무장을 한 괴한을 제압 중이라고?"

움직이던 대원이 다시 멈추고는 통신기를 눌렀다. 뭔가를 전달 받은 그는 상황이 끝났다는 수신호를 보냈다.

이어서 공항 내 안내방송을 통해 소란이 수습됐다는 소식이 들려왔다.

관광객들과 평범한 이주민들은 아주 빠른 걸음으로 공항을 빠져나갔고, 공항 및 공항 내 상점 직원들은 불안함과 짜증 섞인 표정으로 자신들의 일을 계속했다.

"다들 바쁜가 봐, 치프."

"현상금 사냥꾼을 포함해서 별의별 놈들이 공항에 들어오기 전에 걸러지고 있지. 저기 저 전투경찰들을 보라고. 아예 넋이 나갔잖아."

"응, 정말 피곤해 보여."

치프는 뭔가 할 말 없냐는 눈으로 오라클을 봤다. 하지만 오라클은 고개를 휙 돌려 모든 것을 거부했다.

"하아, 양말이랑 속옷, 신발부터 사자. 아니, 겉옷을 사는 게 먼저인가?"

치프가 옷 등을 파는 가게 앞에서 두리번거렸다.

셀레스티아는 그의 그런 모습에서 미안함을 느꼈지만 한편으로는 자신의 마음이 채워지는 것 같았기에 따스한 표정을 유지했다.

*　　　　　*　　　　　*

빅시티 내의 은신처로 돌아온 실버로드는 노트북을 켠 뒤 단말기를 꺼냈다. 단말기는 망가졌지만 통신용 칩은 무사했기에 그는 칩을 노트북에 꽂고 누군가와 연락을 시도했다.

이윽고, 얼굴 전체에 문신을 한 듀베리아 남자가 노트북 위에 출력되는 입체 영상에 모습을 드러냈다.

팔짱을 낀 그 중년의 듀베리아 남성은 코의 피어스를 만지작거리며 웃었다.

"무슨 일이오, 실버로드? 나한테 연락을 한 걸 보니 보통 일이 아닌 것 같은데?"

"값이 좀 나가는 일이 생겼어."

"후후, 당신에게 찍힌 놈이 누군지는 몰라도 운이 정말 없는 친구로군. 어디 사는 누구인지 들어봅시다."

"지구 출신의 A—1730이야."

A—1730이라는 말에 듀베리아 남자가 눈을 깜박깜박 떴다 감았다.

"음, 평소 요금의 300배를 받아야겠소."

"좋아, 당장 통장에 꽂아주지."

"아, 잠깐. 거절하겠다는 뜻이었소. 1만 배를 준다고 해도 난 움직이지 않을 거요."

듀베리아 남자의 얼굴이 바짝 일어 있는 것을 본 실버로드는 망가져서 옆에 방치된 단말기를 맨손으로 으깼다.

"제기랄! 그럼 A—1730에 대해서 아는 걸 말해봐! 어중이떠중이 말고는 고용을 못하고 있단 말이야!"

"A—1730에 대해서 아는 것? 들어서 그다지 좋을 건 없을 텐데 말이오."

"됐으니 말해!"

실버로드는 손에 쥐고 있던 단말기의 잔해를 바닥에 쏟으며 상대를 재촉했다.

"듣고 후회하지 말고 내 탓도 하지 마시오. 먼저 우리 조직과 관련된 얘기를 하리다."

듀베리아 남자는 두꺼운 파이프 담배를 입에 물었다.

입체 영상은 담배 연기까지 고밀도로 출력할 수 있었다. 덕분에 담배 냄새만 나지 않을 뿐 출력 범위 내의 공간이 실제로 뿌옇게 변했다.

"6년 전이었나? 알고 있을지 모르지만 지구가 속한 태양계는 내수가 훌륭하다오. 각 행성의 식민지들은 청소 작전이 끝난 이후 폭발적인 투자가 들어갔고, 특히 화성 식민지의 경우에는 지구가 미친 게 아닐까 싶을 정도의 거액이 투자됐소. 북미 대륙 서부에서 일어낸 대지진 이후 경제를 살리기 위해 그런 것 같소만······."

"그래서?"

실버로드는 그게 무슨 상관이냐는 투로 퉁명스럽게 말했다.

"우리 조직을 비롯한 우주연합의 장사꾼들이 그걸 노리고 태양계에 발을 들여놓으려고 했소. 처음 한 달 정도는 짭짤했다오. 아무리 투자가 됐다 하더라도 빈민층은 그 청소 작전에 의한 전쟁 후유증에서 벗어나지 못했고, 덕분에 우리가 내미는 값싼 마약을 아주 쉽게 받아들였소. 인신매매도 그리 어렵지 않았다오."

듀베리아 남자가 자랑스럽게 말했다.

"전쟁 후유증이라는 게 원래 좀 지독하다오. 옆에서 누가 죽어도 신경을 쓰지 않을 정도지. 길바닥에서 노는 애들 중에 몇 명을 훅 집어가도 애들만 난리를 치지 어른들은 눈도 깜짝하지 않았소. 우리가 천국에 있는 건지 지옥에 있는 건지 분간하기 힘들었다오."

듀베리아 남자가 말을 하던 도중 활짝 웃었다.

"좀 황당한 일도 있었는데, 천막에 살던 여자가 갑자기 우리를 부르더니 자기네 애들을 데려가라고 하더이다. 부하 중에 한 명이 우린 이 애들을 어딘가에 내다 팔 거라고 솔직하게 얘기했는데 그 여자는 알고 있지만 혼자 먹고살기도 힘들다면서 우리에게 애들을 주고 돈을 받아갔소. 상황이 그 정도로 막장이었지."

"A—1730의 얘기나 해."

"흠, 누가 누구한테 찍힌 건지 분간이 안 되는군. 당신, 괜찮소?"

그가 걱정하는 투로 얘기하자 실버로드의 눈이 사납게 빛을 발했다.

"감히 내 인내심을 시험하겠다는 건가?"

"아아, 알았소. 아무튼 우리의 장사는 딱 한 달이었소. 정확히는 3주 4일? 우리가 식민지 밖에 숨겨놓은 함선이 작살나는 걸 시작으로 조직원 대부분이 놈의 부하들, UNSMC에게 갈려나갔고 나도 붙잡힐 뻔했다오. 겨우 탈출해서 본거지로 돌아와 숨을 고르는데, 소파에 앉고 5분도 안 돼서 본거지의 부하들이 떼죽음을 당했소."

"UNSMC에게 추적당한 건가?"

"그렇소. 난 비밀 탈출구를 열고 빠져나가려고 했는데, 놈이 그 탈출구에서 역으로 걸어나왔다오. 정말 귀신처럼 보였지. 난 당황해서 권총을 쏘려고 했는데 권총은 어느새 놈에게 빼앗겼고, 놈은 내 정강이를 부러뜨린 뒤에야 얘기를 시작했소. 흙발로 남의 동네에 들어와서 깽판을 치는 이유가 뭐냐고 묻는데… 허허."

"그래서 몇 년 동안 자네가 안 보인 거군."

실버로드가 묻자 듀베리아 남자가 고개를 끄덕였다.

"알았으니 제발 체포해 달라고 소리쳤소. 그 자리에서 총을 맞아 죽을 것 같았거든. 난 끌려 나가면서 놈에게 물었소. 네놈이 폭파한 모함에 우리가 수확한 상품들이 잔뜩 있었는데, 그걸 알긴 하냐고 말이오."

"그랬더니?"

"내다 팔 애들뿐만 아니라 내 부하 대부분을 자기네 배에 옮긴 뒤에 폭파한 거였소."

"흠, 그 기분… 좀 이해할 수 있을 것 같군."

거기서 실버로드가 의아해했다.

"잠깐. 인신매매에 약장사까지 했으면 지구에 갇혀서 세상으로 나오기 힘들었을 텐데… 자네와 자네 조직이 다시 나타난 건 3년 전이잖아?"

"…그러니까 듣고 후회하지 말라고 했잖소?"

움찔한 실버로드는 그 자리에서 뛰어올랐다.

은신처의 문을 박살 내며 진입한 UNSMC, 델타 스쿼드가 과거 루할트에게 썼던 최루탄과 비슷한 것을 앞세운 채 쏟아져 들어왔다.

진입에 앞장선 안드레이는 천장을 부수고 밖으로 나간 실버로드가 드래곤의 모습으로 변한 채 사라지는 것을 보고는 쓴맛을 다셨다.

"아쉽군."

중얼거린 안드레이는 입체 영상 속의 듀베리아 남자를 돌아봤다.

"도망갈 기회를 멋지게 제공했던데, 아직 뜨거운 맛을 덜 봤나?"

"사, 살려주시오! 그리고 이해해 주시오! 실버로드는……!"

"실버로드가 드래곤이었다는 정보조차도 당시에 얘기하지 않았지. 아무래도 귀하는 한 번 더 지구로 와야겠어. 뇌만 적출돼서 올 테니 여권이랑 차비 걱정은 하지 마."

"으으윽!"

입체 영상이 꺼졌다.

안드레이가 인상을 구겼다.

"델타 스쿼드는 경계를 철저히 하도록."

"예, 중사님!"

한숨을 쉰 안드레이는 실버로드의 은신처를 돌아봤다.

"저어, 중사님."

"음?"

"우리가 제대로 밀고 들어왔어도 실버로드를 잡을 수 있었겠습니까?"

"놈을 잡으려고 여기 온 게 아니야."

안드레이는 손에 든 유탄발사기에서 치프가 준 최루탄을 꺼냈다.

"이건 원사님께서 영주 루할트를 제압하실 때 사용하신 무기의… 복제품에 불과하지. 효과를 장담할 수는 없어. 하지만 놈에게 압박만 가해도 충분하다고 원사님께서 말씀하셨으니 우리의 임무는 끝난 거야. 전원 철수한다. 신속히."

노트북을 챙긴 안드레이가 두 팔을 벌리고 대원들을 밀었다.

"너무 서두르시는 것 아닙니까?"

"제 다리 사이에 중사님의 다리가……."

"닥치고 나가. 당장!"

은신처에서 빠져나온 안드레이는 밖에서 중장갑 전투복을 입고 대기 중인 병사들에게 아주 큰 휘파람 소리를 냈다.

모두는 그 신호를 듣자마자 가속장치를 사용하여 은신처로부터 물러났다.

하늘에서 떨어진 하얀색의 불꽃이 은신처에 직격하더니 큰 폭발을 일으키며 모든 것을 날려 버렸다.

대원들과 함께 땅에 엎드려 있던 안드레이는 폭발의 충격 때문에 괴로워하는 다른 대원들과 달리 즉각 일어나며 주변 상황을 살폈다.

"떨어진 것은 실버로드의 드래곤 브레스로 추정. 그 친구도 어지간히 당황했나 보군. 제정신이었다면 탈출과 동시에 본거지와 우리들을 박살 냈을 텐데 말이야."

"다행인 겁니까?"

대원 한 명이 헬멧을 만지작거리며 일어났다.

"사상자가 없으니 베스트지."

안드레이는 은신처에서 갖고 나온 노트북으로부터 통신용 칩을 뽑아 코트에 넣었다.

"아무튼 임무 완료. 공항에서 에코, 시에라와 합류한다."

"본부… 아니, 회사로 귀환하는 게 아니었습니까?"

"에코 게스트에게 지원 요청이 왔지. 일손이 부족한 것 같군.

전원 탑승."

공항을 맡은 에코 스쿼드와 시에라 스쿼드가 의외로 고전한다는 말을 듣긴 한 대원들은 군말 없이 장갑차와 헬리콥터에 탑승하여 이동했다.

*　　　　*　　　　*

오라클은 파란색 원피스와 흰색 양말, 겉옷과 비슷한 색의 어린이용 구두 등을 신고 있었다. 더불어 셀레스티아가 따로 사서 채워진 벨트는 흰색이었다.

"하하, 머리 손질만 됐으면 더 예뻤을 텐데."

태어나서 이런 옷을 처음 입는 오라클은 손가락으로 자신의 머리를 빗겨주는 셀레스티아를 보기가 민망했는지 눈을 옆으로 돌렸다.

"아, 치프."

"응? 왜?"

오라클에게 빌려준 셔츠를 다시 입고 단추를 채우던 치프가 셀레스티아의 부름을 듣고 고개를 돌렸다.

"속옷도 예쁜 걸 샀는데, 궁금하지 않아?"

"…아뇨."

사양한 그는 옷의 접힌 부분을 직접 손으로 만져서 폈다.

'뎃디랑 같이 다니면 이거 하나는 편했는데 말이지.'

내색만 하지 않았을 뿐 데스디아가 손으로 만져서 펴준 셔츠는 다림질을 한 게 아닐까 싶을 정도로 팽팽해졌고 겉보기도 좋아졌다.

그래서 치프 본인도 한 번 겪은 이후로는 데스디아의 손길을 피하지 않았다.

오라클은 다른 시선으로 그의 셔츠를 봤다.

'내가 입었을 때는 코트 같았는데… 팽팽하네.'

그녀는 치프의 단단한 광배근과 가는 허리로 이어지는 멋진 선을 가만히 감상했다.

옷을 정돈한 치프는 셀레스티아에게 손짓했다.

"오라클의 손을 놓지 마. 옷을 잘 입었다고 해서 그 애의 입장이 변하는 건 아니야."

그러자 셀레스티아가 오라클을 안아 올리며 밝게 웃었다.

"이야, 들었어? 옷 잘 입었대! 우리 회사 사람들 중에서 치프에게 저런 얘기 들은 여자는 아무도 없어!"

"……."

오라클은 할 말을 잃었고, 치프는 자신이 그렇게 무심한 사람이었는지 잠깐 고민했다.

"하아, 백화점 가기 전에 탈리한테 가보자."

"탈리?"

"아까 그 폭음도 마음에 걸리고… 또 여기까지 왔는데 얼굴은 보고 가야지."

"응, 그러자."

치프는 신이 나서 웃는 셀레스티아의 표정을 보고 어쩐지 미안했다.

'좀 더 좋을 때 바깥 구경을 했으면 좋았을 텐데 말이지.'

그는 자신 역시 셀레스티아를 방치한 사람 중의 한 명일지도 모른다고 생각하며 그녀와 함께 출입국 관리 시설로 향했다.

음료수와 핫도그 등을 먹으며 출입국 관리 시설에 도착한 치프는 아연실색했다. 셀레스티아와 오라클도 대단히 놀라서 먹는 것마저 잊었다.

빅시티에서 가장 깔끔한 시설 중의 하나이던 출입국 관리 시설이 지금은 탄환의 흔적과 각종 장갑 재질의 파편으로 인해 엉망이 되어 있었다.

일반인들은 무사히 빠져나가느라 바빴고, 뭔가 걸릴 만한 것이 있는 자들은 그물에 걸린 멸치들처럼 한곳에 몰린 채 탈리케이아를 바라보고 있었다.

탈리케이아는 개조된 중장갑 전투복 착용자를 주먹으로 두드리고 있었다.

"좋은 말로 할 때 나오라고! 죽음이 두렵나? 넌 로켓을 쏜 순간부터 인생 종친 놈이니 걱정하지 말라고 말했잖아!"

하지만 전투복 착용자는 전투복의 출입구를 열지 않았다. 출입구가 고장 날 정도로 구겨진 탓도 있지만 탈리케이아의 기세가 그만큼 무섭기도 했다.

"탈리, 좀 도와줄까?"

탈리케이아가 주먹질을 멈췄다.

"치프? 언제 왔어?"

"내가 왔다는 것도 전달 받지 못할 만큼 화가 나셨나 보군."

"음, 그렇지. 로켓포 공격으로 네 명이 부상당했어. 전투복 덕분에 골절로 끝난 거 같은데, 일반적인 군복이었다면 다들 갈가리 찢어졌겠지. 민간인들에게 피해가 가지 않은 것만으로도 다행이야."

"흠."

치프는 쓰러져 있는 중장갑 전투복을 살펴봤다.

일반 중장갑 전투복보다 두 배 가까이 큰 그 전투복은 분류상으로만 '전투복'일 뿐, 실제로는 중장갑 지원복, 즉 차량에 가까운 물건이었다.

"놀라울 정도로 단단하더군. 아무리 두드려도 죽는 소리가 안 나와."

"난 저걸 저렇게 두들길 수 있다는 게 더 놀라운데?"

피식 웃은 치프는 미리 휴대하고 있던 전기 충격기를 특정 부위에 대고 엎드렸다.

그 거대한 전투복이 꿈틀하더니 전투복 내의 비상탈출 장치가 작동하여 전투복이 열리고 조종석이 이탈했다.

전투복 밖으로 뿜어진 그 조종석은 천장에 한 번 부딪친 후 다시 땅에 떨어졌다.

조종석 안에는 평균 신장이 1미터가 안 되는 모리모스 행성인이 들어앉아 있었다.

"하, 항복이요."

이마가 앞으로 툭 튀어나온 그 모리모스 행성인이 두 손을 조종간에서 떼며 활짝 웃었다.

"이 새끼가!"

탈리케이아는 축구공을 차듯 조종석을 걷어찼다. 조종석은 공항 밖으로 튀어나가 활주로 옆 잔디밭 위에 처박혔다.

"하아, 좀 낫군."

탈리케이아가 망토를 털고 머리를 정돈했다.

치프가 다시 일어나서는 씩 웃었다.

"지원이 더 필요할 것 같지? 누굴 보내줄까?"

"그래, 마침 잘됐군. 당신이 여기 남아서 좀 도와줘."

"응?"

"아, 당신이라고 한 건 취소. 제길, 뎃디가 날 죽이려고 하겠군."

탈리케이아가 두 손으로 얼굴을 가리며 탄식했다.

치프는 약간 당혹스러웠다.

'뭐가 어쨌다는 거지?'

63
실망과 진실

치프는 선글라스를 만지작거리며 탈리케이아 앞에 섰다.

"날 당신이라 지칭했다는 것만으로 친구끼리 죽이나 마네 할 이유가 있나? 난 잘 모르겠는데?"

"그냥 모르는 척하고 넘어가 줘."

"뭔지 정확히 알아야 나도 조심할 거 아냐?"

"...으음."

머리를 감싸며 고민한 탈리케이아는 치프의 바지 주머니를 가리켰다.

"단말기를 꺼내봐."

"흠."

치프는 그녀의 부탁대로 자신의 단말기를 꺼냈다.

"치프가 우리말을 할 줄 안다고 스승님께서 말씀하셨지. 치프는 실제로 몇 마디 해 보였고."

"내가? 언제?"

"…어제 아침. 새로 산 목재 테이블에 모여 앉아 식사를 즐긴 게 기억나지 않아? 오늘 아침에도 그랬는데?"

"그땐 단말기에 집중하고 있어서 말이지."

치프의 대답에 탈리케이아는 그럴 줄 알았다는 듯 고개를 저었다.

"아무튼 단말기에 있는 알타이르 언어 사전에 당신이라는 말을 쳐보면 뭔가 좀 이상하다는 걸 알 수 있을 거야."

"흠……."

치프는 단말기의 알타이르 언어 사전 애플리케이션에 'you'를 쳐봤다.

"어라? 음절이 다르네?"

치프는 사전에 나온 '당신'과 데스디아 및 탈리케이아가 말했던 '당신'의 음절이 다르다는 사실에 깜짝 놀랐다.

"그래, 어떤 놈이 번역기에 장난을 쳤는지 모르겠지만 데스디아가 말하는 당신은 우리말로 '메이 한'이라고 해. 그 뜻은… 음… 그래, '나의 절반'이야."

"……."

치프는 뒷골에서 피가 빠지는 느낌을 받았다.

"꽤 오래전부터 오늘 아침까지 계속 뎃디한테 당신… 아니, 메이 한이라고 불린 것 같은데?"

"그렇다면 뎃디가 당신을 어떻게 생각하는지 이제야 알 수 있겠군. 아, 또 당신이라고 했네. 잊어줘."

탈리케아이아가 머리를 꽉 쥐며 괴로워했다.

"뭔가 좀 꼬인 거 같네. 그런데 연관되는 단어로서 연결될 법도 한데? 좀 더 비싼 사전을 구입해야 하나?"

치프는 감정을 드러내지 않은 채 물었다.

"메이 한이라는 말은 정자은행을 통한 인공수정이 가능해진 이후 왕족 사이에서 완전히 사라진 사어(死語)야. 옛날 소설이나 시에서 가끔 발견될 정도지. 알타이르의 일반인들은 그냥 사랑, 애인, 부인, 남편 등의 단어를 직접 쓰고 있어서 메이 한처럼 빙 돌리는 말은 쓰지 않아. 그런데 이 번역기에서는 메이 한을 '당신'이라고 번역하고 있어."

"음……."

치프는 이 상황에서 어떻게 움직여야 할지 고민했다.

"아무튼 뎃디가 날 가족처럼 생각한다는 뜻으로 받아들이면 되겠지?"

"…이봐, 치프. 뎃디는 당신과 당신 친구들을 위해 수없이 목숨을 걸었어. 치프는 뎃디에게 있어서 아주 오래전부터 가족이자 가족 이상의 존재로서 여겨져 왔다고. 오늘 당장 당신이 죽는다면 그 애의 절반 이상이 죽는 것과 마찬가지야."

"……."

치프는 할 말을 잃었다.

근처에서 얘기를 듣던 UNSMC 대원들은 '드디어'라며 내심 기뻐했다. 단말기를 이용해 방금 들은 모든 것을 동료들에게 퍼뜨리는 자도 있었다.

분위기 때문인지 그 누구도 셀레스티아의 표정을 보지 못했다.

그녀의 표정은 무서우리만치 침착했다.

"뭐, 그렇다 치고."

치프가 가볍게 어깨를 으쓱했다.

"탈리는 왜 날 당신이라고 불렀던 거야?"

그의 질문에 탈리케이아는 비녀가 꽂힌 자신의 금발을 만지작거렸다.

"치, 치프는 우리 행성의 영웅이야. 이제야 말하는 거지만 여왕 폐하께서도 치프의 정자를 통해 아이를 보고 싶어 하서. 메이건인가? 그 드래곤이 난동을 부릴 때 우리 모두 죽을 뻔한 걸 치프가 구해줬잖아?"

"난 그냥 그때 내가 할 수 있는 일을 했을 뿐이야."

"그건 치프의 생각이야. 현장에 있던 사람들의 생각은 달라."

"알타이르 행성엔 두 번 다시 가면 안 되겠군."

고민하는 치프의 눈에 마침 공항으로 내려오는 여객선이 보였다.

"일거리가 왔네. 나도 서둘러서 백화점에 가봐야겠어. 나중에 얘기하자고."

"음, 시간을 뺏었군. 미안."

가볍게 손짓을 한 탈리케이아는 대원들에게 지시를 내리고 검문검색을 위한 준비를 했다.

치프는 잠깐 데스디아에 대해 생각해 보려다가 고개를 흔들어 정신을 집중했다.

셀레스티아와 함께 뒤따르며 그 모습을 본 오라클은 인상을 찌푸렸다.

'종교에 몸을 바친 사람도 아니고…… 저렇게까지 마음을 제어해야 할 이유라도 있나?'

공항에서 나오던 치프와 공항 안으로 들어오던 안드레이가 마침 마주쳤다.

"원사… 아니, 사장님."

"오, 안드레이. 여긴 어쩐 일이야?"

"에코 게스트… 워치프 탈리케이아가 지원을 요청했습니다. 부상자가 좀 발생했다는 소식도 들리더군요."

안드레이의 양옆으로 중장갑 전투복을 입은 대원들이 지나가며 경례를 했다.

"음, 여기 분위기가 바뀌었다는 걸 모르는 놈들이 아직 많더군."

"아, 분위기. 좋은 단어지요."

안드레이가 쓴웃음을 지었다.

치프는 안드레이의 그 미소가 바로 꾸중 내지는 트집의 신호탄임을 알고 있었다.

"이봐, 안드레이. 또 왜?"

"이 좋은 분위기에 백화점에 가신다고 들었습니다. 메이&노드."

"그렇게 됐어. 메이&노드."

"냉정하게 생각하실 때입니다. 메이&노드."

"그만하자고. 내 이름이 메이&노드로 바뀐 것 같아."

"흠……"

말장난을 끝낸 안드레이는 눈에 장치한 선글라스를 분리하고는 셀레스티아와 손을 잡고 있는 오라클을 봤다.

"정말 괜찮으시겠습니까? 그 아이가 진짜 오라클이라면 실버 로드가 지겹게 공격해올 겁니다."

"이미 한 번은 해치웠어."

"한 번으로 그칠 자가 아닙니다. 아까 은신처를 기습했을 때 살펴보니 이성이 반쯤 날아간 상태더군요."

"그래?"

치프는 쓴웃음을 지었다.

은신처의 기습 이야기에 오라클은 경악했다.

'은신처는 빅시티 도심에서 80킬로미터 이상 떨어진 외진 곳인데 어떻게 알아냈지?'

그녀의 눈이 똥그래진 것을 본 치프는 피식 웃었다.

"겨우 그 정도로? 생각보다 시시한 친구로군. 사만다를 노리니 어쩌니 하면서 패기를 부릴 때는 제법 괜찮아 보였는데 말이지."

"…아무튼 주의하시기 바랍니다. 메이&노드."

"그래, 그럼 이 메이&노드 아저씨가 나갈 차례군. 다들 무리 하지 말고, 다치지 말고."

"예, 사장님."

대원들이 일제히 거수경례를 하며 길을 비켜줬다.

그들에게 손 인사를 하며 나온 치프는 대기 중이던 대원이 주차장에서 차를 끌고 나오기를 기다렸다.

치프는 선글라스를 검지로 누르며 안드레이의 말을 되뇌어 봤다.

"안드레이는 아주 꼼꼼한 성격이지. 난 가끔 그 친구에게 모 성애를 느낄 때가 있어."

중얼거린 치프가 오라클을 돌아봤다.

"진짜 오라클이라는 말이 어째서 안드레이의 입에서 나왔는지 혹시 알아?"

그의 질문에 오라클은 코웃음을 쳤다.

"여분의 오라클이 있다는 말을 들은 적이 있어. 하지만 그 여분이 뭘 의미하는지는 몰라."

"……"

"하지만 실버로드 님께서 나를 버리실 리가 없어. 분위기에 휘말려서 백화점에 같이 가긴 하는데, 정말 후회할지도 몰라. 나와 그분은 훌륭한 파트너야."

"그럼 넌 언제부터 오라클 중에 하나가 됐지?"

"당신의 최초 예상대로야. 2년 좀 안 됐어."

그녀는 오른손으로 자신의 왼쪽 어깨와 팔을 주물렀다. 치프와 셀레스티아는 옷에 가려진 그 부분에 담뱃불에 의한 화상이 있음을 기억하고 있었다.

"난 양부모에게 학대당하고 있었어. 그 사람들이 언제부터 내 양부모였는지, 내가 왜 그 사람들에게 길러졌는지는 기억나지 않아. 옛 엄마는 좋은 분이셨지만 새로 온 엄마는 그렇지 않았지. 나에게 이상한 도구를 강요했고, 그걸 거부하면 내 몸을 재떨이 대신 썼어."

"…아까 보니까 끝까지 거부한 것 같던데?"

치프의 말에 오라클이 쓴웃음을 지었다.

"학대당한 여자애들을 많이 봤나보군. 맞아. 그 계집의 괴이한 취미에 한 번이라도 어울려 줬다면 내 아랫도리가 너덜너덜해졌을 거야."

"흠."

마침 치프의 차가 UNSMC 대원에 의해 도로에 세워졌다.

치프는 아까와 마찬가지로 오라클을 셀레스티아와 함께 뒷자리에 태운 뒤 메이&노드로 향했다.

"이 차는 내비게이션조차도 없나? 설마 석탄을 태워서 달리는 차는 아니겠지?"

오라클이 정말 질렸다는 표정으로 물었다.

"길 안내는 단말기를 써도 되고, 또 이런 구식 차량은 나름대로의 쓸모가 있거든. 아무튼 너랑 실버로드의 만남이나 계속 얘기해 봐."

치프는 수동으로 변속한 뒤 가속 페달을 밟았다. 8기통 엔진이 울부짖는 소리가 도로를 꽉 채웠다.

자동차는 달렸고, 오라클의 이야기가 이어졌다.

"결국 양부모는 나를 업소에 팔아치우려고 했어. 그런데 가는 도중에 실버로드 님을 만났지. 그분은 양부모를 가루로 만들고 날 데려가셨어."

"그 이후에 맡겨진 일은 어땠어? 즐거웠나?"

"나는 내가 컴퓨터 및 데이터의 분석을 그렇게 빠르고 정확하게 할 수 있을 줄은 몰랐어. 내가 쓰던 초고밀도 디스플레이는 내 입장에서 봤을 때 정말 편리했지. 훈련을 마친 이후에는 실버로드 님과 그분의 용병들을 도왔고 상대의 움직임도 전략적으로 분석, 예측해서 도움이 될 만한 정보들을 꾸준히 제공했어."

"네가 소화할 수 있는 정보량이 대단한 것 같던데?"

"인구 300만 이하의 도시라면 문제없이 관찰할 수 있어. A라는 사람의 통화 내용과 B라는 사람의 술주정, 학교 내에서 아이들이 시속 몇 킬로미터의 속도로 걸어 다니는지 등등, 그 모든 것을 동시에 파악할 수 있지."

"그럼 며칠 전에 실버로드의 부하들이 몰살당할 때는 정말 놀랐겠군."

치프가 묻자 오라클은 창문에 머리를 기댔다.

"그래, 붉은 9월단을 시작으로… 대단했지. 전술과 전투 능력, 장비의 격차가 너무 크면 정보 제공 따위는 의미가 없더라고. 게다가 당신들은 실버로드 님의 부하들이 어디에 어떻게 숨어 있는지 뻔히 알고 있는 눈치였어."

"네 말대로 너무 뻔했거든."

치프가 방향지시등을 켜고 차선을 바꾸며 말했다.

"상황이 아예 막장인 도시라면 모를까, 모든 것이 멀쩡히 돌아가는 도시는 거꾸로 숨을 곳이 많지 않지. 난 내 전우들의 이름으로 땅과 건물을 사서 중화기로 무장할 만한 자들이 단체로 숨을 만한 곳을 만들어놨지. 너희들은 그곳에 정확히 처박혀줬어. 남은 일은 즐겁게 순회를 하며 수확하는 것뿐이었지."

치프가 즐겁게 대답했다.

"붉은 9월단의 시신을 이용해 도발한 것도 그 즐거운 순회를 위해서였어?"

"한 번 그런 일이 생기면 하루나 이틀, 길면 일주일 이상 꼼짝도 안 하고 상황을 살피는 게 그런 놈들의 특징이지. 목숨이 달린 문제인데 조심하는 건 당연하잖아? 다들 위치 변동 없이 가만히 있었고, 덕분에 아주 빠르고 정확하게 일을 끝낼 수 있었지. 우유 배달보다 쉬웠다고 하면 이해가 될까?"

치프가 도발하듯 말하자 오라클이 더 험하게 표정을 구겼다.

"…우유는 드론들이 배달한 지 오래야. 21세기에서 날아온 사람처럼 얘기하는군."

"이 아저씨가 좀 구식이라서 말이지."

오라클은 미심쩍은 표정으로 그를 노려봤다.

"어쨌거나 당신들은 지나치게 빨랐어. 왜 그렇게 서둘렀지?"

"한시라도 빨리 처리해야 민간인 피해가 없을 거 아냐? 이름 모를 누군가가 그딴 놈들 때문에 죽어서 가족들과 헤어질 거라 생각하면 참을 수 없거든."

"남의 가족을 꽤 걱정하는군."

"음, 나는 말이지……"

대답하던 치프는 순간 눈을 부릅뜨며 브레이크 페달을 밟았다.

탁한 은색의 외골격을 가진 드래곤 실버로드가 앞쪽 고가도로를 짓밟아 부수며 착지했기 때문이다.

치프는 한숨을 쉬었다.

"…저런 새끼들 때문에 가족을 가질 틈이 없었다고."

치프는 안전벨트를 풀고 자동차 밖으로 나왔다.

셀레스티아가 뒤따라 차에서 내렸다.

"치프, 혼자서 괜찮겠어?"

치프는 대답하기 전에 실버로드를 자세히 살펴봤다.

그 탁한 은색의 드래곤은 정말 무슨 일을 터뜨릴지 모를 눈빛으로 치프를 마주 봤다.

그가 고가도로를 밟으며 착지했을 때의 박력은 대단했지만 다행히도 사고가 나진 않았다.

도로를 달리던 차량들은 자율주행 장치에 입력된 비상 수칙대로 현재 상황을 다른 차량들에게 전송한 뒤 속도를 줄이거나 멈춘 후 빠르게 물러나고 있었다.

드래곤 실버로드는 그 모든 모습이 마음에 안 들었다.

"기울어진 운동장에서 게임을 하는 기분도 괜찮군! 처음부터 이래야 했어! 네놈이 그저 하등동물일 뿐이라는 사실을 뼈저리게 느끼도록 만들어주마, A—1730!"

실버로드가 고함을 지르며 머리의 비늘들을 바짝 곤두세웠다. 그러고는 하늘을 향해 눈으로도 식별이 가능할 만큼 강력한 파장을 퍼뜨렸다.

하늘로 솟구친 실버로드의 힘은 진한 먹구름을 발생시키더니 주변에 번개를 떨어뜨렸다.

그 번개들의 위력은 사람이 차량 밖으로 나오지만 않으면 목숨을 보장받을 수 있는 수준이라 걱정할 필요가 없었지만 치프는 이를 꽉 물었다.

그는 실버로드의 머리 비늘이 곤두선 뒤 무슨 일이 벌어졌는지 확실히 기억하고 있었다.

'저 녀석, 설마 주변 지역의 재구축 치료자들을 상대로……?'

저 현상이 발생하자마자 포프의 동생인 포린은 재구축 치료를 받은 부위인 왼손을 잃고 말았다.

하지만 치프는 자신이 상대를 너무 과대평가하고 있었음을 깨달았다.

실버로드가 내뿜은 힘에 영향을 받은 것은 재구축 치료를 받은 사람들이 아니었다. 바로 차량들의 자율주행 장치였다.

위험, 즉 실버로드를 피하기 위해 후진으로 물러나던 차량들이 갑자기 실버로드를 향해 움직였다.

"나의 능력이 어떠냐, A—1730이여? 이것이 바로 격이 다른 존재의 힘이다!"

"……"

치프는 기가 막혀 말을 할 수가 없었다.

"네가 그렇게 소중히 여기는 민간인들이 다치기 전에 오라클을 내놔라, A—1730! 1분의 여유를 주마!"

"그래? 1분의 여유가 생기니 좋아 죽을 것 같군."

치프가 팔짱을 꼈다.

"너, 자가용은커녕 운전면허도 없지?"

"뭐……?"

"모든 자율주행 차량은 수많은 긴급 수칙을 갖고 있어. 해킹에 의한 오작동이 발생할 경우 교차 검증을 반복한 끝에 팩토리 리셋, 그러니까 공장에서 출고됐을 때처럼 깨끗하게 초기화를 하도록 만들어져 있지."

치프의 말을 증명하듯 실버로드의 대규모 해킹에 당한 차량들이 일제히 모든 전등을 점멸시키며 그 자리에 멈췄다.

"어느 천재의 머릿속에서 나온 아이디어가 아니야. 자율주행 장치가 보급된 이후 수많은 사람들이 해킹에 의한 테러, 혹은 관심을 원하는 병신들 때문에 죄 없이 죽었어. 계곡 밖으로 떨어지거나 고속도로의 100중 추돌 따위는 일도 아니었지."

"……"

"하등동물들은 삶이 짧아. 그래서 자신들이 겪은 고통과 고난을 후대에게 물려주지 않기 위해 필사적으로 노력하지. 그 노력을 이상한 곳에 이용하는 머저리들도 있지만 대부분의 하등동물들은, 인간들은 자신들이 물려받은 선대의 지혜를 삶을 힘으로 바꾸고 발전시키며 살아왔어. 우린 그걸 '역사'라고 부르지. 넌 고등동물이라 이해를 못한 것 같군."

선글라스를 벗은 치프의 오른쪽 눈이 밝게 빛을 냈다.

"과대 광고에 속아서 게임을 샀을 때도 이 정도는 아니었는데 말이야. 실망이군, 애송이."

치프는 뒤에 서 있는 셀레스티아를 돌아봤다.

"미안, 셀리. 메이&노드는 다음에 가야 할 것 같아."

그렇게 분위기를 잡은 치프는 온몸이 바싹 굳어졌다. 평온하기만 하던 셀레스티아의 표정이 지금은 치프의 본능을 압박할 정도로 차갑게 굳어 있었다.

데스디아 이상으로 정색을 한 셀레스티아가 머리카락뿐만 아니라 온몸에서 백금색의 기운을 찬란하게 뿌렸다.

그녀는 치프를 지나쳐 실버로드를 향해 걸어갔다.

"무능한 왕녀여, 내 상대는 네가 아니라 A—1730이다!"

"닥치세요, 하등동물이여."

그녀의 지적에는 힘이 실려 있었다. 그녀가 손에서 털어내듯 방사한 황금색의 파장이 실버로드를 덮치자 실버로드는 입도 다물지 못한 채 그 자리에 굳었다.

실버로드는 자신이 신체의 자유를 빼앗겼다는 사실을 믿을 수 없었다.

"루할트 경, 알케온 경, 파울라 장로님."

그녀가 셋의 이름을 입술에 올리자 허공에서 세 개체의 드래곤이 부름에 응하여 나타났다.

도로에 멈춘 자동차 안의 사람들은 숨조차 제대로 쉬지 못했다.

셀레스티아의 머리 위쪽 상공에 나란히 떠 있는 드래곤들은 그 거대한 몸체와 날개로 하늘의 절반을 까맣게 가리고 있었다.

셀레스티아가 실버로드를 향해 손짓했다.

"여러분, 저자를 처리해 주세요."

루할트, 알케온, 파울라는 셀레스티아의 부탁에 따라 실버로드를 붙잡고 날아올라 지평선 너머로 순식간에 사라졌다.

치프는 그들이 아무 대답도 하지 않고 움직였다는 사실에 매우 놀랐다.

'다들 그 이상한 놈 때문에 화가 나서 입도 뻥끗하지 않은 게 아니야.'

그는 아직도 신비로운 분위기에 휩싸여 있는 셀레스티아를 유심히 바라봤다.

'왕녀로서… 지배한 건가?'

치프는 그럴 확률이 높음을 직감했다.

'톰 아저씨의… 아니, 운캄타르의 힘을 물려받은 애가 그냥 천하장사로 끝날 리가 없잖아? 뭔가 더 있을 거라고 생각하긴 했

지만 대단하군. 하지만 이게 끝은 아닐 것 같아.'

그리고 치프의 생각은 짧은 시간 만에 현실이 됐다.

다시 치프에게 다가온 셀레스티아가 그에게 손을 내밀었다.

"내 손을 잡아줘, 치프."

"응?"

"치프의 능력을 빌려야 할 것 같아."

그녀는 실버로드가 부순 고가도로를 눈짓으로 가리켰다.

치프는 과연 어떤 일이 벌어질지 상상하며 그녀의 손을 잡았다.

그는 고가도로 쪽으로 향하는 셀레스티아의 두 눈이 상감색으로 빛나는 것을 똑똑히 목격했다.

'이런, 제기랄.'

내려앉은 고가도로의 파편이 일제히 붕 뜨고는 본래의 모습을 갖추더니 단단히 복구됐다. 부서지고 구부러진 금속재도, 깨지고 뭉개진 가로등도 멀쩡해졌다.

치프는 건하운드의 프린팅, 혹은 재구축 치료에 가까운 그 광경을 보고 이상한 절망감을 느꼈다.

순식간에 복구를 끝낸 셀레스티아가 치프의 손을 놓았다.

"이제 갈 수 있는 거지? 메이&노드."

"하하……."

치프는 웃으며 자동차의 뒷문을 열어줬다. 셀레스티아는 정신이 나가다시피 한 오라클의 옆자리에 조용히 앉았고 치프는 운전대를 잡았다.

'저 애는… 나에게 힘을 준 게 아니었어.'

선글라스를 낀 그는 시동을 걸고 차를 움직였다.

'처음 만났을 때 루할트를 지배해서 날 공격하게 만든 뒤 손실된 부위를 치료해 주는 척하면서 무장제조 능력을 이전시킨 거야. 이전된 능력은 내가 대신 숙성시켜 줬고 말이야. 전부 운 캄타르의 계획이겠지? 셀레스티아 스스로가 세운 계획이라면 기분이 더 끝내주겠군. 빌어먹을.'

치프는 엠페라투스를 능가하는 사상 최악의 적수가 자신의 뒷자리에 앉아 있는 것이 아닐까 하는 생각을 해봤다.

"셀리."

그가 셀레스티아를 불렀다.

"응, 치프."

"너에게 있어서 난 어떤 존재야?"

"치프에게 있어서 난 어떤 존재인데?"

"…질문을 질문으로 응수하는 건 좋은 매너가 아니야."

"정말 궁금해서 그래. 나도 뎃디처럼 '당신'과 같은 곳을 바라볼 수 있을까?"

수많은 뜻이 담긴 질문이다.

"난 널 믿은 적이 한 번도 없어, 셀리. 대신 걱정을 신나게 했지."

"사만다를 대할 때처럼?"

"그보단 좀 덜해. 난 사만다를 내 손으로 구해냈고 그 애가 커가는 모습을 숨죽이고 지켜봤어. 사만다가 자전거를 타겠다며 연습하다가 무릎이 까졌을 때는 진심으로 안타까웠지. 그 애의 미래를 상상하면서 죽음을 각오한 적도 많아. 근데 넌 아냐. 그냥 날개 달린 자들의 걱정스러운 공주님일 뿐이지."

"……."

셀레스티아는 단념하며 쓸쓸히 웃었다.

실버로드의 일과 셀레스티아의 차원이 다른 능력 때문에 경악하고 있던 오라클은 너무하다 싶을 정도로 단호한 치프의 대답에 또 놀랐다.

치프의 이야기가 계속되었다.

"난 신들의 잔재를 쓸어버리고 너희 종족에게 이 땅을 찾아주면 모든 게 끝날 거라 생각했어. 오늘 아침에 날씨를 확인할 때까지만 해도 말이야. 그런데 지금은 아니야. 너와 나의 만남 자체가 어떤 의미를 갖고 있는지, 그리고 그 끝이 어떻게 될지 잘 모르겠네."

"그건……."

"뭐, 어쩔 수 없지. 메이&노드로 가는 수밖에."

"응?"

우울한 표정의 셀레스티아가 고개를 들었다.

"난 너에 대해서 잘 몰라. 너도 나에 대해서 잘 모르지. 그럼 어떤 계기를 통해 알아가는 수밖에 없잖아? 그러니 가서 신나게 놀자고. 메이&노드."

"…응, 치프."

셀레스티아의 표정이 다시 밝아졌다.

치프는 반대편 차선에서 전투경찰 차량들이 달려가는 것을 목격했다.

'고가도로 문제로 출동했겠지. 현장에 가면 기절하겠군.'

그는 클러치를 밟고 변속을 했다.

"우리 오라클 아가씨도 생각을 좀 바꾸는 게 어때?"

"무슨 생각?"

"실버로드 말이야. 그놈은 널 되찾겠다면서 죄 없는 사람들의 목숨을 주물럭거렸어. 설마 그게 옳은 일이라고 생각하진 않겠지?"

"그럼 시간을 줘. 물건 버리듯이 실버로드 님과의 인연을 끝내고 싶진 않아."

"이봐, 판단이 안 돼?"

"당신은 이해가 안 되나?"

"…흠."

치프는 한숨을 쉬었다.

"메이&노드가 우리를 구원해 줬으면 좋겠군."

그는 진심으로 기원하며 가속 페달을 밟았다.

*　　　　*　　　　*

실버로드는 빅시티로부터 멀찌감치 끌려 나왔다.

날개는 루할트와 알케온이 각각 붙들었고 몸은 파울라에 의해 봉쇄됐다. 목도 파울라에게 물린 상태라 꼼짝하지 못했다.

적당한 장소까지 끌려온 실버로드는 파울라에 의해 암반에 처박혔다.

실버로드는 몸을 파고들어 온 강렬한 충격에 고통을 느꼈으나 터지는 웃음을 참지는 못했다.

"대단하군, 파울라! 힘만큼은 네 아버지인 바라쿠스와 맞먹어! 반달리온이 네년에게 낑낑대던 이유를 이제 확실히 알겠군!"

그러나 그를 둘러싼 드래곤 셋은 아무런 대꾸 없이 입을 벌리고 드래곤 브레스를 준비했다.

루할트와 알케온에 의해 날개가 부러진 상태인 실버로드는 위기를 피할 수단은 물론 힘조차 없었기에 허탈하게 웃기만 했다.

그때, 상공에서 터진 보라색의 폭풍이 드래곤 셋을 덮쳤다.

눈빛이 돌아온 셋은 움찔하여 주변을 돌아봤고, 실버로드는 그들의 이상 행동에 깜짝 놀랐다.

'뭐지? 무슨 일이 일어난 것인가?'

주변의 암벽 중 한 곳에 보라색의 드래곤 엠페라투스가 날개를 펼친 채 내려와 앉았다.

그 옆으로 드래곤의 모습을 한 반달리온이 자리를 잡았다.

반달리온은 오늘 두 번째로 만난 실버로드를 한심하다는 표정으로 바라봤다.

날개를 접은 엠페라투스는 자신을 보고 경계하는 파울라와 루할트, 알케온을 보며 씩 웃었다.

"보아하니 네놈들도 바라쿠스처럼 조종당했군. 왕녀가 거의 완성 단계에 도달한 것인가?"

엠페라투스의 그 말은 그 장소에 있는 드래곤 모두를 경악시켰다.

특히 반달리온과 파울라의 감정은 태풍 속의 파도처럼 격렬하게 요동쳤다.

"무슨 말씀이십니까, 엠페라투스 님? 제 스승이… 스승님께서 조종당하셨다고 하셨습니까?"

감정을 주체하지 못한 반달리온이 떨리는 목소리로 물었다.

엠페라투스의 이야기에 가장 놀란 존재는 바라쿠스의 외동딸인 파울라였다.

당시 그녀는 드래곤들의 둥지를 습격하려던 엠페라투스에 맞서 자신의 아버지가 홀로 싸우던 모습을 아직도 잊지 못했다.

그 기억 속에는 사투 끝에 패한 바라쿠스가 엠페라투스의 힘에 의해 분해되어 사라지는 모습도 포함되어 있었다.

하지만 엠페라투스는 파울라를 쳐다보지도 않았다. 그는 조종당했다는 말에 흥분한 반달리온만을 흥미롭게 바라보고 있었다.

"그렇다네. 내가 원래 노린 것은 둥지였어. 3세대들은 둥지를 그저 집단 거주지 정도로 생각하지만 실은 어린아이들과 그 아이들의 엄마들을 지키기 위해 만들어진 장소일세. 당시엔 적이 워낙 많아서 많은 이를 한꺼번에 관리할 수 있는 장소가 필요했어. 난 그게 마음에 들지 않았지."

"그런데 왜 스승님만을 죽이셨습니까?"

반달리온이 묻자 엠페라투스가 웃었다.

"집단 학살이 벌어질 그 절체절명의 상황에서 오로지 바라쿠스만이 나에게 맞섰다네. 그리고 그 상황이 너무 재밌었기 때문이지."

"……."

"바라쿠스는 잘 싸웠다네. 정말 강력했지. 그가 나를 상대로 그렇게 오랫동안 버틸 줄은 상상도 못했어. 내가, 이 엠페라투스가 그 싸움에서 공포를 느꼈다면 믿어지겠는가?"

그의 말에 실버로드는 기분이 너무 좋았다. 엠페라투스와 바라쿠스 둘의 싸움에 얽힌 의문을 이제야 풀 수 있을 거라 직감했기 때문이다.

"스승님은 우리 세대 최강의 전사였습니다! 엠페라투스 님과 운캄타르 이후 가장 많은 신들을 처치하여 용맹을 떨친 분이란 말입니다!"

반달리온은 이성을 잃고 고함을 질렀다.

실버로드와 달리 반달리온은 그때 품은 감정을 남김없이 발산하고 있었다. 그 때문에 파울라가 분노할 틈을 찾지 못하여 우물쭈물할 정도였다.

아무튼 반달리온과 파울라를 제외한 모든 이, 그러니까 실버로드뿐만 아니라 그 시절에 대해서 전혀 모르는 루할트와 알케온까지 그 강력한 엠페라투스를 상대로 '오랫동안' 싸웠을 뿐만 아니라 심리적으로도 압도한 바라쿠스의 용맹에 의문을 가졌다.

"용맹은 용맹이고 격은 격이지."

실버로드가 키득키득 웃으며 쓰러져 있던 자세를 바로 했다.

"불쌍한 내 친구 반달리온이여, 말이 된다고 생각하나? 바라쿠스는 분명 강력하고 영리한 전사였지만 엠페라투스 님이나 운캄타르에 비할 바는 아니야."

"이놈이······!"

반달리온이 실버로드 쪽으로 눈을 번뜩이며 살기를 쏴댔다.

"이봐, 반달리온. 그리고 파울라. 기억하나? 우리 2세대들이

신을 잡을 때의 그 꼬락서니를 말이야. 정말 잔뜩 몰려가야만 하나를 겨우 잡을 수 있었지. 그 바라쿠스도 단독으로 신을 상대한 적이 없어. 그는 최후의 일격을 가장 확실하게 꽂아 넣을 수 있는 자였을 뿐이야."

"……."

"그런데 우리 날개 달린 자들의 두 영웅 엠페라투스 님과 운 캄타르는 단 둘이서 신들을 몰살시켰지. 그들의 영역에서, 그들의 옥좌에서! 그게 동격으로 보이나? 하늘과 땅 차이야! 그런데 바라쿠스는 대체 무슨 수로 엠페라투스 님과 맞섰을까? 내 계산으로는 1초도 안 돼서 박살 났을 텐데?"

지껄이는 투가 비호감이긴 했지만 실버로드의 말은 엉터리가 아니었다. 그렇기에 반달리온도, 파울라도 가만히 있었다.

"필사적이면, 용기만 있으면 어디선가 미지의 힘이 솟아나는 게 2세대였나? 그런 터무니없는 초능력이 우리에게 있었다면 신들을 사냥할 때 그 많은 이가 개죽음을 당할 일도 없었겠지."

"……."

"하지만 우리 엠페라투스 님께서는 진실을 알고 계시는 것 같군. 말씀해 주십시오, 엠페라투스 님. 바라쿠스는 대체 무슨 수로 당신과 맞선 겁니까?"

"후후, 말하기에 앞서… 실버로드 넌 정말 죽이고 싶을 정도로 재수 없는 놈이야."

웃으며 짜증을 낸 엠페라투스는 다른 이들을 돌아봤다.

"내가 일으킨 대살육 말일세. 어떤 것인지 정확히 알고 있나?"

"정신 지배가 아니오?"

파울라가 말하자 엠페라투스는 고개를 끄덕였다.

"정확히는 생명체들의 정신과 신체를 내 마음대로 조종한 거야. 그런데 내가 할 수 있는 일은 운캄타르도 할 수 있어. 당시 바라쿠스는 운캄타르에게 직접 힘을 받았지."

"아버지께서……?"

"좋게 말하자면 그렇고 달리 말하자면 조종된 거지. 정신과 신체 모든 것이 강화되어… 말 그대로 운캄타르의 화신이 됐다고 해야 할까?"

"……."

"운캄타르에게 조종된 바라쿠스는 나의 상상을 초월한 힘으로 날 밀어붙였다네. 난 그 상황이 너무 재미있었지. 수백, 수천의 신을 상대할 때도 그 정도는 아니었는데 말이야. 결국은 내가 이겼어. 그 승리는 실로 달콤했지."

엠페라투스는 혀를 내밀어 자신의 입가를 핥았다.

"덕분에 또 다른 굶주림이 생겼다네. 나의 모든 것을 던져야만 하는 존재와의 싸움… 바로 운캄타르와의 싸움 말일세. 대살육을 일으켰고, 운캄타르와 싸웠고, 그리고 그에게 졌지. 정말 최고의 재미였어. 목숨을 걸 만한 가치가 있었다고 자부할 수 있네."

"미쳤군."

알케온이 분노하여 중얼거렸다.

루할트 역시 화가 났지만 그는 자신을 이곳에 남기고 대신 사라진 친구 가이우스를 생각하며 엠페라투스를 관찰했다.

'발산되는 힘의 수준을 따지자면 처음 만났을 때보다 훨씬 강력해졌어. 전성기의 엠페라투스가 어느 정도였는지 모르니 비교할 수는 없지만 어마어마하군. 아무튼 치프가 같은 방법으로 저 존재를 이길 수 있을 것 같진 않아.'

루할트는 알케온과 파울라를 살폈다. 둘 다 분노로 인해 이성을 잃다시피 한 상태였다.

'가이우스… 검은색의 땀을 흘리는 번개의 날개여, 자네가 날 이곳에 남긴 이유가 이것이라면 난 기필코 이뤄낼 것이네.'

루할트는 좀 더 냉정하게 자신의 이성을 가다듬었다.

"엠페라투스여."

그가 엠페라투스를 불렀다.

엠페라투스는 차분한 분위기로 자신의 이름을 부르는 그 검은색의 영주를 흥미롭다는 표정으로 응시했다.

"질문이라도 있나?"

"그렇소. 당신은 왕녀 전하께서 완성 단계에 도달했다고 말했는데, 그것이 정확히 무슨 뜻이오?"

"답이 안 나오는 계집애의 껍질을 벗어났다는 뜻이지. 왕녀는 운캄타르에 점점 가까워지고 있어. 최종적으로는 운캄타르처럼 되겠지."

"그렇다면 왕녀 전하께서도 당신을 이길 수 있겠구려."

"음? 흠… 왕녀와 내가 무슨 이종격투기 선수 따위로 생각되나? 싸움만 잘하면 최고인가 보지?"

"그 사실 하나만으로도 우리 3세대의 미래가 보장될 것이오."

"호오, 결국 3세대 역시 힘이 곧 정의라는 원시적인 법칙에 따를 거란 말인가? 운캄타르가 자네들을 이곳에서 키운 보람이 없어지는군."

엠페라투스의 조롱에도 불구하고 루할트는 꿈쩍하지 않았다.

"지난번에는 당신을 지도자로 삼으려 한 역적들이 있었소만, 왕녀 전하께서 당신의 시대를 끝내거나 의미를 퇴색시킬 수 있는 분임이 명확해진다면 그와 같은 추태가 반복될 일은 없을 것이오."

루할트가 '시대'를 거론하자 엠페라투스의 옆에서 이야기를 듣던 반달리온의 안색이 변했다.

'저 젊은 녀석은 이곳에 남겨질 가치가 있었군.'

엠페라투스는 하늘을 보며 고개를 갸웃거리다가 다시 루할트에게 눈을 돌렸다.

"강력해진 왕권을 바탕으로 이 땅의 날개 달린 자들을 번영시키겠다는 뜻인가?"

"그렇소."

"오랜 세월 동안 외부와 단절된 채 게을리 살아온 너희 3세대 대부분이 과연 그러한 것들을 받아들일 수 있을까? 번영? 뜬구름 잡는 얘기처럼 들릴 뿐일 텐데?"

"실제로 나의 여동생은 깊이 좌절하여 왕녀 전하를 따르지 않겠다고 했소."

"그 계집애가? 흠, 똑똑하군."

엠페라투스는 말을 툭 던져 루할트를 도발했다. 하지만 루할트는 꿈쩍하지 않았다.

"그것은 일종의 논쟁이오. 당신이라는 이름의 얼토당토않은 재해에 비해서는 훨씬 생산적이고 건설적인 고난이라 할 수 있소."

"……."

"당신에 의해 추방된 동포들이 다시 돌아온다면 아마도 나의 동생처럼 실망한 채 방황할지도 모르오. 하지만 나의 친구 치프가 말했소. 한 종족이 그러한 것들을 극복하고 수습하여 발전하는 모든 과정을 그 오랜 시간을 인간들은 '역사'라고 부른다 하더이다."

루할트와 엠페라투스는 잠깐 말없이 서로를 응시했다.

"우리의 역사와 시대는 아직 시작하지도 않았소. 만약 우리 3세대가 최선을 다했는데도 결국 멸망한다면 그것은 그것대로 받아들일 수밖에 없을 것이오. 하지만 엠페라투스여, 당신이라는 터무니없는 존재 때문에 방해받아 사라지는 것은 결코 받아들일 수 없소. 우리를 내버려 두시오, 옛 시대여."

"후후……."

엠페라투스가 몸 전체를 꿈틀대며 웃었다.

"이거 점점 즐거워지는군. 여태까지는 네놈들을 건드려 봤자 재미가 없을 것 같아서 가만히 있었지만 이젠 그렇지 않아. 네놈들을 밟아 죽일 맛이 조금 느껴졌어."

"……."

"하지만 당장은 아니다, 젊은 영주여. 네놈들의 가슴에 싹튼 작은 희망이 꽃을 피울 무렵, 이 엠페라투스가 다시금 대살육을 명하여 최악의 멸망을 선사하마. 네놈들이 사라진 땅은 운캄타르의 4세대가 다시 채우겠지."

엠페라투스의 기운이 어마어마하게 커졌다.

루할트는 하늘의 색깔마저 바꾸는 그의 힘을 보며 말했다.

"신의 잔재에겐 관심이 없소?"

"이제 그딴 것들을 신경 쓸 필요는 없지."

"어째서 그렇소?"

"너희들이라면 그 녀석들을 극복할 수 있을 테니까."

엠페라투스가 날개를 활짝 펴고는 서서히 하늘로 떠올랐다.

"다음 세대와의 싸움이라……. 이제 좀 기대되는군."

말을 남긴 엠페라투스는 보라색의 안개로 변하여 사라졌다.

하늘이 다시 푸른색을 되찾았다. 파울라는 날개를 뻗어 루할트의 등판을 만져주었다.

"훌륭했네, 영주여."

루할트는 고개를 저었다.

"아닙니다, 장로님. 전에 왕녀 전하께서 말씀하신 것도 있고, 또 치프라면 이렇게 말하지 않았을까 생각하여 그것을 말로 옮긴 것에 불과합니다. 그 친구에겐 정말 많은 것을 배웠군요."

"그렇군."

파울라는 이어서 반달리온과 실버로드 쪽으로 돌아섰다.

"당신들은 어찌할 것이오?"

실버로드는 대답 없이 날아올라 사라졌다.

실버로드가 하늘에 만든 궤적을 눈으로 좇던 반달리온은 콧김을 짧게 뿜어냈다.

"나는 엠페라투스 님의 추종자일세. 그분을 따르는 게 당연하지."

"…당신답구려."

파울라의 평에 쓴웃음을 지은 반달리온은 하늘 높이 사라졌다.

"백화점으로… 왕녀 전하의 곁으로 돌아가세."

그녀가 루할트와 알케온에게 말했다.

"그분께는 아직 우리가 필요해."

"알겠습니다, 장로님."

대답한 루할트는 알케온과 함께 파울라를 따라 날아올랐다.

구름보다 높은 곳에서 날개를 펼친 알케온은 그 밑으로 보이는 대지를 깊숙하게, 고요하게 눈에 담았다.

'이곳은 우리의 땅이야.'

알케온은 다시 앞쪽을 봤다.

'우리가 우리 손으로 직접 지켜야 하는 소중한 곳이지.'

자신의 땅을 잃어버리고 결국 스스로의 존재까지 희미해진 자들의 역사, 치프는 그것을 알고 있었고, 그것을 자신들에게 가르쳐 주려고 했을 것이다.

알케온의 생각은 그랬다.

그는 여태껏 자신들을 대신하여 모든 것과 맞서 싸워준 자신의 친구에게 고마움을 표시하고 싶었다.

'그런데 치프. 나의 친구여. 자네가 원하는 건 대체 뭐지?'

알케온은 그게 궁금했다.

＊　　　＊　　　＊

백화점 주차장에 무사히 차를 주차한 치프는 오라클의 손을 잡고 백화점 입구로 걸어가는 셀레스티아를 바라보며 따라갔다.

도중에 그는 단말기를 들고 어딘가에 전화했다.

—또 뭔가 터졌나?

단말기에서 데스디아의 목소리가 들리자 치프는 지그시 웃었다.

"아냐. 갑자기 네 목소리가 듣고 싶어서."

—뭐? 당신, 정말 별일 없는 거지?

"응, 뭐……."

통화는 거기까지였다.

피에 젖은 치프의 단말기가 앞으로 날아가 바닥을 구르고는 셀레스티아의 발뒤꿈치에 부딪쳐 멈췄다.

셀레스티아는 황급히 뒤를 돌아봤다.

한쪽 눈을 손으로 감싼 여성과 셔츠를 피로 적신 치프가 마주 서 있다.

눈을 제외한 몸 전체를 검은색의 특수 타이즈로 감싼 그 여성은 치프보다 키가 크고 몸도 늘씬했다. 그녀의 온몸에서 느껴지는 탄력이 마치 특수 합금으로 된 용수철처럼 막강했다.

셀레스티아는 그러한 체형의 여성을 수없이 봐왔다.

'알타이르 행성인?'

기습을 당하기 직전, 단말기를 단검처럼 휘둘러 상대의 한쪽 눈을 날려 버린 치프는 약간 당황한 표정으로 상대를 노려봤다.

"정말 알타이르 행성인인가?"

치프가 물었다.

"……."

말없이 뒤로 한 걸음 물러난 그녀는 데스디아나 헤이파, 탈리케이아처럼 공기에 녹아들 듯 정령의 힘을 빌려 모습을 감췄다.

"쯧."

혀를 찬 치프는 단말기를 들고 있던 왼쪽 손목을 오른손으로 감쌌다.

'손목이 부러질 뻔했군.'

주변에 사람들의 웅성거림이 들리자 치프는 쓴웃음을 지으며 팔을 내리고 일행에게 다가갔다.

"하하, 백화점 앞이라 그런지 소매치기들이 많네."

치프는 그렇게 둘러댔으나 그의 셔츠를 물들인 피의 양이 워낙 대단했기에 사람들은 점점 패닉 상태로 몰렸다.

치프는 백화점 경비원들이 자신에게 다가오는 것을 보고는 뒷목을 잡았다.

'그래, 그냥 넘어갈 리가 없지.'

치프의 곤란한 표정과 주변 상황을 지켜보던 셀레스티아의 몸에서 순간 백금색의 빛이 터졌다.

'응?'

치프는 깜짝 놀랐다.

셀레스티아의 몸에서 빛이 터진 이후 주변 사람들의 태도가 달라졌기 때문이다.

그들은 집단 최면에라도 걸린 듯 방금 전에 있던 일을 잊고 원래 자신이 하려던 일을 계속하려 했다.

심지어는 백화점의 경비원들도 자기 자리로 돌아갔다.

"치프, 어서!"

셀레스티아가 힘겹게 그를 불렀다.

치프는 피에 젖은 셔츠를 벗어서 핏자국이 보이지 않도록 단단히 접었다. 그리고 혹시나 있을지 모를 '증거 수집' 작업을 위해 뒷주머니에 항상 넣고 다니던 비닐 팩을 꺼내어 그 안에 셔츠를 넣고 밀봉했다.

"이제 괜찮아, 셀리."

치프는 셀레스티아와 오라클을 데리고 백화점 안으로 들어갔다. 물론 바닥에 떨어진 자신의 단말기를 주워 드는 것도 잊지 않았다.

"하아."

한숨을 쉰 그는 백화점 입구 안쪽에 있는 벤치에 털썩 앉았다. 셀레스티아는 지친 얼굴로 그의 옆에 앉았고, 오라클은 몸을 덜덜 떨며 셀레스티아의 곁에 바짝 붙었다.

손으로 얼굴을 쓸어내린 치프는 소매가 없는 자신의 기능성 보호복 색깔을 검은색으로 바꾼 뒤 아까 있던 일을 다시 떠올렸다.

"체형을 봐서는 분명 알타이르 행성인이었는데, 대체 뭐지?"

"으음……."

셀레스티아가 두 손으로 머리를 감싸며 몸을 숙였다.

"셀리, 괜찮아?"

치프는 그녀가 아까 그 이상 현상을 일으켰기 때문에 고통스러워하는 것이라고 예상했다.

"알기만 하고 처음 써보는 능력이라 신경이 헝클어졌어. 잠깐 쉬면 괜찮을 거야."

"그러면 다행이지만… 아무튼 네 덕분에 큰일로 번지진 않았어. 정말 고마워."

"아냐, 치프."

셀레스티아가 고개를 들고 웃었다.

"치프는 괜찮아?"

"난 괜찮아. 대신 단말기가 망가졌지."

치프는 화면이 깨진 단말기를 들어 보이며 싱겁게 웃었다.

"이제 사람들 눈에 띄는 일이 없으면 좋겠네."

치프의 말은 일종의 소원이었다.

그리고 그 소원은 불과 1분도 안 되어 무참히 깨졌다.

백화점 바로 앞 석상 위에 벼락이 떨어졌다.

그 섬광과 폭음에 놀란 사람들이 일제히 몸을 숙이거나 비명을 질렀고, 치프와 셀레스티아는 당황했다. 오라클은 아예 셀레스티아의 허리를 껴안고 그녀의 몸에 얼굴을 묻었다.

석상 아래로 검은색의 야구모자가 떨어졌다.

모자 옆에 착지한 누군가가 그 모자를 주워 들고는 주변을 살피고 냄새를 맡았다.

다름 아닌 데스디아였다.

그녀와 교감하여 회사로부터 여기까지 오는 데 도움을 준 젝스는 실신한 채 데스디아의 등에 업혀 있었다.

그녀의 모습을 보고 당황했던 치프는 이내 차라리 잘됐다고 생각하며 유리문 밖으로 보이는 데스디아를 향해 손을 흔들었다.

심각한 얼굴로 치프를 찾던 데스디아가 잃어버린 아이를 찾은 엄마처럼 가슴에 손을 얹고 한숨을 쉰 뒤 치프 쪽으로 성큼

성큼 걸어갔다.

백화점 문을 열고 들어가 치프 앞에 선 데스디아는 젝스를 여전히 등에 업은 채 상대를 노려봤다.

"알케온뿐만 아니라 파울라 장로까지 데려가더니 이게 뭐지? 하, 피 냄새? 셀리의 얼굴색은 아예 하얗잖아?"

"얘는 원래 하얘."

치프의 농담에 데스디아의 눈빛이 더욱 매서워졌다.

"미안. 젝스는 내가 맡을 테니까 넌 내 단말기 좀 살펴봐 줘."

"수리해 달라는 건가?"

"제가 다 잘못했으니 좀 봐주세요."

한숨을 쉰 데스디아는 젝스를 치프에게 넘긴 뒤 단말기를 건네받았다.

데스디아는 특수 합금 골격에 충격 완화용 합성수지, 그리고 소구경 탄환을 완벽히 튕겨낼 수 있는 전면 유리 등으로 무장된 치프의 단말기가 망가진 것을 보고 조금 당황했다.

게다가 단말기에는 피는 물론 피부 조직으로 보이는 것까지 묻어 있었다.

"이걸 무기로 썼군."

"정확히는 안구를 긁었지. 그 부위가 아니면 공격이 안 통할 것 같았거든."

피 냄새를 맡은 데스디아는 검지 끝에 피부 조직을 조금 묻혀 혀끝에 댔다. 치프는 젝스를 편하게 눕힌 뒤 데스디아가 내놓을 답을 조용히 기다렸다.

"고향 사람이야. 상당히 단련된 전사로군."

"맛만 봐도 알아?"

맛이라는 말에 데스디아의 표정이 약간 구겨졌다.

"맛이라니, 무슨 야만적인… 흠, 그래도 영 틀린 말은 아니군."

자신의 망토로 단말기에 묻은 피를 닦아 치프에게 돌려준 데스디아는 벤치 구석에 앉았다. 다른 이유는 없었다. 남아 있는 장소가 그곳뿐이었기 때문이다.

"알타이르 왕족은 정령과의 교감 및 신체 단련을 게을리 하면 피가 탁해지지. 그 피의 맛은 선명해. 신체 조직… 당신 말대로 안구겠지. 그것도 신선했어. 어머님과 비슷한 연배에 출산 경험이 없는 자가 확실해."

"그래도 전투 능력이 워치프 수준은 아닌 것 같던데?"

"어머님께서는 그 수준을 확실히 가늠하실 수 있겠지만 나는 잘 모르겠군. 아무튼 알타이르의 전사가 당신을 노렸다는 것은 큰 문제야."

데스디아는 셀레스티아의 곁에 붙어서 떨고 있는 오라클에게 눈을 돌렸다.

"저 꼬마는 좀 아는 것 같은데?"

"음……."

치프도 오라클을 돌아봤다.

"정말 알고 있어?"

오라클이 치프를 응시했다. 얼굴이 새파랗게 질린 그 소녀는 마른침을 몇 번이나 삼킨 끝에 입을 열었다.

"군부… 우주연합의 군부가 당신을 직접 노리고 있어."

그녀의 대답에 치프가 고개를 갸웃했다.

"그건 작년부터 쭉 이어진 일인데?"

"그게 아냐!"

목소리를 높인 오라클은 다시 셀레스티아의 품에 얼굴을 묻었다.

"아르마다가 직접 관리하는 자들이 있어. 그 구성원을 전부 알지는 못하지만 그중에 알타이르 행성인들이 껴 있는 건 확실해."

"…잠깐, 그럼 실버로드랑 넌 뭔데?"

"실버로드 님은 당신의 의지에 따라 일을 고르실 수 있어. 아르마다의 명령을 받진 않으셔."

"복잡하네."

치프가 한숨을 쉬었다.

"어쨌든 당신, 대단하군."

데스디아가 치프를 향하여 메마른 어조로 감탄했다.

"응? 왜?"

"잊었나? 이 행성에서는 알타이르 왕족의 육체와 교감 능력이 고향에 있을 때보다 훨씬 강력해지지. 그런데 아무리 워치프보다 뒤떨어지는 전사라고 해도 그들의 기습을 막아내다니, 믿기 힘들군."

"맞아. 덕분에 손목뼈가 나갈 뻔했지."

"…대체 어떻게 막아냈지? 그냥 감으로?"

데스디아가 계속 물었다.

치프는 아직 뻐근한 왼쪽 손목을 만지며 말했다.

"상대가 알타이르 행성인일 거라고 확신한 건 반격에 성공한 이후의 일이었어. 처음엔 그쪽 사람인지 몰랐지."

"무슨 말이야?"

"내가 아는 방식으로 공격해 왔거든. 상대방이 단말기를 들고 있는 방향이나 헤드셋을 끼운 방향으로 파고들어 와서 급소를 노리는 건 지구와 우주연합 특수부대의 특징이야."

"그들이 그렇게 불편한 방법으로 요인을 암살한다고? 저격수를 놔두고?"

"물론 저격이 여의치 않을 때의 행동 방식이지. 그래서 느끼자마자 후려친 건데… 혹시 알타이르에서도 요인을 암살할 때 그런 기술을 쓰나?"

그가 묻자 데스디아가 어깨를 으쓱했다. 치프에게 배운 몸짓이다.

"우리 고향에서 발달하지 않은 무술 중에 하나가 암살과 관련된 것들이야. 물론 살의에 눈이 돌아간 상태라면 본능적으로 그 틈을 노릴 수 있겠지만… 모르겠군."

"그럼 엄마한테 전화해서 물어봐, 뎃디."

치프의 말에 데스디아는 인상을 찡그렸다.

"싫어. 거절하지."

"…아침에 엄마랑 싸웠어?"

치프는 어이가 없었지만 데스디아는 그녀 나름대로 진지했다.

"지금 단말기를 통해서 아까 있던 일을 여쭤봤다가는 어머님께서도 분명 이곳으로 오실 거야. 난 그게 싫어."

치프는 그게 왜 싫으냐는 표정으로 데스디아를 바라봤다. 그의 표정을 본 데스디아는 가볍게 화를 냈다.

"이틀 동안 무슨 일이 있었는지 모르나?"

"난 단말기만 보느라……."

"황당하군. 어머님께서는 당신을……! 아, 됐어. 그만하지."

그녀가 대놓고 짜증을 내자 치프는 이틀 동안, 정확하게는 오늘 아침까지 있던 일을 떠올려 봤다.

"음, 맞아. 여사님께서 아침, 점심, 저녁을 손수 떠먹여주셨지. 만약 여사님께서 계속 챙겨주시지 않았다면 난 이틀 내내 굶어야 했을 거야."

그 말에 가장 격한 반응을 보인 사람은 데스디아가 아니라 셀레스티아였다.

셀레스티아가 치프의 어깨를 굳게 붙잡았다.

"치프는 지조가 없어!"

"응?"

치프가 고개를 갸웃했다.

"그건 내 지조 문제가 아니라 여사님께서 마음을 써주신 거 같아?"

"치프가 그렇게 바빴다는 걸 알았다면 여사님이 아니라 내가 먹여줬을 거라고!"

셀레스티아의 그 항의에 데스디아가 움찔했다.

'쟤는 또 왜 저래?'

어쨌거나 치프는 피식 웃는 것으로 대응했다.

"그 얘기는 즉 나에게 관심이 없었다는 뜻이로군. 하, 여사님께 감사드려야겠네."

그의 지적에 데스디아와 셀레스티아가 눈을 부릅떴다. 누워 있던 젝스도 눈을 번쩍 뜨고 일어났다.

오라클도 눈을 부릅뜨긴 마찬가지였지만 이유는 그들과 한참 달랐다.

'우주연합 군부의 비밀 부대가 노린다는 걸 알게 됐으면서 대체 무슨 말들을 하는 거지?'

치프가 벤치에서 일어났다.

"아무튼 우린 백화점에, 메이&노드에 도착했어, 셀리. 뭐 사고 싶은 거라도 있어? 오랜만에 피자 먹지 않을래?"

"…치프의 옷을 사야겠어."

"매우 반가운 얘기로군."

중얼거리며 셀레스티아와 악수를 한 데스디아는 치프를 끌고 백화점의 남성 의류 매장으로 향했다.

"……."

묵묵히 모자를 쓴 젝스는 오라클의 손목을 잡고 그들을 따라갔다.

64
알파에 속한 자들

치프와의 통화가 갑자기 끊기자마자 데스디아가 사라진 이후 회사의 최종 결정권자가 된 헤이파는 치프의 의자에 앉은 채 사장실의 TV를 통해 드라마를 보고 있었다.

사장실에는 그녀 외에 죠니와 사만다, 포프가 있었다.

죠니는 걱정이 가득한 얼굴이었지만 사만다는 표정과 자세가 담담했으며 포프는 어쩐지 상쾌한 분위기였다.

"흠……."

오늘은 편하게 말총머리를 한 헤이파가 인상을 찡그리더니 아주 불편한 소리를 냈다.

치프와 연락을 할 수단이 없다는 사실 때문에 안절부절못하던 죠니는 문득 그녀를 봤다.

"걱정되십니까?"

죠니의 질문에 헤이파는 쓴 것을 씹은 표정을 지었다.

"역시 이건 아니야."

"예?"

"사장석에 앉아서 로맨스 드라마를 보자니 양심에 걸리는군. 업무상 배임행위라는 것이 바로 이런 것인가?"

"……"

죠니는 어이가 없어 가만히 있고 포프는 아랫입술을 앞으로 내밀었다.

"…그냥 소파에 누워서 보시면 될 것 같은데요?"

포프가 말했다.

"하지만 치프도, 첫째도, 셀리도 없는 상황에서 이 자리를 비울 수는 없지. 책임의 무게감은 그런 것이란다, 포프."

포프는 그 자리에 앉아서 로맨스 드라마를 보는 것부터가 문제라며 지적하고 싶었지만 상대가 상대이니만큼 죠니와 마찬가지로 입을 다물었다.

하지만 포프의 기분은 몇 초 지나지 않아 싹 풀렸다. 그 소녀가 다시 웃자 죠니가 관심을 보였다.

"아까부터 기분이 좋아 보이는구나, 포프."

"제가 없는데도 사장님 주변에 일이 벌어졌기 때문이죠."

그녀가 요 며칠간 그 징크스에 대한 압박감 때문에 식사도 제대로 못했다는 사실을 알고 있는 죠니는 실소를 지었다.

"기분은 이해하지만 그래도 걱정하는 게 낫지 않을까?"

그러나 어제 롸켓에게 '징크스의 여신이여, 세발자전거조차도 건드리지 마시길'이라는 농담까지 들은 포프로선 쉽게 응하기 어려웠다.

"아, 죠니 팀장님."

"응?"

"오늘 사장님께 직접 여쭤보려고 한 일이 있는데요, 혹시 팀장님께 여쭤도 될까요?"

"물론이지."

"사장님께서 요즘 계속 단말기만 보신 이유가 뭔가요?"

"음……."

죠니는 자신의 짧은 머리를 만지며 고민하다가 헤이파 쪽을 흘끔 봤다. 현재 치프를 대신하고 있는 그 알타이르 행성의 영웅은 마침 드라마에서 시작된 남녀의 고백 장면에 푹 빠져 있었다.

"포프, 혹시 이틀 전에 있던 일들을 다 기억하니?"

"물론이죠!"

"그럼 그때 원사님과 네가 오기를 기다리던 놈이 몇 명인지도 기억해?"

죠니의 질문에 포프는 고개를 갸우뚱하며 당시의 일을 되짚어봤다.

"있었나요?"

"물론이지. 저격수, 소년 총잡이, 그리고 폭탄을 두고 도망가려던 놈은 그 식당에 원사님과 네가 오기를 기다리고 있었잖아?"

"…아!"

입을 딱 벌린 포프는 식당에서 치프가 저격수를 잡으려고 움직인 것을 떠올렸다.

죠니는 활짝 편 오른손 검지를 흔들며 웃었다.

"거리에서 원사님과 너를 습격한 놈들은 원사님의 집중력을 떨어뜨리기 위한 수단에 불과했어. 접촉이 너무 불규칙했고 상대 역시 다양했지. 하지만 진짜배기들은 원사님과 보안국장님이 그 식당에서 만난다는 정보를 입수한 채로 준비를 하고 있었어."

"그렇군요!"

"그리고 셋 중에서 가장 근본에 가까운 자가 바로 저격수였지. 불과 몇 시간 만에 방을 빌리고 장비를 설치하는 것은 쉬운 일이 아니거든. 아마 원사님이라면 저격수 녀석의 장비 수준과 신체 상태, 버릇 등을 보자마자 녀석의 '견적'을 뽑았을 거야. 그리고 어떻게든 녀석이 지폐를 받도록 만드셨겠지."

죠니는 자신의 지갑에서 빳빳한 거액 단위의 지폐를 뽑았다.

"불과 며칠 전에 입국한 녀석이 신용카드나 현금카드가 아니라 이처럼 거액의 지폐를 꺼내서 쓰려고 하면 어떻게 될 것 같아?"

"거스름돈을 많이 받지 않을까요?"

포프의 순진한 대답에 죠니와 사만다가 웃음을 터뜨렸다.

"틀린 말은 아닌데, 일단 위조지폐 사용자가 아닐까 하는 의심을 받게 되지. 장소가 개척행성이라면 특히 말이야. 이 정도 단위의 지폐가 나오는 순간부터 가게 내에 있는 모든 CCTV가 지폐 사용자를 촬영하고 데이터베이스에 접속해서 인적사항을 검색하게 되어 있어."

포프가 깜짝 놀랐다.

"진짜요?"

"…응."

죠니는 포프에게 아직 가르칠 게 많다고 생각하는 한편 '과연 이런 걸 가르쳐도 되는 건가' 하는 걱정도 해봤다.

"우주연합 공용 데이터베이스가 아니라 보안 전문 기업의 사설 데이터베이스를 사용하기 때문에 신뢰성이 높지. 경험이 좀 있는 범죄자라면 그걸 모르지는 않아. 그래서 지폐를 함부로 쓰지 않는 대신… 열의 아홉은 그냥 지갑에 넣고 다니지. 돈은 돈이거든."

죠니는 지폐를 팔랑팔랑 흔들었다.

"그리고 이 지폐는 좀 특별해. 우리 같은 사람들이 각종 범죄자들을 잡기 위해 만들어진 물건이야. 게다가 정식으로 발권된 거라서 급하면 비상금으로 쓸 수도 있어."

"……"

"여기엔 전파 발신 회로 패턴이 들어가 있어서 인공위성만 멀쩡하다면 이걸 가진 사람의 움직임을 훤히 파악할 수가 있지. 자연 방사선에 가까운 전파를 발신하기 때문에 일반적인 기계로는 인식하기 어려워. 물론 지폐를 가진 놈이 소매치기를 당하면 모든 게 끝장이지만."

"그래서 사장님이 단말기만 계속 쳐다보신 거군요."

"그렇지. 지폐를 가진 놈을 붙잡는 건 쉽지만 녀석의 목적지를 알아내는 건 어렵거든. 감으로 맞혀야 하는 경우가 대부분이야. 하지만 범죄에 대한 원사님의 직감은 뭐… 이제 와서 설명할 필요가 없겠지?"

"으음… 그렇죠."

당시 있던 일들의 진상을 알게 된 포프는 참 어려운 세계라고 생각하며 고개를 끄덕였다.

"아무튼 오라클이라는 존재를 체포해서 다행이네요."

"네 말대로 그 일만큼은 다행이지만 장로님과 알케온 팀장, 젝스, 그리고 부사장님께서 자리를 비운 건 좀 걱정이야. 지금 기습을 당하면 큰일이거든."

포프는 죠니의 걱정이 살짝 이해가 안 됐다.

"지금 회사 옆에 전함이 떠 있잖아요?"

"기습해 오는 존재가 드래곤처럼 몸집이 큰 괴수라면 위스콘신이 제대로 된 활약을 하겠지. 하지만 상대적으로 크기가 작은 존재… 예를 들어 전투 훈련을 제대로 받은 군인이나 안드로이드들이 침투한다면 얘기가 달라. 사상자의 발생을 피할 수가 없을 거야."

이유를 들은 포프의 머릿속에도 걱정이 들어앉았다.

"하지만 내가 생각하는 최악의 경우는 절대 일어나지 않겠지."

"예? 그게 뭔가요?"

"알타이르 정예 전사들의 습격? 하하, 설마."

죠니가 껄껄 웃었다.

"절대는 아닐세."

헤이파의 말에 죠니의 표정이 굳어졌다.

"여사님?"

죠니가 헤이파를 재촉하듯 불렀다.

헤이파는 TV에 시선을 둔 채 대답했다.

"개인적으로 매우 불명예스러운 일이라 첫째에게도 얘기한 적이 없는 일이 있지. 내가 현역 워치프로서 파병 생활을 끝낼 무렵이었는데, 내가 이끌던 군단의 부대 하나가 통째로 실종된 일이 있었다네."

"부대 하나라면… 몇 명입니까?"

"자네들의 기준으로 1개 중대… 약 100명이었지. 내 고향의 인구를 생각하자면 정말 큰 손실이었고, 전사가 아니라 실종이 었기에 나와 내 군단 전체가 필사적으로 수색을 했다네. 하지 만 실패했지. 시체는커녕 소지품조차 발견할 수 없었어. 난 실 종된 자들의 가문을 찾아가 사죄했다네."

이야기를 들은 죠니의 표정이 진지해졌다.

"그걸로 일이 끝난 게 아니로군요?"

"그렇다네. 첫째, 둘째, 셋째를 낳고 최고제사장으로서 일을 하던 때였지. 각 행성에 위치한 대사관으로부터 알타이르 왕족 전사들을 목격했다는 보고가 이따금씩 올라왔다네. 증거는 충 분치 않았지만 난 억지로 조사대를 꾸려서 파견했지."

"뭔가 알아내셨습니까?"

"전혀."

헤이파가 고개를 저었다.

"하아, 만약 그들이 실종된 전사들이라면 적이 되어 나타나 겠지. 알타이르 전사의 쓸모는 그것뿐이거든."

악몽이나 다름없는 상황이 현실로 변할 수 있다는 이야기를 들어버린 죠니는 머릿속이 복잡해졌다.

"만약 그들 전원이 워치프 수준으로 강화되기라도 했다면 큰 일이겠군요."

"아, 그건 걱정하지 말게."

헤이파가 약간 큰 목소리로 말했다.

"알타이르에서 전사를 지망하는 자들의 최종 목표는 무조건 워치프일세. 일반 전사들은 안타깝게도 워치프의 시험에서 탈락한 자들이지. 워치프는 노력과 혈통만으로 될 수 있는 자리가 아닐세."

그녀는 워치프와 일반 전사 사이에는 분명한 간격이 존재한다는 것을 강조하고 싶었다.

하지만 죠니는 방금 전 '훈련'이 아니라 '강화'라는 말을 썼다.

"여사님, 안드레이처럼 의체를 이식 받거나 약물을 통해 강화될 가능성도 있습니다."

"그렇다면 정령과의 교감 능력이 떨어지겠지."

"……."

"자네의 걱정을 이해하지 못하는 것은 아닐세. 아무리 교감 능력이 떨어졌다고 해도 그렇게 강화된 자들이 기습을 해온다면 사상자의 발생을 피할 수 없겠지."

헤이파는 리모컨으로 TV를 껐다.

"그러나… 건방지게 들리겠지만 이곳에는 아직 내가 남아 있다네. 모든 이를 지켜낼 자신은 없지만 최선을 다하도록 하지."

"아, 여사님의 실력을 믿지 못하여 드린 말씀은 아니었습니다만……."

때마침 죠니의 단말기가 진동했다.

손짓으로 양해를 구한 죠니는 즉시 단말기를 꺼내어 자신에게 온 메시지를 살폈다.

'암호화된 메시지? 그것도 UN사령부에서?'

그는 단말기에 설치된 신체 스캐너를 사용해 자신의 몸을 인증했다. 인증이 끝나자 메시지의 암호가 풀리고 1분의 타이머가 작동했다.

'기밀 명령. UNSMC 주임원사 A—1729 로젤라가 뇌에 설치된 칩을 제거하고 감시병들을 사살한 뒤 도주. 현재 행방불명 상태. A—1730에게 주임원사 자격을 임시로 부여한다. A—1730 본인과 연락을 할 수 없으니 속히 위의 사항을 전달하도록. 해군청장 토마스 데이비드 카터.'

1분의 시간이 소진되자 메시지가 삭제됐다.

죠니는 방금 자신이 본 그 명령 사항을 믿기 싫었다.

'로젤라 그 망할 년이……!'

죠니의 안색이 순식간에 망가지는 것을 본 헤이파가 허리에 손을 얹었다.

"큰일이 일어났나 보군."

"…예, 아주 나쁜 타이밍에 거한 일이 터지는군요. 부사장님께 연락을 해야겠습니다."

죠니는 단말기에 등록된 데스디아의 이름을 눌렀다.

"죠니입니다, 부사장님. 실례지만 원사님과 통화하고 싶습니다."

―치프와? 흠, 그러지.

그의 목소리에서 불길함을 느꼈는지 데스디아는 특별한 말 없이 죠니의 요청을 받아들였다.

―나야, 죠니.

"방금 전에 진급하셨습니다, 원사님."

―진급이라니? 이제부터 회장으로 부르려고?

"이젠 정말 주임원사가 되신 겁니다."

―아, 빌어먹을 로젤라 같으니. 톰 아저씨한테 연락해야 하나? 어쩌지? 내 단말기는 고장 났는데?

"단말기의 신호가 두절된 것은 이쪽에서도 확인했습니다. 원사님의 단말기가 망가진 이유를 알고 싶습니다."

―회사로 돌아가서 설명하려고 했는데 상황이 이러니 어쩔 수가 없군. 능동위장 전투복을 착용한 알타이르 전사에게 기습 받았어. 비상수칙에 따라 단말기를 방어 수단으로 썼는데 한 방에 망가지더군.

설명을 들은 죠니와 헤이파, 사만다, 포프의 표정이 굳어졌다.

"원사님, 알타이르 전사라고 말씀하셨습니까? 분명합니까?"

죠니가 억지로 목소리를 짜냈다. 그가 한순간에 받은 부담은 그만큼 컸다.

―뎃디가 맛으로… 아니, 피로 확인해 줬어. 오라클의 설명으로는 우주연합 군부 소속이라는군. 아르마다가 직접 관리한다는데?

"그렇습니까? 하아……."

죠니의 입에서 한숨이 쏟아져 나왔다.

―너무 조급해하지 마, 죠니. 전력은 우리가 앞설 수밖에 없어. 회사 안팎에 띄워둔 드론을 전부 철수시키고 대원들을 준비시켜. 안드레이도 귀환시키고. 위스콘신 쪽에는 전자전에 대

비하라고 연락해.

"알겠습니다, 원사님."

―난 볼일을 마치고 들어가도록 하지.

"예, 원사님. 아, 그리고……."

죠니는 헤이파와 포프를 한 번씩 보면서 대답에 뜸을 들였다.

"혹시 여사님께서 요청하실 경우 A—1729 로젤라와 알파 프로젝트에 대한 설명을 해드려도 되겠습니까?"

―뭐, 괜찮겠지. 자세히 설명해 드려.

"하지만 알파 프로젝트는 UN사령부의 최고급 군사기밀입니다."

―등급은 그렇지만 실상 대단한 기밀도 아니잖아? 그리고 군사기밀이라는 것은 누설할 때가 제 맛이라고, 죠니. 그럼 좀 이따 보자고, 죠니.

"알겠습니다, 원사님."

통화를 마친 죠니는 고개를 절레절레 저었다.

통화 내용을 모두 들은 헤이파는 자리에 앉은 채 죠니를 바라봤다. 죠니와 눈을 마주한 그녀는 의자 등받이에 등을 편히 기대며 느슨하게 팔짱을 꼈다.

"재미있는 내용이라면 들어주지."

"그리 유쾌하진 않을 겁니다."

그가 알파 프로젝트에 대한 이야기를 시작하려 하자 포프가 슬쩍 일어나 사장실의 출입구 쪽으로 걸어갔다.

죠니는 여기까지 함께해 온 포프에겐 이 이야기를 들을 자격이 있다고 생각했으나 붙잡지는 않았다.

애들이 듣고 공감하거나 이해할 수 있는 내용이 아니었기 때문이다.

"기다리렴, 포프."

"예?"

포프를 말린 것은 헤이파였다.

"치프는 항상 너와 네 동생들을 일상으로 되돌려 보내고 싶어했지. 흠, 지금이 절호의 기회인 것 같구나."

"저, 절호의 기회라뇨?"

"여기 남아 있으면 너희 사장이 어떤 괴물인지 알게 될 거야."

"……."

포프는 사만다를 흘끔 봤다. 평소였다면 헤이파를 말렸을 사만다이지만 지금은 눈을 감은 채 가만히 있었다.

결국 포프는 걸음을 되돌려 자리에 앉았다.

불과 몇 걸음을 옮겼을 뿐이나 소녀는 모든 것이 궁금했다.

자신을 이끌어준 사람의 비밀, 그리고 자신이 방금 선택한 자신의 앞길을.

'애 하나 제대로 망칠 것 같은데.'

자신이 나서서 포프를 내보내야 했다며 후회를 해본 죠니는 사장실의 보안장치를 작동시켰다.

밖이 훤히 보이는 유리벽은 검게 물들었고, 노이즈 캔슬러는 물론 초음파 진동을 이용한 접착식 도청장치 제거기 등의 준비물이 일제히 가동했다.

거기서 헤이파는 의아함을 느꼈다.

'방해 전파 발생 장치와 전파 차단 장치는 왜 켜지 않는 거지?'

그녀의 눈매가 매서워지자 죠니는 자신의 단말기를 들어서 그녀가 의심하는 두 개의 장치를 일부러 켜지 않았음을 보여 줬다.

헤이파는 며칠 전의 일을 떠올리고는 고개를 끄덕였다.

'역시 죠니도 우리 일을 알고 있었군.'

그녀는 '그 일'에 대한 비밀을 공유하는 사람이 또 누가 있을지 궁금했다.

포프는 아무것도 모른 채 사장실의 전등을 켰다.

이윽고 죠니의 이야기가 시작됐다.

"알파 프로젝트는 준비에만 70년 넘게 걸린 대형 프로젝트입니다. 원사님의 나이가 마흔이 넘으셨으니 프로젝트 기간만 총 110년. 흠, 오래도 됐군요. 아무튼 시작에 앞서 복제인간들을 사용해 프로젝트 성공 확률을 계산해 봤다고 합니다. 기록상으로는 600만 명이 넘는 복제인간이 사용됐다더군요."

"사용했다는 건… 그들 모두 죽었다는 뜻이군."

"복제인간과 관련한 UN결의 및 지구 각국의 복제인간 보호법을 완전히 무시한 일이었죠."

"흠, 그래도 600만 명이라고 하니 너무 터무니없어서 마음에 와 닿지 않는군. 다행인가?"

헤이파가 살짝 비꽜다.

"다행일 것 같군요."

죠니는 미적지근하게 웃음 지었다.

하지만 포프는 시작부터 분위기가 이상해지자 과도하게 긴장하고 말았다. 소녀는 꿀렁거리는 위장을 억누르기 위해 허벅지를 딱 붙이고 몸을 숙였다.

"아무튼 복제인간은 전원 사망했습니다. 600만 분의 1을 기대하던 과학자들은 아주 미세한 가능성만을 손에 쥐고 다음 단계로 가야만 했죠."

"이상한데? 600만 명을 갈아 죽인 자들이 1,200만 명을 더 갈아 죽인다고 해서 딱히 달라지는 것은 없지 않나? 지구에서 기밀이랍시고 행한 실험치고는 뭔가 성급해 보이는데?"

헤이파의 지적에 죠니가 잠깐 할 말을 잃었다가 이내 웃음을 터뜨렸다.

"역시 날카로우시군요. 저도 원사님께 똑같은 질문을 했습니다. 원사님께서는 알파 프로젝트의 가장 큰 걸림돌이 아마 제한 시간일 거라고 하시더군요."

"제한 시간이라……."

헤이파의 얇지만 뚜렷한 눈썹이 위아래로 움직였다.

"치프도 알파 프로젝트에 대해서 대단한 불만을 갖고 있나 보군."

"예. 8,000명의 동기 중에서 7,995명을 잃으셨거든요."

"……."

그 숫자에 헤이파는 할 말을 잃었다.

"알파 프로젝트 관리본부는 2세 이하의 아동 8,000명을 모은 뒤 약물을 투여하며 성장시켰고, 수년이 지난 뒤엔 신체 훈련도 병행했습니다. 그리고 문제는 2차 성징이 시작될 때부터 터지기 시작했죠."

"문제라면?"

질문을 하며 자리에 일어난 헤이파는 자신의 스테인리스 컵에 물을 채웠다.

죠니의 이야기가 이어졌다.

"문제라면… 예, 8,000명 중에서 5,628여 명이 10세 이후 자살했지요."

"으흠."

헤이파는 담담하게 물을 마시며 고개를 끄덕였다.

"자살이 오히려 나은 경우였습니다. 그들 외에는 약물의 부작용 때문인지 신체에 변형이 일어나서… 말 그대로 괴물로 변해 난동을 부린 끝에 사살된 자도 많았습니다. 저도 '그것들'을 봤고 안드레이도 봤지요."

"그렇게 해서 남은 사람이 다섯 명뿐이라는 건가?"

"그렇습니다."

"자네도 포함해서?"

헤이파가 지적하자 죠니는 고개를 저었다.

"저와 안드레이, 그리고 현재 UNSMC에 포함된 모든 프로젝트 대상자는 2차 모집자입니다. 과학자들의 양심선언에 의해 알파 프로젝트의 일부가 세상에 공개됐고, 덕분에 2차 모집자들은 약물을 투여 받지 않았지요. 군에서는 결국 오리지널 알파 프로젝트 대상자와 A프로젝트 대상자를 따로 분류했습니다."

"치프와 자네들은 아예 다른 개체란 말이로군."

"그렇습니다."

다른 개체라는 그녀의 말에 죠니는 쓴웃음을 짓는 것으로 응했다. 불쾌하긴 해도 맞는 말이라는 뜻이다.

"결국 끝까지 생존한 '오리지널 알파 프로젝트' 대상자는 다섯 명이었습니다. 그중에 두 분이 작전 중에 사망하셨고 세 분이 남았군요."

물을 다 마신 뒤 다시 사장석에 앉은 헤이파는 다리를 꼬고 상체를 곧게 폈다.

"남은 세 명 중에 한 명이 치프고 다른 한 명이 A—1729인가?"

"그렇습니다."

"그럼 나머지 한 명은?"

"A—997··· 캘리번 준위님은 작전 중에 중상을 입은 이후 어딘가에서 사무직을 하고 계시다고 들었습니다. 아예 군을 떠나신 줄 알았는데 준위 계급으로 일하고 계시다는 이야기를 최근에 들었죠."

"그렇군."

헤이파가 다시 느슨하게 팔짱을 꼈다.

"사람이 아주 많이 죽었다는 이야기 외엔 기밀다운 기밀이 없는데··· 물론 이어지는 얘기겠지?"

"물론입니다."

죠니는 본론으로 들어갔다.

"자살한 5,628명은 초기에 정신분열증과 비슷한 증상을 보였고, 결박된 상태에서도 그 증상을 반복한 끝에 심폐정지 등을 스스로 일으켜 사망했다고 합니다. 자신이 자신이라는 '사실'을 납득하지 못했다고 하더군요."

지구인이 심장을 마음대로 정지시킬 수 있다는 얘기를 들은 적이 없는 헤이파는 그때부터 죠니의 이야기에 집중했다.

"그럼 신체에 변형을 일으킨 자들은?"

"그들은 자신의 '형태'를 부정했습니다. 인간의 형태를 버리고 괴물이 됐지요. 파충류 비슷했던 걸로 기억합니다. 형태는 다양했으나 죽이는 것이 어렵진 않아서 뚜렷하게 기억나는 자는 없군요."

그 시점에서 헤이파는 약간 실망했다.

"기밀이 아니라 비극을 듣는 느낌이네만?"

"음… 예, 하하."

죠니가 웃음을 터뜨렸다.

"그럼 결론을… 아니, 오리지널 알파 프로젝트 생존자들의 위험성부터 말씀드리죠."

그는 황색 군용조끼의 주머니에서 시거를 꺼냈다. 헤이파는 치프가 직접 붙인 금연 표지판을 눈짓으로 가리켰지만 죠니는 손을 저었다.

"가장 중요한 대목입니다. 분위기 잡기엔 이것만큼 좋은 게 없죠."

"흠."

그의 말에 자극을 받은 헤이파는 혁대에 달아놓은 자신의 시거 박스에서 시거를 꺼냈다.

죠니는 그녀가 먼저 피우는 것을 기다린 뒤 자신의 시거를 손질하고 불을 붙였다.

"여사님께서는 원사님께서 혼자 싸우는 모습을 보신 적이 있으십니까?"

"음, 그러고 보니 그런 모습을 본 적이 없는 것 같네만?"

"저도 사실 제 눈으로 직접 본 적은 없습니다. 영상으로는 수

백 시간을 돌려봤지만요."

둘은 싱겁게 얘기했다.

하지만 그들 사이에 단 한 명.

치프가 그 누구에게도 등을 맡기지 않고 다수와 싸우는 모습을 직접, 그것도 수차례 목격한 사람이 있었다.

바로 포프였다.

"전 몇 번 봤어요."

포프가 눈을 동그랗게 뜬 채 손을 들었다.

죠니가 왜 치프 혼자 싸우는 것을 거론했는지 잘 모르는 헤이파는 자연스럽게 포프 쪽으로 눈을 돌렸다.

손을 든 소녀는 달달 떨고 있었다.

"그럼 얘기가 좀 통하겠군."

죠니는 말하기에 앞서 시거의 연기를 듬뿍 빨아들였다.

"포프 넌 '그걸' 처음 봤을 때 느낌이 어땠니?"

"그… 지구에서 사장님이 싸우시는 걸 봤을 때는 그냥 멋있게 잘 싸우는 분이라고 느꼈어요. 그런데 저와 사장님 단둘이 빅시티의 고철 처리장에 떨어졌을 때는 좀 달랐죠."

"어떻게 달랐는데?"

"모든 일이 사장님 중심으로 돌아가는 것 같았어요."

"…구체적으로 말하자면?"

죠니가 연어어 묻자 포프는 눈을 깜박이며 그때를 회상했다.

"당시에 온갖 행성인들이 흉기를 들고 모든 방향에서 몰려들었죠. 체중, 근력, 피부의 단단함, 외골격, 순발력 등등… 맨몸으로만 따지자면 지구인보다 훨씬 우수한 자들이었고 맨손도 아니었는데 사장님께 한두 대 맞는 걸로 기절하거나 관절이 빠지고 뼈가 으스러졌어요. 순식간에 말이죠. 완력까지는 몰라도 기술면에서는 사장님과 부사장님이 거의 비슷하다고 생각될 정도였어요. 게다가 사장님은 한 대도 안 맞으셨고요."

"후후, 역시나."

웃음소리를 낸 죠니는 시거의 연기를 길게 내뱉었다.

사장실의 환풍기가 자동으로 작동하면서 절대 금연이라 쓰인 전광판이 붉은색으로 점멸했다.

"저는 좀 더 대단한 걸 동영상으로 경험했습니다, 여사님. 오메가 스쿼드라고… A—1729가 지휘하던 나쁜 놈들이 있죠. 원사님은 불이 꺼진 차량 정비창에서 녀석들과 혼자 맞서 싸우셨습니다. 산탄총과 권총 세 자루… 자동소총도 있었나? 아무튼 그런 것들만으로 우리 UNSMC와 '동일한' 수준의 병사들을 엄청나게 죽이셨죠."

UNSMC의 전투능력이 어느 정도인지를 몸으로 체험한 헤이파는 그의 말을 듣고 흠칫했다.

죠니는 뭔가에 홀린 듯한 미소를 지은 채 말을 계속했다.

"당시 전투 기록을 보니 말이 안 나오더군요. 미친 듯이 훈련을 하고 실전을 겪은 정예 군인들이 사각을 거의 두지 않고 사격했는데 명중률은 0%… 반대로 원사님의 사격 명중률은 100%였죠. 그냥 두 발로 다다다 뛰어서 총알을 피하신 겁니다. 말이 된다고 생각하십니까?"

헤이파의 눈이 가늘어졌다.

"행운이라고 치부하기가 벅차군."

"어느 높으신 분께서 그걸 '간섭'이라고 설명하시더군요. 뭔 소린지. 하하."

헤이파는 그 간섭에 대해서 생각해 봤다.

'설마… 치프가 식당에서 내 빈틈을 정확히 노릴 수 있던 것도 그것인가?'

헤이파는 고민했고 죠니는 천장, 정확히는 환풍기를 향해 연기를 뿜었다.

"원사님께 직접 망신을 당하긴 했지만 A—1729 역시 엄연한 알파 프로젝트 생존자입니다. 로젤라 그 망할 년이 알타이르 전사들을 지휘하여 여기로 온다면 정말 끝내줄 것 같군요."

"……."

죠니의 말에 헤이파는 적잖은 압박감을 느꼈다.

"그게 가능하겠나? 알타이르와 지구는 전투의 기본이 다르다네. 우리조차도 합동작전 따위는 꿈도 못 꾸지 않나? 첫째는 아군이 퍼부어대는 탄환을 피해가며 싸워야 했고 나와 탈리케이아는 포프의 힘을 빌려 은신한 채 저격하는 것 말고는 한 게 없다네."

헤이파가 문제점을 지적했지만 죠니는 고개를 저었다.

"제가 대충 계산해 봤습니다만, 여사님의 알타이르 전사들이 적에게 납치됐을 당시에 지구는 대강 철기시대에 접어들고 있었죠."

"……."

"학습에 필요한 시간은 충분하지 않았을까요?"

"…제대로 배웠다면 그렇겠지. 그래, 우리처럼 어설프진 않을 거야."

죠니는 소파 아래에 숨겨놓은 작은 재떨이를 꺼내어 소파 앞쪽 유리 테이블에 올려놓았다.

직접 테이블로 걸어와 시거 끝에 매달린 재를 정리한 헤이파는 무광 검정으로 물들어 아무것도 보이지 않는 유리벽을 둘러봤다.

"좋아, 자네 말이 전부 옳다고 치세."

헤이파는 지금까지 죠니가 한 이야기 안에 죠니 개인의 입장에서 판단한 부분이 대단히 많다는 사실을 돌려서 지적했다.

"치프가 A—1729를 제압할 가능성은 어느 정도라고 보나?"

"두 사람이 서부시대의 총잡이들처럼 1대 1로 대결한다면 원사님께서 무조건 이기시겠죠."

"그런데 자네는 왜 그리 걱정하는 건가?"

"로젤라는 원사님과 자신의 실력 차를 잘 알고 있습니다. 그러니 원사님의 주변을 정리하고 원사님을 노리려 하겠죠. 로젤라의 전술지휘는 원사님과 비슷한 수준이라고 보시면 됩니다. 로젤라 역시 간섭인지 뭔지를 쓸 수 있거든요."

"대체 그 간섭이라는 게 뭔가?"

헤이파가 살짝 짜증을 내며 물었다.

"정확한 원리와 범위는 전혀 모릅니다만, 아무튼 상황을 차신에게 유리한 쪽으로 돌릴 수 있는 능력인 것 같더군요. 원사님께서는 사람을 색깔로 구별하실 수 있는데, 그건 독립적인 초능력이 아니라 강력한 간섭 능력에서 파생된 '덤'입니다."

"총알만 피하는 능력이 아니라는 건가?"

"그렇습니다."

죠니가 두꺼운 턱을 움직여 시거를 물었다.

"정말 치밀한 계획과 정확한 전술 행동, 그리고 실력 덕분에 성공했다고 저희들끼리 자찬한 작전마저도 나중에 분석을 해보면 정말 말도 안 되는 행운 덕에 성공했음이 자주 드러났죠."

"예를 들자면?"

"원사님 지시로 토굴을 우르르 통과하여 적 거점의 기습에 성공한 작전이 있었습니다만, 사실 그 토굴의 바닥에는 지뢰가 잔뜩 매설되어 있었습니다. 그런데 지뢰는 저희가 달려갈 당시 단 한 개도 터지지 않았습니다. 후속 부대에 편성되어 있던 폭발물 처리 팀이 그 지뢰를 발견하고는 기겁했죠."

"그 간섭이라는 것 말일세, 혹시 마법이라도 되나?"

헤이파는 죠니의 말을 믿을 수가 없었다. 하지만 죠니는 자신의 두꺼운 어깨를 으쓱하는 것으로 대답을 대신했다.

* * *

"마법? 에이, 무슨 소리야?"

백화점 내의 카페 하나를 통째로 빌려 자신들만의 공간으로 만들어 버린 치프는 자신의 이야기를 듣고 있는 모든 이에게 미소를 지어 보였다.

"우리가 낙하산 대신 사용하는 중력 조절 방식 완충장치 있잖아? 전투복에 붙어 있는 거."

치프의 설명에 데스디아를 시작으로 알케온까지 모두가 고개를 끄덕였다.

"그걸 약간 고쳐서 사용했지. 대인지뢰가 아무리 민감하다해도 기준 이하의 압력에는 반응하지 않거든. 들쥐를 토굴에 던져봤는데 무사히 달려가더라고. 그 쥐의 무게에 맞춰서 완충 장치를 수동으로 조작한 뒤 그냥 달린 거야. 지뢰 입장에선 들쥐수십 마리가 달려가는 것 정도로만 인식했을걸."

"그럼 당신이 말한 '간섭'과는 전혀 관계 없는 일이라고?"

데스디아가 물었다.

"글쎄? 아예 관계가 없다고 하긴 힘들지."

치프는 테이블 위에 놓은 자신의 선글라스를 들어 이리저리살펴봤다.

"그 뚱뚱한 들쥐가 왜 하필 그때 우리 앞에서 뒤뚱뒤뚱 나타났는지는 나도 모르겠거든. 서식지가 아니었는데 말이지."

"음……."

데스디아는 헤이파와 마찬가지로 팔짱을 느슨하게 낀 뒤 지금까지 치프에게 들은 알파 프로젝트 생존자들에 대한 이야기를 되새겼다.

옆자리에서 푸른색의 레모네이드를 마시던 루할트가 실소를지으며 자신의 금발을 넘겼다.

"자네에게 들쥐를 부르는 능력이 있을 줄은 몰랐군."

"진짜 그랬으면 멋은 좀 없을지 몰라도 보람은 있었을 거야."

"보람?"

"음, 뭐, 평화롭게 하루하루를 산다는 것? 그런 거겠지."

치프가 그리 말하자 안경을 쓴 루할트의 번듯한 얼굴에 누가 봐도 매력적인 미소가 번졌다.

"군인이 아니라 다른 일을 했을 거란 말이로군. 그렇다면 우리가 만나고 또 여기서 얘기를 나눌 일도 없었을 것이네. 지금 듣기엔 너무나 아쉬운 이야기야."

"어이, 너무 확대해석하지 마."

치프가 키득거렸다.

치프 본인은 루할트의 말을 그리 깊게 받아들이지 않았으나 데스디아는 그렇지 않았다.

'당신은 아쉽지 않나?'

그녀는 치프와 단둘이 있을 때 그 질문을 꼭 해보기로 마음먹었다.

"아, 확대해석이라는 말을 꺼내고 보니 여사님이 좀 걱정이네."

치프가 뒷머리를 긁자 데스디아가 움찔했다.

"어머님이? 왜?"

"지금쯤 죠니가 온갖 얘기를 다 하고 있을 텐데, 그 친구는 중요한 부분을 쏙 뽑아내서 흥미 위주로 이야기를 부풀리는 버릇이 있거든."

"그렇긴 하지."

알케온이 고개를 끄덕였다. 젝스마저 표정을 풀고 씩 웃을 정도로 죠니의 그 '버릇'은 유명했다.

"아마 지금쯤이면 여사님께서 나를 마법사 정도로 여기실지도 몰라. 로젤라는 알타이르 전사들을 마음대로 부릴 수 있는 공포의 마녀가 되어 있겠지."

"하지만 알파 프로젝트의 생존자들이 당신 말대로 강력한 능력을 갖고 있다면 사상자의 발생을 막을 수는 없을 텐데?"

데스디아가 그를 걱정했다.

"괜찮아. 난 개한테 진 적이 없어."

치프는 탄산이 끓어오르는 무알콜 칵테일을 마셨다.

"제정신인가? 브라토레 워치프가 모르는 알타이르 전사들이 나타났다고."

어느새 노란색 헤어밴드까지 착용한 오라클이 진지한 표정으로 시비를 걸었다.

"아르마다가 직접 당신네들을 노리는 거야. A—1729라는 여자의 탈출도 분명 아르마다의 짓이 분명해!"

"그래? 대단하네, 아르마다 아저씨."

치프는 건성으로 고개를 끄덕이며 오라클의 말을 받아 넘겼다. 오라클은 그의 태도가 혐오스러웠다.

"…아르마다의 하수인들은 우주연합에 속한 모든 군사조직의 전략전술을 소화할 수 있어. 한 달 내로 A—1729의 힘을 빌려서 당신들을 공격할 거야."

"왜 한 달이지?"

치프가 푹 찌르듯 물었다.

자신이 일방적으로 이야기를 이끌 것이라 생각하던 오라클은 자신도 모르게 입술을 꼭 닫았다.

"뭔가 근거가 있으니까 한 달이라는 시간을 얘기한 것 같은데, 아닌가?"

"좀 더… 강력한 전사로 탈바꿈하기 위해서는 그 정도의 시간이 필요해."

"강력한 전사라면 '변질자'를 얘기하는 거야?"

"아, 응… 맞아."

오라클은 데스디아를 포함한 그라니트 용역의 직원들이 지난 1년 동안 신에 의해 변질된 자들과 싸워왔다는 사실을 뒤늦게 떠올리고는 인상을 팍 구겼다.

"그 기준이 꼭 한 달은 아닌 것 같던데?"

"뭐라고?"

"지구로 신수를 끌고 가서 떡으로 만들 때 웃기는 일을 당했거든."

이야기를 한 치프는 카페 직원이 볼 수 있도록 자신의 빈 잔을 들어 올려 좌우로 흔들었다.

같은 것으로 한 잔 더 달라는 손짓을 보낸 치프는 하려던 이야기를 계속했다.

"이젠 볼일이 없을 것 같던 진 플레커가 갑자기 엄청난 힘을 갖고 되살아나서는 신이 어쩌고 하면서 간증을 막 하더라고? 그건 예상 밖의 일이었지. 정말 죽을 뻔했고."

치프의 말에 데스디아와 셀레스티아가 동시에 고개를 끄덕끄덕했다.

"당시 진 플레커의 상태는 변질자와 거의 동일했는데, 그 망할 계집이 불과 몇 초도 안 걸려서 신의 힘을 받은 게 분명하다면 한 달이라는 네 기준은 의미가 없지."

"그, 그건 확실히… 그렇지."

오라클은 대단히 난감해했다.

푸른색 칵테일과 얼음이 꽉 찬 잔을 새로 받은 치프는 기세가 꺾인 오라클을 바라보며 물었다.

"그런 무서운 자들이 우리를 노리는 상황이고 너와 실버로드가 그걸 몰랐다면… 너희들은 대체 여기 왜 온 거야?"

"……."

"나한테 덤벼본 경험담을 SNS에 풀어서 인기 좀 얻어보려고? 그랬다가는 해군 정보부에 걸려서 게시물은 날아가고 계정도 폭파될 텐데?"

"…적당히 해, 치프."

셀레스티아가 오라클을 무릎 위에 앉히고는 그녀를 뒤에서 껴안아주었다.

"흠… 뭐, 조만간 아르마다 쪽에서 실버로드에게 지시를 넣겠지. 훼방하지 말고 꺼지든가, 아니면 협조하든가 둘 중에 한쪽으로 말이야."

"실버로드 님은 아르마다의 지시를 받는 분이 아니야!"

"그럼 훼방 말고 꺼지라고 하겠군. 놈이랑 싸우는 건 지겹고 시시했는데 잘됐네."

치프가 씩 웃고는 음료를 마셨다.

"나중에 실버로드가 널 돌려달라고 요구하면 놈의 요구대로 할 거야. 그때까지 우리 회사에서 말썽 피우지 말고 잘 지내도록 해."

"뭐?"

오라클이 깜짝 놀랐다. 다른 이들도 놀랐지만 치프의 태도가 진지하면서도 부드러웠기에 특별히 날을 세우진 않았다.

"너랑 비슷한 애도 한 명 있으니 심심하진 않을 거야. 아니, 또래를 기준으로 하면 한 명이 아닌가?"

치프가 알케온을 보며 물었다.

알케온은 빨대를 입에 문 채 손가락을 꼽아봤다.

"요르엘, 포프, 포프의 동생들… 일단 넷이군."

"무슨 소린가?"

기품 있게 앉아 있던 루할트가 벌떡 일어났다.

"작고 귀여운 여자애들을 꼽는 것이라면 내 여동생도 포함시켜야 함이 당연하지 않은가!"

그의 발언에 얼굴이 벌게진 젝스는 다급히 고개를 숙여 표정을 숨겼다.

"…하아, 친구여."

알케온은 어처구니없어했고, 파울라도 왼손으로 얼굴을 감쌌다.

"영주여, 젝스는 이제 애를 낳아도 이상할 나이가 아닐세."

그녀의 지적에 가장 뜨끔한 사람은 치프였다.

'그런 나이의 여자애가 작년에 내 앞에서 벗고 다닌 거야? 아, 종족이 다르니 괜찮은가?'

데스디아는 그렇게 고민하는 치프의 표정을 보고 나직이 한숨을 쉬었다.

'쓸데없는 고민을 하는 얼굴이로군.'

이어서 그녀가 말했다.

"그 넷에 켐리도 더해야겠지. 요즘 보니까 애들이랑 정말 잘 놀아주더군. 놀이공원의 마스코트처럼 생겨서 그런가?"

"…나를 애 취급하는 거지?"

오라클이 불만스레 물었다. 하지만 셀레스티아를 제외한 모두는 미리 짜기라도 한 듯 피식 웃기만 했다.

"거기 가면 정말 재밌을 거야, 오라클!"

셀레스티아가 그녀를 꼭 껴안고 살짝 들어 올렸다.

"……."

오라클은 자신이 대체 어디로 끌려가서 무슨 일을 당하게 되는 것인지 알 수가 없어 역으로 긴장했다.

이후 치프 일행은 쇼핑을 더 즐긴 뒤 백화점 밖에서 대기하고 있던 안드레이와 델타 스쿼드의 도움을 받아 회사로 무사히 귀환했다.

도중에 실버로드가 나타나 자신을 구해줄 거라 생각한 오라클은 그라니트 용역의 상공에 떠 있는 전함 위스콘신의 묵직한 위용을 보고 희망을 버렸다.

치프 일행을 가장 먼저 맞이한 사람은 헤이파였다. 그녀는 의심이 가득한 표정을 지은 채 치프에게 동전을 건넸다.

"자네가 온갖 확률과 사상에 간섭할 수 있다고 들었네."

헤이파의 표정과 그녀의 뒤에 숨어 있는 포프의 모습을 본 치프는 '역시나'라는 표정을 지으며 선글라스를 벗었다.

"…저에게 그런 능력이 있었으면 동전이 아니라 죠니를 여기에 불러서 거꾸로 세웠겠죠."

"……."

치프의 말과 표정에서 자신이 당했다는 사실을 깨달은 헤이파는 동전을 손가락으로 구겨 버렸다.

"죠니 말일세. 턱을 좀 깎아놓으면 좀 더 사실에 가까운 말을 할 수 있겠지?"

"…시거라도 한 대 피우시면서 진정하세요. 포프는 요르엘 좀 불러오고."

"아, 옙!"

포프가 달려가는 한편, 데스디아는 오늘 듣고 겪은 모든 것이 이런 식으로 잔잔하게 지나가도 되는 건지 궁금했다.

'당신, 억지로 분위기를 띄우는 건 아니겠지?'

그녀가 그렇게 불안해하는 이유는 문제의 A—1729 로젤라가 치프와 동일한 알파 프로젝트의 생존자, 아니, '완성품'이기 때문이었다.

그리고 그녀의 불안감은 다음 날 새벽에 적중했다.

*　　　*　　　*

새벽 4시 반.

이불을 걷고 상체를 일으킨 데스디아는 약간 헝클어진 머리를 손가락으로 만지며 단말기를 들었다.

잠기운이 남아 있는 눈으로 시간과 날씨, 오늘의 일정 등을 확인한 그녀는 침대 밖으로 나왔다.

아무것도 걸치지 않은 그녀의 갈색 육체에 창문을 통하여 들어오는 푸른 새벽빛이 서늘하게 깔렸다.

은은한 윤기를 내는 그녀의 피부 곳곳에는 크고 작은 싸움의 흔적만이 미세하게 존재할 뿐, 점이나 피부 질환의 흔적은 존재하지 않았다.

알타이르 행성인의 특성이긴 하지만, 그 무엇보다 그녀의 몸을 빛나게 만들어주는 것은 체형이었다. 몸통과 팔뚝, 허벅지, 등판 등에 잔잔히 맺힌 근육의 형태와 흐름이 매끈했다.

일반 승용차를 들었다 났다 할 수 있는 완력과 건물 사이를 왕복하여 오를 수 있는 탄력이 어디에서 나오는지 불가사의해 보일 정도이다.

분홍색 운동복을 챙겨 입은 그녀는 오늘 입을 속옷을 대형 수건 안에 넣어 숨긴 뒤 방을 나왔다.

그녀의 방 밖은 또 다른 침실이나 다름없었다. 침대 두 개가 나란히 놓여 있고 각각의 침대 위엔 치프와 사만다가 곤히 잠들어 있었다. 저번에 데스디아가 치프의 침대를 부순 이후 셋은 그 새로운 방에서 함께 지내는 중이었다.

아주 얇은 반팔 티와 운동복 바지 차림의 치프는 엎드려 채 자고 있었는데, 그의 머리맡에는 잠들기 직전까지 읽은 만화책 이 놓여 있었다.

데스디아는 계곡처럼 굴곡이 깊고 크진 않아도 단단함이 느껴지는 그의 등 근육과 만화책 사이에서 괴리감을 느꼈다.

하지만 그 괴리감이야말로 치프의 매력 중 하나였다. 데스디아는 만화책을 건들지 않고 이불만을 정돈하여 덮어주었다.

얇은 후드티를 잠옷 대신 입은 사만다는 치프로부터 등을 돌린 채 숨소리만 냈다. 풀어헤친 흰색 머리가 베개와 잘 구별이 가지 않았다.

'캠핑이라도 온 분위기로군.'

데스디아는 사만다의 이불까지 정돈해 주고 욕실로 들어갔다.

샤워를 마친 후 건조기로 물기를 말린 데스디아는 운동복 차림으로 훈련장에 나갈까 하다가 고개를 흔들었다.

'아무리 생각해도 마음에 걸려.'

어제저녁부터 그녀의 뇌리에 걸려 있는 이름이 있었다.

A—1729 로젤라였다.

'UNSMC 대원 대부분이 그 계집에 대한 욕을 하긴 해도 실력을 얕잡아보진 않았어. 치프보다 약간 뒤떨어지는 능력자라는 사실만으로도 경계할 가치는 충분하지.'

그녀는 운캄타르와 셀레스티아가 선물한 능력을 제외하고 치프가 자신에게 보여준 모든 능력을 떠올려 봤다.

'치프는 잠입, 은신, 사격, 해킹 등을 너무 쉽게 해보여서 그렇지 결과만을 보자면 그보다 더 위협적인 존재는 드물어.'

잠수복처럼 생긴 전투복을 잘 입고 앞을 여민 그녀는 얼마 전에 고향집에서 잔뜩 배달된 전용 전투화를 신은 후 각 부위 보호대를 제대로 착용했다.

'그는 그냥 앗 하는 사이에 모든 것을 끝내 버리지. 손만 빨라서는 불가능한 일이야. 그 장소에 있는 모든 이의 육체적, 정신적 사각지대를 직감적으로 파고들지 못하면 그런 현상을 일으키는 건 불가능해.'

망토까지 착용한 그녀는 마지막으로 치프가 선물해 준 환도를 허리에 찼다.

'그 직감이 치프의 가장 강력한 무기야. A—1729 역시 불가사의한 직감의 소유자라면 어려운 싸움이 되겠지.'

터번을 두르는 대신 머리카락을 오른쪽으로 모아서 묶은 그녀는 아직도 잠을 자는 둘을 남긴 채 방을 나갔다.

쩔 수 없었어."

"그렇군. 그래도 어울리는걸."

"이러한 머리도 소화할 수 있어야 진짜 미녀지."

"흠."

A—1729 로젤라는 옆에 들고 있던 헬멧을 머리에 썼다. 얼굴까지 완전히 가려지는 표준형 방탄 헬멧이었기에 겉모습이 그리 개성적이진 않았지만 헬멧을 쓴 자세만큼은 일반적인 UNSMC 대원들과 전혀 달랐다.

'치프에 가까워.'

데스디아와 헤이파 모두가 그러한 느낌을 받았다.

치프의 평소 자세가 좀 느슨하다면 로젤라는 당겨진 시위처럼 팽팽했다. 그런데도 불구하고 모녀는 로젤라에게서 치프를 느꼈다.

"알파 프로젝트 멤버들은 전부 그런 식인가?"

데스디아가 묻자 로젤라가 움찔했다.

"A프로젝트라고 말할 줄 알았는데… 치프는 정말 입이 헤픈 남자네."

로젤라가 농담으로 응수했다.

"하지만 알타이르의 워치프 정도라면 우리와 A프로젝트 애들이 전혀 다른 '좋'이라는 사실을 모를 수가 없겠지. 괴물이라 불리는 것보다는 알파 프로젝트 멤버라고 정확히 불리는 게 오히려 낫겠네."

대담한 로젤라는 등에 거치되어 있던 백병전용 칼을 꺼냈다.

1미터가 안 되는 길이의 그 칼은 '브로드 소드'라는 별명의 근

접무기인데, 상대방에게 전기 충격을 줄 수 있는 것은 물론, 칼날에 전력을 최대로 불어넣을 경우 주력 전차의 장갑판까지 자를 수 있는 위력을 갖고 있다.

하지만 그래봤자 '칼'이기 때문에 총격이 난무하는 야전에서는 거의 사용되지 못했고, 소드 마스터라는 불편한 별명의 소유자인 로젤라 자신도 건물 내의 진압 작전에서만 가끔 사용했을 뿐이다.

브로드 소드를 개발하고 판매하는 무기회사에서도 '이런 걸 왜 자꾸 주문하느냐'는 질문을 로젤라에게 보낸 적이 있을 정도이다. 헤이파는 브로드 소드를 흔드는 로젤라의 모습을 보고 기가 막혔다.

"워치프에게 칼로 맞서려 하는 꼴을 보니 치프가 질색하는 것도 이해가 되는군."

"…헤이파 브라토레. 당신이 이집트의 피라미드와 거의 동갑이라는 건 치프도 알고 있겠지?"

"흥, 베는 맛이 기대되는 계집이로군."

헤이파가 칼집에서 환도를 뽑아 들었다.

지구에서 대충 만든 환도가 아니라 그녀 자신이 사용해 온 환도인데, 헤이파는 알파 프로젝트 멤버를 상대로 어설픈 무기를 쓰고 싶진 않았다.

"이제 와서 질문하자니 민망한데, 오늘 이 시간에 침입한 목적이 뭐지?"

헤이파가 물었다.

"난 당신 첫째 딸에게 관심이 있어. 당신을 이기는 건 쉬울 것 같거든."

왼팔에 접이식 방탄 방패를 장착한 뒤 완전히 펼친 로젤라는 헤이파 쪽으로 과감하게 달려들었다.

"건방진 것!"

헤이파는 자신이나 데스디아에 비해 상대적으로 느려터진 로젤라의 뜀뛰기를 보며 이를 빠득 갈았다.

훈련장 쪽으로 황급히 뛰어온 야간 경비 UNSMC 대원들과 안드레이가 마침 그 모습을 목격했다.

안드레이의 선글라스에 헤이파 쪽으로 향하는 위험한 실선이 그어졌다.

'저건… 막을 방법이 없어!'

안드레이는 데스디아라도 살리자는 마음에 필사적으로 도약하며 전투 도끼들을 들었다. 헤이파의 칼날이 특수 수지로 된 방탄 방패를 파고드는 찰나였다.

데스디아가 보는 앞에서 헤이파가 태풍에 꺾인 나뭇가지처럼 날려가 훈련장 구석 근처에 쓰러졌다.

로젤라는 방패에 박힌 헤이파의 환도를 땅에 내려쳐 떨궈냈다.

"역시 쉽네."

"어머니!"

데스디아가 격분하는 한편, 양손에 도끼를 들고 도약한 안드레이가 훈련장에 착지하고는 초고속으로 로젤라에게 달려들었다.

로젤라는 방패로 안드레이의 도끼를 튕겨냈으나 힘에서 밀려 휘청거렸다. 도끼에서 전해진 충격이 전투복의 내구력을 능가했기에 전투복 곳곳에서 전기불꽃이 튀었다.

하지만 안드레이도 거기까지였다.

안드레이의 왼쪽 다리와 두 팔이 뭔가에 맞아 떨어져 나갔다.

데스디아는 안드레이에게 닥쳐온 그 공격이 아까 헤이파를 노린 것과 동일한 것임을 느끼고는 냉정하게 주변을 봤다.

'바람의 정령이여……!'

정령과 교감한 데스디아는 회사의 장벽 위에 능동위장 장치로 보호된 대물 저격소총 포대가 존재하는 것을 감지했다.

총을 받치고 있는 그 포대는 거미와 같은 모습의 로봇이었다. 그 로봇들은 로젤라의 움직임과 주변 환경에 맞춰서 벽을 타고 이리저리 움직이고 있었다.

'저것들이었군!'

데스디아는 한 번 더 분노했다.

로젤라는 안드레이의 머리를 군화 끝으로 툭툭 걷어찼다.

"하아, 안드레이. 몸을 의체로 바꿨다고 해서 날 이길 수 있을 것 같았어?"

"…A—1729, 투항하십시오."

"웃기네."

로젤라는 접착식 수류탄의 안전핀을 빼고 안드레이의 가슴 위에 그것을 떨구려 했다.

65
민음직한 상대

로젤라는 급히 손을 뒤로 물렸다.

그녀의 손목을 노리고 들어온 데스디아의 환도가 안드레이의 머리 위에서 딱 멈췄다. 데스디아의 베기를 간단히 피한 로젤라는 수류탄의 핀을 다시 꽂고는 뒤로 조심스레 물러났다.

"흠, 데스디아 브라토레. 역시 너에겐 치프의 간섭이 걸려 있어."

"간섭?"

"치프가 정기적으로 중얼거렸을 텐데? '내가 뎃디를 어떻게 이겨?'라는 식으로 말이야."

"……."

"그러면 이 상태로는 절대로 이길 수 없지. 인사는 적당히 한 것 같으니 난 가볼게."

붉은색의 빛이 새벽하늘에서 내려왔다.

데스디아는 로젤라에게서 시선을 떼지 않았으나 그녀 외의 모든 이들은 하늘에 나타난 물체를 보고 적잖이 놀랐다.

붉은색 전류에 휘감긴 브리치 하나가 위스콘신보다 높은 곳에 위치하고 있었다.

브리치에서 내려온 빛이 로젤라의 몸에 닿았다.

로젤라의 두 발이 땅에서 떨어졌다.

데스디아는 브리치를 향해 올라가는 그녀를 공격해야 할지, 아니면 그대로 둬야 할지 망설였다.

치프와 만난 적들이 대충 이런 타이밍에 공격하다가 어이없이 나가떨어지는 꼴을 몇 번이나 봤기 때문이다.

그녀는 훈련장 저편에 쓰러진 헤이파를 봤다.

헤이파는 완전히 기절한 상태였다. 후두부에서는 피가 흘렀고 오른쪽 다리와 왼쪽 어깨가 이상한 각도로 꺾여 있었다.

'이동식 포대들이 아직 남아 있어. 저 브리치가 어떻게 나타났는지조차도 모르겠고. 하지만 이대로 저 계집을 보내줄 수는 없어!'

떠오르다 말고 데스디아를 관찰하던 로젤라가 헤이파 쪽을 엄지로 가리켰다.

"알타이르를 대표하는 영웅은 뭐가 달라도 확실히 다르네. 장갑차용 철갑탄을 팔다리와 머리에 제대로 맞았는데 뼈만 부러졌어. 두개골에는 흠집도 안 났고. 혹시 너도 가능해?"

중얼거리는 로젤라의 눈앞에서 강렬한 방전 현상이 일어났다.

데스디아의 머리 위쪽 공간이 흔들리나 싶더니 그곳을 기점으로 방전이 일어났고, 그 전류는 자연의 번개처럼 일순간 이동식 포대들을 때렸다.

하지만 로젤라는 웃지도 않았다.

'진짜 벼락에 맞아도 고장 날 물건들이 아닌데?'

부품이 분해될 일도, 능동위장이 망가질 일도 없었다. 잘해야 콤마 수 초 정도의 시간 동안 표적을 잡지 못할 뿐이다.

공교롭게도 데스디아가 원한 것은 그 찰나의 여유였다.

정령과 교감하여 방전 현상을 일으킨 데스디아는 고속으로 이동하여 자리를 잡은 뒤 로젤라의 등을 향해 뛰어올랐다.

포대들이 데스디아를 다시 포착했을 때 데스디아는 로젤라의 목을 왼팔로 휘감은 뒤 그대로 목을 꺾으려 했다.

데스디아의 긴 팔이 확보한 것은 로젤라의 목만이 아니었다. 로젤라가 반사적으로 들어 올린 양쪽 팔뚝까지 함께 감겨 있었다.

'이 계집이!'

상대를 분명히 제거할 수 있을 거라 생각한 데스디아는 정령과의 교감을 이용해 힘을 증폭시켰다.

두 팔을 들어 목이 감기는 것을 막아낸 로젤라는 상대의 어마어마한 힘에 경악했다.

시멘트로 채워진 컨테이너조차 밀어붙일 수 있는 전투복의 보조 동력 기관이 데스디아의 왼팔에 밀려 파손되고 방탄 장갑판마저 깨져 나갔다.

"하! 곰조차도 목 졸라 죽일 수 있다는 이야기가 헛소리는 아니었군!"

데스디아는 대답 없이 더욱 세게 로젤라를 조였다. 그녀는 2초 안에 상대를 조여 숨통을 끊어버릴 자신이 있었다.

"놓고 떨어져!"

고함을 지른 사람은 운동복 바지에 반팔티를 입고 나온 치프였다. 순간 위기감을 느낀 데스디아는 즉각 로젤라를 놓고 두 손으로 그녀의 등판을 밀쳤다.

폭음과 충격파, 그리고 쇠구슬이 하늘로 퍼진 것은 그 직후였다. 로젤라가 입은 경장갑 전투복의 등판으로부터 쇠구슬이 섞인 폭발물이 터진 것이다.

데스디아 입장에선 정말 죽거나 쇼크로 기절할 수 있는 상황이었다.

'내가 뒤를 잡을 걸 예상했단 말인가?'

데스디아는 아직 공중에 떠 있는 로젤라를 보면서 착지했다.

"쯧, 역시 이길 수 없네."

혀를 찬 로젤라는 치프 쪽을 돌아봤다.

"오랜만이네, 치프? 요즘 기분 좋은 일이 많았나 봐? 얼굴이 훤해졌어!"

로젤라가 큰 소리로 인사를 했다. 하지만 치프는 본 척도 하지 않고 귀에 끼운 헤드셋을 손으로 눌렀다.

"방금 벼락이 떨어진 지점에 포대가 있다! 당장 박살 내! 주포 담당은 브리치에 집중사격!"

전함 위스콘신에 지시를 내린 치프는 뒤따라온 사만다가 장전하여 던져준 지정 사수용 소총을 받고 로젤라를 쐈다.

위스콘신의 선체 아래쪽에 설치된 소구경 함포가 불을 뿜고 주포들도 일제히 포신을 일으켰다.

회사의 장벽과 함께 로젤라의 포대들이 파괴되는 한편, 로젤라는 어깨를 슬쩍 움직이며 한숨을 쉬었다.

"이런, 인사도 안 받기야?"

따지는 로젤라의 헬멧에 치프가 쏜 소총탄이 날아왔다.

한 발은 별일 없이 팅겨나갔으나 두 번째, 세 번째 탄이 동일한 자리에 마치 기계가 점을 찍듯 정확히 박히며 헬멧에 균열을 냈다.

"열 받으셨군."

로젤라가 왼손을 뻗자 눈에 보이지 않는 어떤 힘이 탄환의 궤도를 바꿔 버렸다.

'척력장 발생기? 미쳤나?'

어금니를 문 치프는 탄창을 갈아 끼우고 장전 손잡이를 당겨 약실 내의 탄환까지 바꿨다.

그리고 총구를 데스디아가 있는 훈련장 쪽으로 돌렸다.

데스디아는 움찔했다.

'무슨 생각이지?'

지면이 흔들렸다.

땅속에 숨어 있던 이동식 포대들이 일제히 모습을 드러내며 데스디아에게 포신을 맞췄다.

'여기까지 계산에 넣었단 말인가, 저들은?'

로젤라와 치프 둘의 행동에 놀란 데스디아는 긴급히 환도의 자루에 손을 댔다.

그러나 포대들은 한 대씩 허무하게 주지앉았다.

치프가 쏜 철갑탄이 포대의 특정 부위에 박히면서 동력을 상실한 것이다.

여덟 대의 포대를 5초 내에 침묵시킨 치프는 다시 로젤라를 노렸으나 로젤라는 나중에 보자는 수신호를 슬쩍 보낸 뒤 브리치의 빛과 함께 신기루처럼 사라졌다.

소총을 내린 치프는 다시 헤드셋에 손을 댔다.

"여기는 알파 리더. 위스콘신, 최대 경계 태세. 회사 내에 있는 모든 이는 내 지시가 있을 때까지 꼼짝 말도록. 수돗물과의 접촉은 절대 금지. 마시지 말고 세수도 하지 마. 비데도 쓰지 말고. 아무튼 동작 그만!"

뒤늦게 숙소에서 뛰어나와 헤이파 쪽으로 가려 하던 셀레스티아는 그 자리에 멈췄다.

"아저씨, 뭔가 더 있을까요?"

치프보다 한 걸음 늦게 나온 사만다가 잔뜩 긴장한 어조로 물었다.

"로젤라는 내가 할 수 있는 일의 99%를 해낼 수 있어. 따라 하는 게 아니라 이해하고 실행하는 거야. 그래서 위험해."

대답한 치프는 위스콘신을 올려다보며 헤드셋을 눌렀다.

"위스콘신에게 지시한다. 안드레이는 이쪽에서 응급처치를 할 테니 절대로 격납고를 열지 마라. 반복한다. 격납고를……"

대답 대신 들려온 것은 폭발음이었다.

위스콘신의 격납고 문이 열리는 도중 폭발하여 불구덩이가 되는 모습을 본 치프는 바지 주머니에 넣어놨던 탄창을 바닥에 집어 던졌다.

"제길, 피해 상황 보고해!"

치프가 소리치는 가운데 데스디아는 위스콘신의 격납고에서 뿜어져 나오는 검은색 연기를 뒤로하고 헤이파에게 다가갔다.

주변에 혹시 지뢰가 없는지 철저히 감지해 본 그녀는 안전을 확인한 뒤 셀레스티아에게 손짓했다.

셀레스티아는 치프의 눈치를 보려 하다가 그냥 눈을 꽉 감고 헤이파를 향해 뛰어올랐다.

헤이파의 터번을 조심스레 벗기고 골절 부위를 정돈하던 데스디아는 옆에 사뿐히 착지한 셀레스티아에게 서둘러 달라는 눈빛을 보냈다.

셀레스티아의 능력에 의한 치료는 순식간이었다. 손상된 피부와 근육, 인대, 뼈가 온전해지는 것은 말할 것도 없고 의식까지도 회복되었다.

꽤 상쾌한 표정으로 눈을 뜬 헤이파는 몸을 돌려 똑바로 누웠다. 그러고는 자신의 좌우에 앉아 있는 데스디아와 셀레스티아를 번갈아 바라봤다.

"혹시 내가 달리기를 하다가 쓰러진 것이냐?"

"화약 냄새에 익숙지 않으시군요. 어머님."

"…후우."

상체를 벌떡 일으킨 그녀는 자신을 갖고 논 로젤라의 얼굴을 떠올라 화가 났다.

"내 피가 싸움에 대한 갈망과 복수를 향한 열망으로 뜨겁게 끓는구나."

"시를 읊으실 때가 아닙니다. 몸 상태를 말씀해 주십시오."

데스디아가 진지한 표정으로 지적했다. 다 큰 딸의 꾸중에 헤이파는 씁쓸한 표정을 지으면서도 냉정을 되찾을 수 있었다.

"다 멀쩡하니 걱정하지 마라. 정령들과의 교감도 문제없단다. 그보다……"

헤이파는 수십 대의 수리용 드론에 의해 불이 꺼지고 연기가 빠지는 위스콘신의 모습을 봤다.

"나보다는 저쪽이 더 심각한 것 같구나."

"안드레이도 크게 망가졌… 아니, 다쳤습니다. 안드레이가 시간을 벌어주고 적의 공격 방법을 가르쳐 주지 않았다면 저 역시 위험했을 겁니다."

헤이파는 대원들에게 둘러싸여 걱정을 받고 있는 안드레이의 모습을 봤다. 팔다리가 떨어져 나간 안드레이는 남은 하나의 팔로 죠니와 악수를 했다.

"흠, 그래도 치밀한 계집이로구나. 미끼로 삼기 위해 안드레이를 저렇게 만든 것처럼 보이는군."

그의 상태를 살피던 헤이파가 뒷목을 만졌다. 셀레스티아가 목 근육의 경직을 풀어주기 위해 백금색의 빛을 쐬어주었다.

데스디아는 그 모습에서 아이싱 스프레이가 떠올랐지만 기분이 기분인지라 웃지 않았다.

"어머님 말씀하신 대로 안드레이를 구하려다가 그 계집에게 뭔가를 들켜 버렸습니다."

"들키다니?"

"저에게 치프의 간섭이 걸려 있다고 하더군요."

"간섭?"

"그렇습니다. 이 상태로는 저를 절대 이길 수 없다는 말도 했습니다."

딸의 진술에 헤이파는 어제 죠니에게 들은 이야기를 떠올렸다.

"'사건과 현상의 확률에 대한 간섭'이라는 말이 진담이었나?"

하지만 헤이파는 아직도 그 말을 믿을 수 없었다. 방금 자신을 농락한 것은 확률이 아니라 도구를 이용한 노련함이었기 때문이다.

이후 치프는 셀레스티아, 젝스, 파울라, 알케온의 도움을 받아 회사 시설에 아무 문제가 없음을 확인했다.

위스콘신에서 일어난 폭발로 해병 몇 명이 화상을 비롯한 중경상을 입긴 했지만 다행히도 사망자는 없었다. 그러나 치프는 위스콘신의 전자 장비에 뭔가 문제가 있을 거라며 검토를 반복시켰다.

전자 장비 및 각종 프로그램, OS의 검토는 결국 요르엘이 맡았고, 그녀는 요청을 받은 이후 2시간이 지난 뒤에 이상이 없음을 보고했다.

"아, 다행이네."

아침 식사도 못하고 끙끙 앓고 있던 치프는 식당의 간이 의자에서 일어났다.

그의 곁에서 이것저것 정리하던 데스디아가 좀비에 가까운 몰골로 일어나는 치프를 시선으로 좇았다.

"어디 가는 거지?"

"잠 좀 자러. 지금 미칠 것 같아."

데스디아는 수프라도 먹고 가라고 말할까 하다가 그가 배를 부여잡고 있는 걸 보고는 한숨을 쉬었다.

"그 계집이 또 습격해 오면 어쩌지?"

그녀가 로젤라 쪽으로 화제를 돌렸다.

치프는 자신의 배를 누르며 고개를 저었다.

"글쎄? 적어도 얼마 동안은 안 올 거야."

"…근거는?"

"오늘은 아마 로젤라 스스로의 상품 가치를 증명하는 날이었을 거야. 개인적으로 동원할 수 있는 장비만 동원했거든."

그의 말에 데스디아가 인상을 찡그렸다.

"이동식 포대가 개인적으로 동원할 수 있는 장비라고?"

"포대가 인상 깊었나 보네. 그건 능동위장 장치 빼고는 별거 아닌 물건이었어. 전원부의 약점이 그대로 노출된 구식 모델이지."

데스디아는 치프의 사격 한 방에 주저앉는 포대들의 모습을 떠올렸다.

"그럼 그것보다 더한 장비도 갖고 있었나? 그년이?"

"척력장 발생기였지. 내가 쏜 탄환들이 이리저리 휘어져 나가는 걸 봤을 텐데?"

"……"

척력장 발생기가 뭔지 모르는 데스디아는 아무 말 없이 그저 상대를 바라보기만 했다.

"…음, 그래, 설명해 주지. 그건 지구에서도 실전 배치가 안 된 고급 장비야. 전원 공급에 문제가 있어서 테스트만 계속하고 대량생산을 못하고 있어. 지구에서 도망칠 때 연구소에서 빼온 게 분명해."

"그게 그렇게 대단한 물건인가?"

"탄환이 아니라 전함에 탑재된 레일건 포탄도 역방향으로 밀어버릴 수 있거든. 아직 불완전한 물건인데… 혹시 모르지. 라이트스톤 같은 사람이 만지면 제대로 된 물건으로 변할지도."

치프가 어깨를 으쓱했다.

"흠, 맨몸으로 사용하는 초능력이 아니라 기계의 힘이었다니 참 다행이군."

데스디아의 말에 치프가 씩 웃었다.

"초능력자였다면 얘기는 정말 쉽지."

"왜?"

"척력을 발생시켜 조작하는 운동에너지만큼의 칼로리를 소모해야 하는데, 소총 탄창 하나 분량의 탄환을 깔끔하게 때려 박아주면 살이 쪽 빠지는 것도 모자라 쇼크사 할 때도 있거든."

치프의 말에 데스디아가 피식 웃었다.

"…그런 종류의 인간들을 상대해 본 것처럼 얘기하는군."

"지구라는 동네가 좀 그래. 아무튼 난 자러 갈게. 무슨 일 있으면 깨우고."

"음… 응?"

데스디아의 눈이 휘둥그레졌다. 그러한 초능력자가 진짜로 있냐는 뜻이다.

사만다의 방이 아니라 자신의 숙소에서 잠을 푹 잔 치프는 오후 3시라는 애매한 시간에 눈을 떴다.

'긴장이 풀려서 잠을 잔 게 얼마만이지?'

그는 뻐근한 몸을 일으켜 샤워실로 걸어갔다. 차가운 물로

샤워하여 몸을 깨우고 정신을 바로잡은 그는 새로 받은 단말기를 들었다.

그는 톰과 연락을 시도했다.

1분 뒤에 전화를 받은 톰은 응답에 앞서 하품을 먼저 했다.

―네가 이 시간에 연락한 걸 보니 로젤라가 그쪽으로 쳐들어갔나 보구나.

"예. 걔 말인데요, 혹시 아저씨가 보내셨어요?"

―난 심장이 약해서 그딴 짓 못해.

치프의 얼굴에 쓴웃음이 맺혔다.

"통화 가능하세요?"

―물론이지.

"로젤라가 척력장 발생기를 갖고 있던데, 알고 계시나요?"

―NASA에서 훔쳤지. 탐사 위성에 사용될 차세대 핵융합 발전기 제작을 위해 제공된 물건이었어.

"로젤라는 그 위치를 어떻게 알고 있었을까요?"

―로젤라 본인이 운반을 담당했거든.

톰의 대답에 치프는 짜증이 확 올라왔다.

"고양이한테 생선을 옮겨달라고 하신 거군요?"

―네가 그라니트 행성으로 이동하면서 네가 맡고 있던 모든 일이 로젤라에게도 배분됐지.

"하아……."

치프는 아직 물기가 남은 자신의 머리를 수건으로 세게 털었다.

―그보다 피해 상황은?

"안드레이가 다쳤고 위스콘신의 3번 격납고가 파손됐죠."

―난 그보다 더한 상황을 들을 줄 알았는데 말이지.

"저도 기대 이하라서 조금 놀라긴 했지만… 아무튼 로젤라는 브리치를 사용하고 있었어요."

―우주연합이 로젤라의 배후에 있을 거라 생각하니?

"아닌가요?"

―아니긴, 뻔하지.

치프는 자신의 단말기를 귀에서 뗀 뒤 단말기의 스피커 쪽을 심각한 표정으로 노려봤다.

"아무튼 로젤라는 자신이 지금 갖고 있는 수단을 거의 다 보여준 다음 사라졌어요. 그다음에는 본격적으로 이쪽을 노리겠죠."

―어떤 수단을 쓸 것 같으냐?

"브리치를 사용하는 이상 민간인을 대상으로 테러를 저지르진 않을 거예요."

―네가 로젤라를 그토록 좋게 볼 줄은 몰랐는데?

"로젤라는 아마 한두 번의 찬스에 모든 걸 쏟아부을 거예요. 민간인 대상 테러는 인력과 시간 낭비일 뿐이죠."

―그럼 로젤라가 하고파 하는 일이 뭘까?

"흠, 고민할 필요는 없죠."

침대에서 앉아 있던 치프는 옷장에서 옷들을 꺼내 침대 위에 던지며 통화를 계속했다.

"아마 이 회사가 목표일 거예요. 전부 죽여서 없앤 뒤에 셀리를 산 채로 납치하겠죠."

―오로지 셀레스티아만이 가장 가치 있는 존재라 이건가?

"맞잖아요? 아닌가요?"

—흠…….

"그리고 저는 셸리가 없으면 오랫동안 싸울 수가 없어요. 팔다리와 눈을 보충할 수 없을 테니까요. 하하, 아주 고통스럽게 죽어가겠죠."

—흠, 그리기에 로젤라한테 잘 좀 하라고 했잖아.

"전 오늘 처음 듣는데요?"

농담을 진지하게 받아친 치프는 단말기를 침대에 놓은 뒤 옷을 갈아입었다.

"로젤라의 탈주 과정은 밝혀졌나요?"

—중간중간에 빈 구석이 너무 많아. 해군 정보부 녀석들이 일을 제대로 못 하는군.

"그럼 실력 괜찮은 친구를 한번 고용해 보시죠?"

—누구?

"킹이요. 몸은 좀 불었을지 몰라도 냄새 맡는 재주는 여전할 걸요?"

—흠, 킹이라……. 강력히 고려해 보지. 그럼 이후에 보고할 사항이 있으면 즉시 보고하도록 하렴. 셀레스티아… 셸리도 잘 부탁하고.

"걱정 마세요. 연락드리죠."

전화가 끊긴 단말기를 눌러 침묵시킨 치프는 거울을 보며 옷매무새를 만졌다.

"…군복이 나았으려나?"

잠깐 고민한 그는 숙소에서 나와 식당을 향해 걸어갔다.

파손된 장벽을 로봇들이 수리하는 모습을 구경하던 그는 식당 앞에 마주 서 있는 요르엘과 오라클을 목격했다. 둘은 서로를 노려보기만 할 뿐 말을 하지 않았다.

자신들 쪽을 바라보던 치프와 우연히 눈을 마주한 요르엘이 오른팔을 번쩍 들고 흔들었다.

"사장, 사장! 나를 좀 도와줘야겠어!"

치프는 그녀의 큰 목소리를 듣고 의아하여 그녀에게 다가갔다.

"무슨 일인데?"

"이 아이가 내 곁을 떠나려 하고 있어!"

요르엘이 평소와 달리 열의를 갖고 소리쳤다. 하지만 오라클은 요르엘의 손을 뿌리치며 뒤로 물러났다.

"웃기지 마! 동족이라는 사실만으로 내 인생의 뭐가 바뀌지? 난 엠피레오 행성에서 살지도 않았고 살아갈 의리도 없어!"

치프는 '이건 또 무슨 일일까' 하는 표정으로 둘을 봤다.

아무튼 요르엘은 물러서지 않았다.

"난 네 부모님의 요청을 받고 널 찾아 헤맸어! 해적들에게 납치된 네가 강제로 입양된 곳을 찾아냈을 때는 이미 실버로드가 널 데리고 사라진 상태였다고! 결국 운캄타르 님의 도움을 받아 여기로 온 거야!"

"난 모르는 일이라니까!"

오라클은 눈을 부릅뜨고 반항했다. 치프는 요르엘의 말이 살짝 마음에 걸렸다.

"그분의 도움을 받은 건 좋은데 굳이 여기로 온 이유는 뭐지?"

"실버로드라면 반드시 이곳에 와서 사장한테 시비를 걸 거라고 운캄타르 님께서 말씀하셨어. 혼자 실버로드에게 덤비다가 다치는 것보다는 여기서 사장의 보호를 받으며 시간을 보내는 게 낫다고 하셨단 말이야."

"허허, 그래?"

치프는 헛웃음을 터뜨렸다.

'그런 일들은 미리미리 확실하게 말씀해 주셔야 할 거 아냐?'

그는 살짝 짜증이 났다. 하지만 요르엘이 왜 이곳에서 일을 하게 됐으며 사람들과 잘 섞이지 못했는지 명확히 알게 됐기에 속이 시원해진 부분도 없지 않아 있었다.

"찾을 사람을 찾았으니 이제 너와 우리 회사의 관계는 끝이겠네?"

"그건 아니야, 사장."

"흠, 엠피레오 행성까지 바래다줘야 끝인가?"

치프가 빈정대자 요르엘은 고개를 저었다.

"이건 큰 빚이야. 난 이 아이를 찾는 일에 목숨을 걸었고 사장 역시 마찬가지였어."

"아니, 난 얼어 걸린 건데?"

치프는 모르는 일에 목숨 건 적 없다는 말을 짧게 줄여서 했다. 그의 말을 이해한 요르엘의 얼굴이 빨개졌다.

"시, 신수를 잡을 때는 목숨을 걸었잖아!"

"신수는 얘기가 다르지. 기본적으로 목숨을 깔고 하지 않으면 성공할 가능성이 없는 일이었다고. 그리고 난 널 위해서 목숨 건 적 없어."

"폭발에서 날 구해준 건?"

"…아, 함교에서의 일?"

치프는 미지근하게 웃었다.

"난 겁이 많아서 어린애가 다치는 꼴을 못 봐."

"아무튼 난 그때 사장한테 빚을 졌어. 난 그 빚을 갚을 거야."

"그건 그냥 내가 하고 싶어서 한 일이야. 빚이라니? 내가 무슨 사채업자로 보여?"

"……."

인상을 쓴 치프는 요르엘의 어깨에 손을 댄 채 오라클을 바라봤다.

"실버로드에게 돌아가고 싶어?"

"응."

오라클은 고민조차 하지 않고 고개를 끄덕였다. 치프는 바지 주머니에서 자신의 단말기를 꺼내 오라클에게 내밀었다.

"실버로드에게 내일 만나자고 연락해. 접선 장소까지 내가 널 데려다 줄게."

"사장!"

요르엘이 펄쩍 뛰었으나 치프는 아랑곳하지 않았다. 그가 꿈쩍도 하지 않을 거란 사실을 직감한 요르엘은 이를 악물더니 숙소로 뛰어갔다.

"부사장한테 이를 거야!"

요르엘이 울먹이며 외쳤다.

치프는 어깨를 들썩이며 한숨을 쉰 뒤 다시 오라클을 봤다.

"걱정 마. 난 너한테도, 그리고 실버로드에게도 해를 끼치지 않을 거야. 물론 실버로드도 날 건드리지 말아야겠지만 말이지."

"…나한테 친절하게 구는 이유가 뭐지?"

"친절이 아니야."

치프가 떫은 표정을 지었다.

"난 너희들의 일 따위로 고민하기 싫어서 이러는 거야. 어찌 보면 굉장히 무책임한 짓이라고 할 수 있어."

"무책임한 짓?"

"로젤라가 우주연합의 힘을 빌려서 이곳에 왔어. 그건 실버로드가 놈들의 눈 밖에 났다는 소리와 똑같아. 놈들이 너희들을 정리하려고 나서지 않으면 다행이라고."

그러자 오라클이 깜짝 놀랐다.

"정리라니? 실버로드 님과 난 녀석들을 위해서 뭐든 해왔어! 온갖 일을 말이야!"

"그 온갖 일의 확실한 증인이 바로 너희들이야."

"……."

"실버로드가 부디 목숨을 걸고 널 지켜주면 좋겠군."

치프는 어서 연락하라는 투로 손에 든 단말기를 까딱까딱 움직였다. 오라클은 실버로드에게 연락하여 만날 시간과 장소를 결정했다. 실버로드는 혹시 치프에게 협박을 당하는 것이냐며 수차례 물었으나 오라클은 강력하게 부인했다.

가급적 셀레스티아 곁에서 떨어지지 말라는 당부를 하고 그녀와 헤어진 치프는 본래 목적지인 식당으로 쑥 들어갔다.

그는 알케온 혼자서 조리대에 앉아 단말기를 만지작거리는 모습을 보고 의아해했다.

아일랜드 식탁을 좀 크게 만든 방식의 그 조리대는 바로 앞에 의자를 가져다 앉아도 식사에 문제가 없는 물건이다.

높은 의자를 가져다가 조리대 앞에 놓은 치프는 아직도 단말기에 눈을 두고 있는 알케온을 신기하다는 듯 바라봤다.

"관심 사항이라도 있어?"

"엠피레오 행성에 대해서 알아보고 있다네. 하지만 이런 걸로는 정보를 얻을 수 없군."

"잘 아는 사람이 있다면 나도 상담을 받아보고 싶네."

"오라클이라는 아이에 대한 일인가?"

"음, 뭐, 그렇지. 요르엘도 포함해서."

단말기를 바지 주머니에 넣은 알케온은 분홍색 앞치마를 두른 뒤 큰 소시지와 각종 소스 등을 준비했다.

그는 치프가 기분이 영 아닐 때마다 칠리소스를 진하게 가미한 핫도그로 속을 푼다는 사실을 알고 있었다.

"해적들이 엠피레오 행성을 침략했다는 말을 아까 들었거든. 그냥 불행한 재해라고 생각하고 넘기자니 좀 그러네."

치프의 말에 알케온은 핫도그용 빵이 들어간 가스 오븐을 보며 고개를 끄덕였다.

"요르엘도 그랬지만 오라클 역시 고성능의 레이더가 첨부된 슈퍼컴퓨터처럼 강력한 능력을 갖고 있어. 엠피레오의 주민들은 신들이 남긴 잔재 중의 하나이니 이상할 것은 없지만, 그들이 오라클처럼 납치되어 도구로 쓰이고 있다면 문제가 아닐 수 없겠지."

알케온의 표정이 구겨졌다.

"혹시 가스 오븐 좀 바꿔줄 수 있을까? 청소를 했는데도 화력이 떨어지는군. 불의 질이 나빠."

"…주부에서 전문 요리사로 전직하셨군요."

"날 이렇게 만든 건 자네야."

"누가 들으면 오해하기 딱 좋은 말을 하는군."

어찌어찌 만들어진 핫도그를 먹으며 속을 채우던 치프가 문득 고개를 갸웃했다.

"그런데 왜 오라클은 일반 가정에 입양됐을까?"

"팔렸겠지. 오라클의 등판 쪽에 다수의 화상이 존재하는 걸 감지했어."

알케온이 씁쓸히 말했다.

"아니, 슈퍼컴퓨터라면서? 그런 능력자를 그렇게 팔아넘긴다고?"

치프의 질문에 알케온은 홍차를 마시며 잠깐 생각에 잠겼다.

"수준 미달이라 그런 게 아닐까?"

"수준 미달?"

"내가 계측한 바로는 오라클보다 요르엘 쪽이 훨씬 더 강력한 능력을 갖고 있어. 감지 범위부터 차이가 나지. 의뢰인이 거절한 존재를 해적들이 제대로 써먹을 수 없는 상황이었다면 인신매매로 좀 챙기려 했을 거야. 겉모습은 반반하잖아?"

"오라클이 자네의 취향일 줄은 몰랐네."

"흠, 그보다 정말 실버로드에게 넘길 건가? 자네 말을 들어보니 언제 개죽음을 당해도 이상하지 않을 것 같은데?"

"……."

"뭔가 생각이 있나 보군. 뭐, 자네가 그런 웃기는 죽음을 용납할 사람은 아니지."

알케온이 차를 후루룩 마셨다.

말없이 핫도그를 씹던 치프가 주변을 둘러봤다.

"켐리는?"

"자신도 이 회사의 구성원이라면서 각오를 다지더니 사격 훈련장으로 갔어."

"샌드위치 나눠주러?"

"…사격 훈련."

알케온이 대답 직후 코웃음을 쳤다. 치프 역시 웃고는 사격 훈련장으로 가보자고 마음먹었다.

핫도그를 야채 부스러기까지 먹어치우고 큰 잔에 담긴 커피마저 단번에 들이켠 치프는 훈련장 저편에 위치한 사격 훈련장으로 이동했다.

일반 훈련장 한가운데에는 위스콘신에서 내려온 공병대가 로젤라의 흔적을 연구하느라 바빴다. 그들은 상공에 안전히 떠 있던 위스콘신이 그렇게 간단히 당했다는 사실을 납득하지 못하고 있었다. 분노하고 있는 것은 그들만이 아니었다. 위스콘신 소속의 병사들 대부분이 분노와 수치심에 휩싸여 있었다.

마침 치프가 자신들 곁을 지나가자 공병대의 분대장이 그에게 다가와 거수경례를 했다.

"중사 덕스톤입니다! 주임원사 대리께 질문이 있습니다!"

"로젤라가 대체 무슨 수로 위스콘신에 폭탄을 붙였는지 궁금해서 그러는 거겠지?"

"아… 예, 그렇습니다!"

"그럼 이걸 잘 봐."

치프는 자신의 단말기를 꺼내고는 군용의 날씨 애플리케이션을 떠웠다. 이동식 포대를 조사하던 공병대 소속 병사들이 우르르 달려가 치프를 둘러쌌다.

"여기에서 북쪽으로 6킬로미터 지점에 큰 산이 있어. 저기 보이는 저거 말이야."

병사들은 만년설로 인해 하얗게 빛나는 대형 산맥을 돌아봤다.

"저 산의 높이가 무려 2만 3천 미터야. 로젤라는 아마 산의 정상이나 정상 부근까지 올라가서 글라이더를 이용했겠지."

"글라이더… 말씀이십니까?"

"그래, 21세기에 쓰이던 물건을 최신 기술로 강화시킨 물건이야. 지구에선 이게 안 통하지만 괴물 같은 초대형 조류가 말도 안 되는 높이에서 흔히 날아다니는 그라니트 행성에선 얘기가 다르지."

단말기 위로 올라오는 입체 영상에 파란색 화살표가 떠올랐다.

"저 산 정상 부근에서 우리 회사 쪽으로 적당히 강한 기류가 부는데, 로젤라는 글라이더를 이용해 기류를 타고 위스콘신에 올라탔을 거야. 그리고 폭탄을 즐겁게 설치했겠지."

"단독으로 위스콘신의 경비망을 뚫었단 말입니까?"

"아무리 전자 장비를 개수했다고 해도 100년 전에 설계된 물건이라 어쩔 수 없지."

병사들은 한숨을 쉬었다.

"그럼 그 글라이더는 어디 있을까요?"

"위스콘신 어딘가에 숨겨져 있을 수도 있고, 아니면 기류에 방치되어 어디론가 날려갔을 수도 있고. 나라면 기류에 방치했겠지. 숨기느라 고생할 시간을 벌 수 있거든. 계산 한번 해봐."

"아, 알겠습니다, 주임원사 대리!"

병사들이 뒤로 물러나며 경례를 했다.

가벼운 거수경례로 답례한 치프는 다시 사격 훈련장을 향해 걸어가며 쓴맛을 다셨다.

'만약 위스콘신에 문제가 생기면 내가 써먹으려고 짜놓은 침투 방법인데… 쯧.'

1% 남짓의 가능성에 대비하려 하던 치프는 남들이 위스콘신의 정박 위치를 물을 때마다 설렁설렁 대답했다.

그 누구도 해발 2만 3천 미터에 지형마저 험악한 산을 맨몸으로 올라갈 거라는 생각은 하지 못했다. 하지만 치프는 특별히 개조된 경장갑 전투복만 있으면 얼마든지 가능하다는 것을 알고 있었다.

'아까워라.'

그는 이제 써먹지 못하게 된 비장의 카드를 아쉬워하며 사격 훈련장으로 계속 걸어갔다.

훈련장에는 알케온의 말대로 켐리가 총을 쏘고 있었다.

그는 UNSMC 대원들의 관람 및 죠니의 지도를 받으며 자동소총의 방아쇠를 당겼고, 그가 쏜 탄은 과녁에 적절히 명중했다.

포프와 그녀의 동생들은 귀마개를 쓴 채 켐리의 사격을 구경했다. 그 노란색의 헤드폰형 귀마개는 총의 발사음만 억제해 주기 때문에 옆 사람과 얼마든지 대화할 수 있었다.

치프는 대원 중 한 명이 건네준 귀마개를 쓰고 켐리와 켐리

옆에 서 있는 죠니에게 다가갔다.

"좀 어때?"

치프의 목소리에 켐리는 깜짝 놀라 사격을 멈췄다. 죠니는 옆에 쌓인 과녁판을 들어 보이며 피식 웃었다.

"형편없죠."

과녁판에 뚫린 구멍들은 일정하게 모이지 않고 흩어져 있었다. 그래도 과녁의 검은색 부분을 벗어나지 않았기에 치프는 고개를 끄덕끄덕했다.

"우리 켐리가 이걸 못 맞추는 게 당연하지."

나름 집중해서 사격 중인 켐리가 치프의 악평에 흠칫했다.

"사장님?"

켐리가 자신을 돌아보자 치프는 저 멀리 설치된 과녁을 가리켰다.

"남은 탄이나 마저 쏴."

"……."

켐리는 지시대로 총을 쐈지만 집중력이 흐트러진 탓에 좋은 결과를 내진 못했다. 탄을 모두 쏜 뒤 총을 정돈하여 테이블 위에 올려놓은 켐리는 귀마개를 내렸다.

"사장님, 너무하신 거 아니에요? 못 맞추는 게 당연하다니요?"

"당연할 수밖에 없지."

치프는 어깨를 으쓱했다.

"소총에 기본으로 달려 있는 기계식 조준기는 인간의 눈에 맞춰진 물건이야. 뎃나나 포프는 눈의 구조와 위치가 인간과 거의 같기 때문에 기계식 조준기를 써도 문제없는데 넌 말 그대로 악어 머리라서 이런 기계식 조준기랑 눈이 안 맞아. 이렇게라도 맞추는 게 대단한 거야."

"예?"

켐리가 죠니를 흘끔 봤다. 죠니는 그사이에 어디론가 사라진 상태였다.

"죠니 아저씨가 절 속였어요!"

켐리가 펄쩍 뛰었다. 주변에 있는 UNSMC 대원들은 입을 가리고 키득키득 웃었다.

"그 친구는 원래 그래. 아무튼… 너에겐 너희 행성에서 만들어지는 조준기가 필요할 거야."

"다른 방법은 없을까요?"

켐리가 묻자 치프가 고개를 살짝 기울였다.

"그렇게 총을 쏘고 싶어?"

"저도 이 회사의 일원이에요! 싸울 수 있으면 함께 싸워야죠!"

"일원이라니? 넌 그냥 계약직이야."

"냉정하시군요!"

"너랑 맺은 계약에는 헌터로서의 일까진 들어 있어도 대인 병기를 들고 싸우라는 항목은 없어. 이렇게 연습을 하는 것도 사실 계약 위반이야. 지금 당장 널 내보낼 수 있는 핑계거리로 충분하지."

켐리의 얼굴이 순식간에 굳어졌다.

멀리서 얘기를 듣던 포프는 입술을 불쑥 내밀었다.

'켐리도 애 취급을 하시네.'

치프가 그녀에게 걸고 있는 수많은 제약은 얼마 전부터 고마움의 영역을 넘어 불만으로 변하고 있었다.

포프는 치프의 말과 행동을 이해하긴 했지만 주변 사람들이 위험에 빠지는 것을 몇 번이나 목격하면서 그 이해심 역시 옅어진 상태였다.

치프는 자신의 허리 오른쪽에 손을 얹었다.

"스포츠로서 과녁에 탄을 박는 건 봐주겠지만 실전에서 사람한테 총질할 생각은 하지 마. 그것 말고도 잘할 수 있는 일이 많잖아?"

"그냥 도움이 안 되니까 가만히 있으라고 말씀해 주세요."

켐리가 투덜댔다.

"흠, 이해를 하니 다행이군."

"너무하시잖아요?"

"하아, 그럼 기준을 잡아줄게. 네가 몇 주 내로 내 점수의 4분의 1을 따라올 수 있으면 계약 내용을 갱신해 주지. 지정 사수로서 한몫을 할 수 있을 거야."

"정말요?"

켐리의 얼굴이 순식간에 밝아졌다.

"물론이지."

치프는 캠리가 쓰던 소총을 들고 탄창을 갈아 끼웠다.

"죠니, 거기 숨어 있지 말고 점수나 매겨줘."

그러자 대원들 사이에 귀신처럼 숨어 있던 죠니가 훌쩍 나타나 자신의 단말기를 꺼내 들었다.

"진심으로 쏘실 겁니까?"

"교육상 어쩔 수 없을 것 같군."

"이야, 오랜만에 좋은 구경 하겠군요."

죠니가 뒤쪽에 서 있는 대원들에게 엄지를 치켜들었다. 대원들도 박수를 치고 환호성을 내며 기대감을 품었다.

이어서 죠니는 꿍한 표정으로 앉아 있는 포프에게 손짓했다.

"이쪽으로 와봐, 포프. 너한테도 도움이 될 거야."

"사장님의 사격 솜씨는 잘 아니까 괜찮아요."

"이 기회를 놓치면 후회할 텐데?"

죠니가 능글능글하게 웃으며 그녀를 유혹했다. 포린과 포티가 포프의 팔을 잡아끌었다. 포프는 그래봤자 백발백중 아니겠냐는 표정으로 질질 끌려갔다.

초탄을 장전한 치프는 사격 연습용 로봇이 과녁판을 바꾸는 사이에 멀리 외롭게 떨어져 있는 과녁을 조준했다.

"일단 영점사격부터."

치프는 정확히 세 발을 쐈다.

쌍안경으로 과녁판을 확인한 치프는 기계식 조준기를 이리저리 만져서 자신의 눈에 맞게 조절했다.

"이 게임은 탄창 세 개 분량의 탄환을 얼마나 빨리, 그리고 정확히 맞추느냐에 따라 점수가 바뀌지."

치프는 과녁판을 설치한 로봇이 안전한 곳으로 이동하는 것을 확인한 후 소총을 제대로 잡았다.

이윽고 죠니가 스톱워치를 들었다.

"개시!"

신호와 동시에 치프의 소총이 불을 뿜었다.

단사가 아니라 연사였기에 탄창 하나가 금방 비워졌다. 과녁판 한가운데에 구멍이 하나만 뚫린 것을 본 켐리는 어떻게 연사로 저렇게 맞추는지 이해가 안 됐다.

하지만 켐리가 숨도 쉬기 전에 소총이 다시 불을 뿜었다. 탄창을 갈아 끼우는 속도가 그만큼 빨랐던 것이다.

켐리와 포프는 과녁판 가운데에 뚫린 구멍이 조금씩 넓어지기만 할 뿐, 다른 구멍이 뚫리지 않는 것을 보고 입을 다물지 못했다.

치프는 세 번째 탄창을 빼서 테이블에 올려놓았다.

"이번에도 킹의 기록은 못 깼지?"

"항상 2초 정도 뒤처지시는군요."

죠니가 어깨를 으쓱했다.

"난 2등이나 3등이 좋아. 인간적이잖아?"

"하하."

죠니는 킹의 인생 최고 기록과 치프의 '평균 기록' 사이에 항상 2초 정도의 차이가 존재한다는 사실을 얘기하지 않았다.

또한 킹의 경우 자신만을 위해 개조된 소총을 사용했지만 치프는 항상 아무 총이나 붙잡고 쐈다는 사실 역시 밝히지 않았다. 켐리는 로봇이 가져온 과녁판을 말없이 바라보다가 고개를 부르르 저었다.

"사장님, 이건 반칙이에요."

"응? 뭐가?"

"사장님께서 평생 갈고닦은 실력을 제가 무슨 수로 따라잡으라는 말씀이세요?"

"그럼 너도 평생 연습하면 되겠네."

"……."

"아무튼 연습해서 나쁠 건 없으니 열심히 해봐."

치프가 켐리를 보며 웃는 그때였다.

치프가 사용한 사로의 옆쪽에서 소총 소리가 요란하게 터졌다. 포프가 치프와 마찬가지로 소총을 잡고 사격한 것이다.

포프도 첫 번째 탄창까지는 구멍 하나에 탄환을 모조리 박아 넣었다. 하지만 두 번째 탄창부터 구멍이 지나치게 넓어지더니 세 번째 탄창부터는 탄환이 흩어지고 말았다.

"에잇!"

포프가 신경질을 내며 탄창을 뽑고 총을 정돈했다.

기록을 재던 죠니가 껄껄 웃었다.

"이야, 원사님 점수의 딱 절반이군요."

"하아……."

치프가 한탄을 하는 한편, UNSMC 대원들은 포프를 향하여 일제히 기립박수를 보냈다. 치프는 머쓱하게 웃는 포프에게 다가가 그녀의 더벅머리를 만져줬다.

"넌 정말 여러 명의 남자를 울릴 여자가 될 거야."

"좋은 의미인가요?"

"모르지."

포프는 인상을 구겼고 치프는 허탈하게 웃었다.

"이 정도라면 나도 인정 안 할 수가 없지. 네가 이겼어, 포프."

"진짜요?"

"그래. 그러니 내일 나랑 어디 좀 같이 가자. 무기와 장비, 복장 모두 네 자유야. 물론 같이 갈지 말지도 네 자유고."

포프는 드디어 그에게 인정을 받았다는 사실에 기분이 좋았지만 징크스에 대한 것도 그렇고 그가 너무 쉽게 자신을 인정하는 게 아닌가 하는 생각이 들어 뭔가 찜찜하기도 했다.

"같이 갈래?"

치프가 물었다.

포프는 고민됐지만 상대가 자신을 필요로 한다는 느낌이 들었기에 불안감을 훌훌 털고 고개를 끄덕였다.

"끝까지 함께할게요, 사장님!"

"응, 그래."

치프는 뒤이어 켐리의 두꺼운 등판을 두드려 줬다.

"위스콘신의 기술부에 문의하면 널 위한 조준기를 마련해 줄 거야. 그쪽에서 웃기지 말라고 욕하면 내가 허락했다고 말해. 열심히 연습해 봐."

"예, 사장님!"

포프의 실력에 자극을 받은 켐리는 힘차게 대답했다.

다음 날, 정오 무렵.

점심을 미리 든든하게 먹은 치프와 포프는 차량 뒷좌석에 오라클을 태운 채 그라니트의 황야를 달렸다.

오라클의 옆에는 큰 더플백이 놓여 있었는데, 그 안에는 백화점에서 산 각종 옷이 잔뜩 들어 있었다.

오라클 자신도 운동복 비슷한 새 옷에 장거리 여행용 특수화를 신고 있었다. 그녀의 소지품 중에서 바뀌지 않은 것은 안경뿐이었다.

진 플레커와 싸울 때처럼 중무장을 한 포프는 운전대를 잡은 치프의 옆자리에 앉아 있었다.

"사장님."

"응?"

"정말 오라클을 풀어주실 건가요?"

"풀어준다는 표현보다는 돌려보내 준다는 말이 더 나을 것 같은데? 쟤가 동물은 아니잖아?"

"아, 그러네요. 죄송해요."

포프는 뒤에 앉은 오라클을 돌아봤다.

"미안해요, 오라클 씨."

오라클은 창밖을 볼 뿐 그녀의 사과에 아무 반응도 보이지 않았다.

접선 장소에 도착한 치프는 차를 멈추고는 선글라스를 낀 뒤 자동차 밖으로 나갔다.

포프는 만약의 상황에 대비해 기적을 감추고 움직였다. 오라클은 자신의 앞에서 흐릿해지는 포프의 모습을 보고 깜짝 놀랐다.

'저것이 자유의 어둠……!'

오라클까지 차 밖으로 나오려 하자 치프가 손을 저으며 그녀를 말렸다.

"넌 그냥 안에 있어. 오늘은 햇볕이 강하네."

치프의 말에 오라클은 얌전히 차의 뒷문을 닫았다.

이윽고 실버로드와 약속한 시간이 되었다.

치프는 차에 기댄 채 미리 가져온 탄산음료를 마셨고 포프는 바짝 긴장했다. 오라클 역시 실버로드가 기습을 하거나 치프가 역으로 그를 노릴까 걱정하여 가방의 끈을 꼭 쥐었다.

약속 시간으로부터 한 시간 뒤.

"내가 특별한 탄환을 쓴 게 아니라니까?"

"못 믿겠는데요?"

치프는 기적을 드러낸 포프와 싸우듯 잡담을 나눴고, 오라클은 인상을 쓴 채 시간을 보냈다.

그리고 한 시간이 더 지났다. 치프와 포프는 아예 차에 들어가서는 서로의 단말기를 가까이 한 채 테니스 게임을 즐겼다. 반면 오라클은 고개를 푹 숙인 채 꼼짝도 하지 않았다.

결국 약속 시간으로부터 세 시간이 그냥 흘러갔다.

미리 챙겨온 간식으로 아이들과 함께 배를 채운 치프는 자동차 밖에서 맨손체조를 한 뒤 단말기를 꺼내 들었다.

"아, 반달리온인가? 반달리온 맞지?"

─내 연락처는 어찌 알았나?

"실은 내가 포프를 인질로 잡고 있거든."

치프의 농담에 반응하듯 단말기 안에서 반달리온의 한숨 소리가 터졌다.

─용건을 말해라, A─1730.

"실버로드에게 오라클을 되돌려 보내려고 하는데, 우리의 실버로드가 약속 시간을 세 시간이나 어기고 있네? 그 녀석 어디 있는지 알아?"

─오라클을 되돌려 보내려 한다고? 진심인가?

"그래, 진심으로 골치 아픈 일이 생겨서 말이지. 실버로드니 오라클이니 하는 일에 신경 쓸 틈이 없거든. 그래서 되돌려 보내려고."

그러자 한참 뒤에 반달리온이 말했다.

―그냥 네놈 곁에 있는 편이 오라클에게도 더 나을 텐데.

"어이."

―음, 실버로드는 내가 데려가도록 하지. 30분만 더 기다려주겠나?

"30분 정도야 뭐."

반달리온과 통화를 마친 치프는 그제야 건하운드 제어장치를 등에 거치하는 등 이런저런 준비를 했다.

힘을 아껴가며 기척을 감춰대던 포프는 허탈한 표정으로 그를 바라봤다.

"이렇게 될 걸 아셨죠?"

"너라면 실버로드를 믿을래, 아니면 반달리온을 믿을래?"

"…하아!"

포프가 한숨을 토하며 헬멧을 벗고 마스크도 내렸다.

정확히 30분 뒤. 하늘 저편에서 실버로드의 뒷덜미를 문 반달리온이 날개를 펄럭이며 나타났다.

실버로드를 자동차 근처에 내동댕이친 반달리온은 턱을 이리저리 움직여 피로를 풀었다. 치프는 부상을 입은 채 헐떡이는 실버로드의 모습을 보고 의아해했다.

"서로 싸웠어?"

회색의 드래곤 반달리온은 콧김을 내뿜었다.

"사적으로 쌓인 감정이 좀 있지. 그보다 진심으로 골치 아픈 일이라니, 궁금하군."

질문하는 반달리온의 이마에 화살 하나가 박혔다.

반달리온의 외골격을 뚫을 정도의 위력은 아니었지만 화살이 박혔다는 것 자체가 대단한 일이었기에 치프를 제외한 전원이 바짝 긴장했다. 반달리온은 실버로드를 몸으로 보호하면서 방어 능력을 끌어올렸고, 포프는 기척을 완전히 감췄다.

"방금 그 질문에 대답을 해줘야 하나?"

치프가 물었다.

황야의 모래바람 속에서 십여 명의 여성이 나타났다.

그들 전원이 알타이르 전사였고, 손에는 알타이르의 전통 활 대신 컴파운드 보우가 들려 있었다.

반달리온의 이마에 박힌 화살이 툭 빠졌다.

"확실히… 보기만 해도 골치가 아프군."

회색의 드래곤이 싸울 준비를 하는 한편, 치프는 건하운드 제어장치를 들며 주변을 이리저리 둘러봤다.

'저 여자들, 설마 로젤라의 지시를 받은 건 아니겠지?'

건하운드에 전원이 들어오자 치프의 주변에서 대량의 금속 입자가 파랗게 떠올라 춤을 췄다.

『그라니트 : 용들의 땅』 7권 끝